光文社文庫

長編時代小説

代官狩り

佐伯泰英

光　文　社

目次

代官狩り

夏目影二郎危難旅

第一話　潜入極楽島《ごくらくじま》

一

紺手拭《こんてぬぐ》いの頰被《ほおかむ》り、縦縞の単衣《ひとえ》の懐に匕首《あいくち》を吞《の》んだ男は、ごみ溜《た》めのような島に猪牙舟《ちょき》で戻ってきた。大川河口の左岸の中州を埋め立てた町の間に蜘蛛《くも》の巣のように設けられた運河を進み、さらに迷路のような小さな堀をいくつも曲がりぬけていくと、人間の欲望を塗りかためた悪所《あくしょ》、深川《ふかがわ》極楽島が見えてくる。

二つの堀と二つの割下水《わりげすい》にかこまれた一帯は、本来、島ではない。だが、そこだけが孤立して、極楽島、あるいは島と、蛤《はまぐり》町界隈では呼ばれていた。

「旦那《だんな》、背筋がぞくっとしてきやしたぜ。ここいらで勘弁してくんねえ」

両国広小路《りょうごくひろこうじ》の河岸から乗りこんだ猪牙舟の船頭が、前方に赤い明かりをにじませる島を見て言うと、男は破れ板を重ねてできた橋の袂《たもと》に猪牙舟を着けさせた。

「ほれ、とりな」

約束の一朱を船頭に投げた男は川端に這い上がった。

猪牙舟は早々に岸を離れていった。

男の鼻孔にすえた、懐《なつ》かしい臭《にお》いが押し寄せてきた。運河沿いに明かりが見える島に向かって歩いていくと、水面を伝って嬌声《きょうせい》の混じったざわめきが聞こえてきた。

浅草三好《みよし》町、市兵衛《いちべえ》長屋に住む夏目影二郎《なつめえいじろう》を訪ねて、勘定奉行常磐豊後守秀信《ときわぶんごのかみひでのぶ》の遣いがきたのは三日前のことである。初老の武士は、

「菱沼喜十郎《ひしぬまきじゅうろう》」

と名乗った。

「お奉行はこの度、公事方《くじかた》から勝手方《かってかた》に転じられました……」

勘定奉行職は四名で、二名が訴訟、八州廻《はっしゅうまわ》り支配などの公事方を、残りの二名が収税、禄米の支給、貨幣の鋳造など財政を担当する勝手方に分かれ、公事方と勝手方は一年から二年交替で務めるのである。

「お奉行の要件を申し伝えます。勘定奉行所帳面方の尾藤参造《びとうさんぞう》が殺害され、死体が深川蛤町極楽島の堀に浮かんだのは、およそ十七日前でございます。帳面方は勘定奉行支配の郡代、代官領内から上がる年貢米などの帳付けをする役職にて、給金は七両二人扶持《ぶち》、母親の伊津《いつ》

と二人暮らしの身にございます。それが島に通っていた様子。もとより悪所通いする余裕などございません。また帳面方が探索にかかわることもありません。お奉行はこのことを気になさっておられます」

菱沼は早々に長屋から辞去した。

常磐豊後守秀信は影二郎の父親だった。が、影二郎は正妻との子ではない。常磐家に婿《むこ》養子に入った秀信が妾《めかけ》に産ませた子だった。父の旧姓夏目を与えられ、侍の子として育てられた瑛二郎《えいじろう》がぐれたのは、母親が亡くなり、父のもとに引き取られた後のことだ。継母との折り合いが悪く、母親の実家に戻った瑛二郎は侍を捨て、名も影二郎と変え、無頼の群れに落ち、ついには女のことで人を殺《あや》めてしまった。八丈島遠島《はちじょうじまえんとう》が決まり、島送りの船を待つ影二郎のもとに父親が訪ねてきて、勘定奉行公事方の隠密《おんみつ》の仕事を命じられたのだ。

影二郎は父との絆を信じて影の仕事を引き受けた。腐敗した八州廻りを粛正し、父の期待に応えた。その功により江戸への帰府が認められ、流罪人名簿からその名が消された。

新任の勘定奉行の荒業に刮目《かつもく》したのが老中水野越前守忠邦《みずのえちぜんのかみただくに》であった。秀信を自邸に呼ぶと、腐敗を一掃した腕を褒《ほ》めた。その際、秀信は、影二郎に独断で与えた密命のことを告げた。

「なにっ、そなたの倅《せがれ》、瑛二郎の独り働きとな……」

秀信は影二郎の履歴を語り聞かせた。するとしばし考えに落ちた水野は、

「流罪人名簿から名が消えただけでは不自由よのう。豊後守、この水野が町奉行に働きかけて、瑛二郎の罪、赦免の手続きをとっておく」

と言い切った。水野は今後も影二郎に影の仕事を続けさせよと示唆していた。

「瑛二郎の赦免を知るは当分の間、この水野、町奉行、そしてそなたの三名だけじゃ。機会をみて、上様にお伝え申し上げる」

秀信は頭を下げた。影二郎はそのことを秀信からの書簡で知らされた。また手紙には影二郎の影の仕事を考え、赦免は内々にしておかれ、親子の関係もこのまま秘密を保つとあった。

秀信からの連絡《つなぎ》はおよそ一年ぶりのことだ。

影二郎は島に渡るために三日間の準備をなした。


堀端に痩《や》せた柳が一本植わっている。

影二郎は幅八間《けん》の堀の暗がりをのぞきこむように水辺を見た。二十日余り前のある朝、尾藤参造の死骸《しがい》が浮かんでいた場所だった。

影二郎は水から視線を上げて半丁先の島を見た。そして片手を懐に差し入れると島に向かって歩きだした。

島ができたのはおよそ十年前のことだ。どぶにぼうふらが湧《わ》くように深川の低地に島が現われた。

未曾有《みぞう》の天保《てんぽう》の大飢饉《だいききん》がいつはてるともなく続いていた。徳川幕府は誕生のときから二百三十数年を経て、城中から町役人まで繕《つくろ》いきれないほどのほころびが目立って、何ひとつとして有効な対策をとることができなかった。

それが極楽島を存在させていた。

堀に向かって、町家と島を分かつ割下水が漏斗《ろうと》のように口を開けていた。割下水は幅二間だが、堀付近では六間ほどに広がり、その広くなった割下水に欄干もない木橋がかかっていた。

陸路で島に渡るただ一つの途《みち》だ。だれが言いだしたか、幅一間の橋は三途《さんず》橋と呼ばれていた。三途とは、地獄道、畜生道、餓鬼道を意味する。

影二郎は迷いもなく橋を渡った。

短い木橋の途中で空気が変わった。危険に満ちた緊迫のなかに、どうしようもない人間の業《ごう》が宿ったものが男の長身を包みこむ。

影二郎は視線を島の舟着場に向けた。今しも女たちに迎えられて宗十郎《そうじゅうろう》頭巾《ずきん》の武士と大《おお》柄《がら》な商人が屋根船から岸に上がろうとしていた。どこぞの大名家の留守居役あたりを商人が接待するのか、尋常な遊びに飽きた人間たちがより強い刺激を求めて島に渡ってきた。

橋を渡った影二郎を数人のやくざが待っていた。

長脇差《ながわきざし》というにはあまりにも長い刀が腰にぶちこまれている。島を仕切る鬼面《きめん》の壮八《そうはち》の手《て》下《か》たちだ。

「待ちな」

影二郎は片足を島に踏みいれたところで止まった。

「島に渡りてえなら、掟を守ってもらおうじゃねえか。汚ねえ面を隠した頬被りをとりねえ」

「屋根船の武家は頭巾を被《かぶ》ったままだったが」

「三途の門番に逆らおうってのか」

「兄い、手足、折っぺしょって割下水の水、ご馳走してやろうじゃねえか」

相撲《すもう》取り崩れか、身の丈七尺はありそうな巨漢がいきなり影二郎の頬被りをむしりとろうとした。影二郎は手首を払った。

「やりやがったな！」

巨漢がぶちかましをかまそうと突進してきた。

影二郎はしなやかに身を躱《かわ》した。

巨漢はたたらを踏んで木橋の上へと走った。そこで踏みとどまろうとしたが、勢い余って堀に転落していった。

「この野郎！」

長脇差を抜いた三下《さんした》が影二郎に斬《き》りかかった。

影二郎は造作もなく長脇差を摑《つか》んだ手首を逆手にとると、腰を沈めてひねった。夜空に大きな弧を描くと三下もまた割下水に落ちていった。

「かまわねえ、叩《たた》っ斬れ！」

兄貴分が怒声を上げて弟分たちに命じた。

元の位置に何事もなかったように立つ影二郎が、

「野犬《やけん》の仙太《せんた》、いつから兄貴風、吹かせるようになった」

と頬被りに手をかけた。

「なにっ！　てめえはだれでえ」

呼び捨てにされた仙太が異名どおり野犬のように吠《ほ》えた。

影二郎は紺手拭いをぱらりととった。

立髪《たてがみ》に無精髭《ひげ》がはえた顔をしげしげとのぞきこんだ仙太が、

「なんと、桃井《ももい》の兄いじゃねえか」

と驚きの表情を見せた。

夏目影二郎は、あさり河岸の鏡新明智流《きょうしんめいちりゅう》桃井春蔵《しゅんぞう》道場の師範代を務めた男だ。野犬の仙太らの棲《す》む世界に身を落としていたこともあった。

「おまえさんは聖天《しょうでん》の仏七《ぶつしち》親分を叩っ斬って、島送りと聞いたがよ」

「そんな与太、だれに聞いた」

「流人船を抜けたな」

「仙太、娑婆《しゃば》のことはなにも問わねえのが島の定法じゃなかったか」

影二郎は仙太の思い込みをそのままにしておいた。

兄いにまたお目にかかろうとはな、と感嘆した仙太が、

「おめえさんじゃ仕方ねえ。女かい、博奕《ばくち》かい」

と案内でもしそうな気配を見せた。

「島は馴染《なじ》みだ。道案内はいらねえ」

影二郎はそう言うと、橋に残した片足を島に入れた。すると仙太の弟分らが道をさっと開けた。火の見やぐらのある小さな広場の一角に煮売酒屋のはまぐり屋が見えた。

影二郎はしばらく広場の中央に立って島の奥を眺めた。

島はおよそ東西四十間（約七十メートル）、南北二十五間（約四十五メートル）、千坪余の広さだ。広場から出る三本の路地の向こうに数えきれない淫売《いんばい》宿、博奕場、阿片窟、飲み屋、見世物小屋などがひしめいている。

影二郎は広場を横切るとはまぐり屋の縄のれんを肩で分けた。すると煮込み鍋の前に座っていた父親の善五郎《ぜんごろう》がむすっとした顔を上げ、息を呑んだ。

入口近くに座を占めると影二郎は女たちを見た。顔ぶれは以前と違っていた。そのとき、帳場から紫陽花《あじさい》を染め抜いた浴衣《ゆかた》の女が出てきて、立ちすくんだ。

「え、影二郎さん……」

三十前の婀娜《あだ》っぽい女だ。女の双眸《そうぼう》に涙が盛り上がり、なにか言いかけたとき、善五郎が、

「おたつ、冷やだ」

と命じた。おたつは踵《きびす》を返して徳利と湯飲みを二つ持ってくると、影二郎の前にぺたりと腰を下ろし、もどかしく湯飲みに酒を注ぎ分けた。

影二郎が湯飲みを手にした。

おたつは善五郎の娘だ。親子ともに影二郎が十五、六の頃からの知り合いだ。

「二年、いや、二年半ぶり。もう会えないと思っていたよ」

二人は湯飲みの酒をゆっくりと飲んだ。

「影二郎さんの姿を見掛けなくなって島の暮らしがつまらなくなった」

そう言ったおたつは、

「四、五日前もその先の堀に死骸が浮かんでねえ。一色町《いっしき》の吉兵衛《きちべえ》親分が頻繁に面を出すよ。近ごろじゃ、島の顔役の壮八とつるんでいる様子さ。見張りの仙太に知られたってことは、吉兵衛に筒抜けだよ」

おたつは広場の向こうの三途橋を見た。島に死体が浮くのはめずらしいことではない。

「おたつ、二十日も前、柳の下に浮かんでいた参造って男がここに顔を出さなかったか」

島をはじめて訪ねた人間は、あまりのとげとげしい雰囲気に二の足を踏んで広場に立ちす

くむ。その鼻先にのれんを掲げるのがはまぐり屋だ。吸いこまれるように店に入った男たちは景気づけに酒を二、三杯ひっかけて島の奥へと向かった。そして帰り際も顔を出し、刺激をうすめるように酒を飲んだあと、三途橋を渡り、娑婆に戻った。

「影二郎さんが他人のことに関心を持つなんて。戻ってきたのには曰《いわ》くがありそうだね」

と呟《つぶや》いたおたつは、

「覚えているよ」

と答え、残った酒を飲むとさらに声を潜めた。

「一刻《いっとき》（二時間）ちかくもうじうじと飲んだあと、あたいの手に小粒《こつぶ》を握らせ、ていという女を探していると言ったのさ」

「てい……」

島では娑婆の名を名乗る者などいない。

「おていちゃんはめずらしく親からもらった名を通している女さ」

「その野郎が最初に姿を見せたのはいつのことだ」

「春も盛りの二月も末のことかね。その夜から三度ほどおていちゃんに会いにきたよ」

「四度目の帰りは三途橋を渡ることはなかったか」

おたつがうなずいて影二郎の茶碗に酒を注いだ。

「やつの用事はていに会うことだけか」

「影二郎さんらしくもない。島じゃそんな詮索《せんさく》はだれもしないよ」

「いや、島の人間の動静は一人残らず見張られているさ」

おたつはうなずくと広場の向こうを見た。

「ていに会いたい」

「今時分は鬼楽亭の裏手の見世物小屋に出ているよ」

とおたつは言い、

「吉兵衛親分が手下《とが》をつれてきたよ」

と、かたちよく尖った顎《あご》を三途橋のほうに振った。

影二郎がのれん越しに振り向くと、橋の袂で吉兵衛と仙太がはまぐり屋をちらちら見ながら顔をつきあわせている。

「また顔を出す」

卓に一分《いちぶ》金を置くと風のように帳場から裏口に抜けた。

細い路地から路地を伝って走ると、昔の無頼の時代がよみがえってきた。

どこかで犬が吠えた。路地の向こうに明かりが見えた。

影二郎は足を緩めた。

島の中央部に長細い敷石の広場があらわれた。その東南に豪奢《ごうしゃ》な三階建てを構えるのが鬼楽亭だ。玄関口では壮八の身内の牛太郎《ぎゅうたろう》が目を光らせていた。格子の向こうからはしどけない格好の遊女たちが広場を見ていた。だが、鬼楽亭は女ばかりが楽しみなのではない。丁半《ちょうはん》、さいころ、カルタと、あらゆる種類の賭博が行われ、阿片窟が客たちを待ちうけていた。

影二郎は鬼楽亭の表を避けて、忍び返しのついた塀の北側へと廻りこんだ。五、六間も進むと、三味線と太鼓と鉦《かね》の音が陽気に流れてきた。

赤い大提灯《おおぢょうちん》には大股を開いた女の絵が描かれていた。影二郎は木戸番の男に銭を払うと小屋に入った。せいぜい八畳ほどの小屋の奥に、幅一間半、奥行き半間の舞台がしつらえれており、緋縮緬《ひぢりめん》の長襦袢《ながじゅばん》の女が立てられた障子に向かい合っていた。

「てい!」

声がかかったところをみると目当ての女だ。

島でさね師とよばれ、自分の秘部を芸の道具にして稼《かせ》ぎをする女の一人がていだった。

下座では、老婆が太鼓と三味線と鉦を一人で奏でながら景気をつけていた。

影二郎は客をかき分けると舞台の端前に座った。

ていと視線が合った。が、女は気にする様子もなく、口にくわえていた細筆を、はっ、という気合いとともに空中に投げた。そして長襦袢の裾《すそ》を大胆にひらくと濃い茂みの秘部を客の前にさらし、落ちてきた筆の柄《え》をそこで摑んだ。

客が沸いた。

ていは障子に筆先をつけると調べに乗って文字を書きはじめた。

『いろはにほへとちりぬるを　わかよたれそつねならむ　うゐのおくやまけふこえて　あさきゆめみし　ゑひもせす』

達筆である。

気の抜けた喝采を客が送った。

ていは障子を斜めに立ててくるりと回すと、まだ書かれていない面を出した。そうしておいて男たちの前ににじり寄った。

「ていさま、ご開帳！」

調べが変わった。

客が舞台に身を乗り出した。

影二郎が座っている場所とは反対側から、ていは男たちの前に秘部をさらしながら移動してきた。男たちが次々と一朱金を繁みの奥にはさみこませた。するとていのそこの肉が動いて、小粒は秘部の奥へと消えていった。

ていが影二郎の前にきて、緋縮緬を左右にひらひらさせた。

影二郎はていを見上げた。

厚化粧に素顔が隠されて女の表情は窺《うかが》えない。

ていが、見るだけかいといった様子でその場を去りかけた。

影二郎は手に隠し持っていた小判を、他の客には見えないように差し出した。

一瞬、動きが止まった。

祝儀の相場が一朱金の小屋で、十六倍もの金を差し出した男がいた。

ていが影二郎の顔を見下ろした。

影二郎は小さくうなずき、

「参造の朋輩《ほうばい》だ」

とていだけに聞こえるように囁《ささや》いた。

秘部の肉が巧妙に動き、小判をくわえると、一瞬のうちに内部へと呑みこんだ。

「しみったれ、お触りはなしだよ！」

影二郎を睨《にら》んでみせたていは、調べに合わせて踊りながら立ち上がると、いったん引き下がった。次にていが姿をみせたとき、緋縮緬は、薄紫の紗《しゃ》と変わっていた。体の線はまだ若さを残して、たおやかだ。

影二郎の前にぺたりと座ったていは、

「……七つ（午前四時）前、水天宮《すいてんぐう》の社《やしろ》で」

と紗の裾を影二郎の顔にかぶせながら囁いた。

小屋の明かりが消えた。

そしてふたたび点灯したとき、影二郎の姿は消えていた。

夏の夜明け前の闇が、極楽島の北端にある水天宮の小さな社の境内《けいだい》を覆っていた。

影二郎は地味な浴衣にきりりと帯を締めたていが水天宮の境内に入ってきたのを見て、社の陰から出た。

素顔のていは二十七、八か。色白の美人だった。

「おまえさんは二年半前までは島の常連だったたってね。島送りになった男が、なんで殺された参造さんのことに関心を持つのかい」

ていの体から汗臭さを隠す香の匂《にお》いがした。

「おれのことを調べたか。ならば言おう、尾藤参造なんて男はこれっぽっちも知らねえ。だがな、島で調べていたことに関心がある」

「おまえさんも殺されるよ」

「一度は命を捨てた男だ」

「好きな女のために十手《じって》持ちを殺したってね」

「だれに聞いた」

ていがあっさりと答えた。

「はまぐり屋のおたつさんにさ。けど、おたつさんのことを悪く思わないでおくれ。あたしもわが身を守らなきゃいけないからね」

境内の北側から下水の臭《にお》いが漂ってきた。

「尾藤参造とは昔からの馴染みかい」

「柳原《やなぎわら》土手《どて》近くの裏長屋と参造さんの長屋が近くでね、参造さんのおっ母さんの伊津様に針を習って賃仕事を回してもらった仲さ」

「参造の職務を知っているのか」

「勘定奉行支配下の帳簿を繰る掛りだろ。参造さんのお父っつぁんもそうだった」

「なぜ参造がおめえに会いにきたか知りてえ」

ていが影二郎を見た。

路地の向こうでばたばたと足音がした。

傍若無人に歩き回るのは鬼面の手下たちか、十手持ちの吉兵衛たちのどちらかだ。

影二郎は懐の匕首に手を伸ばした。

二

ていが影二郎の腕を摑むと境内から走り出した。迷路のような路地を伝って闇から闇を移動するとふいに足を止めた。あたりの様子を窺ったていは帯の間から鍵《かぎ》を出し、戸の鍵穴に差しこんだ。板戸が開くと狭くて急な階段があった。

ていは影二郎を入れると内側から錠を下ろした。真っ暗な階段を上がると半畳ほどの踊り場があって、そこにも鍵のかかった戸があった。

「ここは他人には知られてないよ」

闇のなかから猫の鳴き声がした。

「みけ、お客人だよ」

部屋のなかを這い回る気配がして行灯《あんどん》に明かりが入った。紅絹《もみ》を縒《よ》り合わせた首輪をした三毛猫が、ていの足下にじゃれついている。部屋の広さは三畳ほどで夜具や荷物がきちんと整理されていた。

「酒はないよ、むぎ茶でいいかい」

影二郎は部屋の入り口に座すと、

「ああ」と答えた。

ていはむぎ茶を影二郎に出すと、猫に餌《えさ》をやった。

「お父っつぁんは叩き大工でね、酒が好き、博奕が好き。それでも一家四人の暮らしがなったのは、おっ母さんが下駄の鼻緒すげから男まさりの土工までやったおかげさ。ところがたのみのおっ母さんがぽっくり亡くなったあと、お父っつぁんが博奕で十二両もの借金を作ってしまった。お定まりの話……」

猫を膝《ひざ》に抱いたていは話し始めた。

「島に来たのはいつのことだ」

「五年も前かねえ。ひと通りの芸を両国橋際の見世物小屋の師匠に仕込まれたあと、金になるというので三途橋を渡ったのさ」

秘部を使う芸を恥じたように、ていは投げやりに言った。

「酒をかっくらったお父っつぁんが道端で寝込んだあげく凍死したという知らせでね、三途橋を渡って長屋に戻った。そこで十何年ぶりかね、参造さんに会った……」

そこまで説明したていはしばらく黙りこみ、

「会わなきゃよかったよ」

と叫ぶように吐きだすと、身をよじらせて泣いた。

影二郎は好きなだけ泣かしておいた。

「あたしが島のことを話さなきゃあ、会いにもこなかった。殺されることもなかったんだ」

尾藤参造は勘定奉行帳面方の職務に就いていた。勘定奉行所支配下の幕府直轄《ちょっかつ》地、代官、郡代領の年貢米（金）を帳簿に記入する役務だ。御給金七両二人扶持、幕府の役人のなかでも最下級の武士であった。

「参造が最初に島を訪ねてきたのが二月の終わりか……」

おたつから聞いたことだ。

ていが大きくうなずいた。

「なにがあった」

ていは狭い部屋を見渡した。

「……あの人は、あたしのことを想いつづけて嫁をもらわなかったと言った」

と言うと哀《かな》しげな笑みを顔に浮かべた。

「あたしの芸を見たあとのことだよ、何と答えればいいんだい。もう島に来るなんて考えもしなかった。それが一月《ひとつき》もしないうちにまた小屋に姿を見せた。それでなんとも哀しげな顔でさ、あたしのことを見てるじゃないか。あたしはさっきの水天宮に呼んでなじったよ。なんで二度も恥をかかせるのかって……」

ていのことがどうしても忘れられないと参造は答えた。ていはそんな参造を部屋に連れてくると、極楽島に身を落としたていと武家の参造の暮らしはそぐわないことをこんこんと諭した。参造は七両二人扶持の役人など人の暮らしではないと自嘲《じちよう》するように言うと、おれといっしょに島を出てくれと懇願した。

参造の震える手がていの膝を掴もうとして迷った。その手をていの両手が握り締めた。

二人は体をぶつけ合うように抱き合った。狭い部屋の破れ畳に転がった。唇を求め合い、たがいの体を抱き締め、野獣のように絡み合った。

荒く弾《はず》んだ二つの息が狭い部屋に響いて高鳴り、やがて安息に満ちた一つの息遣いに変わった。

ていは参造と手を取り合って寝ながら考えていた。

怖いのは島を出ることではない。島を出た人間を待ちうける世間にこそ、恐怖があるのだと。島を抜けた女たちの多くがふたたび三途橋を渡って戻ってくるのを見れば分かることだ。幸せを幻想すればするほど幻滅も深い。

七つ（午前四時）の鐘が二人の部屋にも伝い流れてきた。

ていは参造を三途橋まで見送っていく道すがら、部屋の鍵ははまぐり屋のおたつに預けておくからと伝えた。

二人が迷路を抜けると遠くに三途橋が見えた。そして手前には極楽島の舟着場があって、今しも年の頃は三十六、七の武士が島を仕切る鬼面の壮八の丁重な見送りをうけて、屋根船に乗りこむところだった。

参造の足がふいに止まった。

なんと……呟いた参造の視線は船の人物に釘づけになっていた。ていは不安に駆られながら、知った顔なら忘れるのが島の仁義だと言い聞かせた。ていの言葉を聞き流してうなずいた参造は、三途橋を渡って、堀へと漕ぎだされた屋根船を追いかけるように小走りに姿を消した。

次に参造が姿を見せたのは二月《ふたつき》後のことであった。ていが仕事場から部屋に戻ると、参造が疲れきった様子で眠りこんでいた。

ふいに目を覚ました参造が、母親の伊津に二人のことを話したと言った。不安を抱いたていに、そなたのことは京橋の小間物屋に女中奉公していると伝えてあると安心させた。

ていは参造と島を出ることなどできようかと考えていた。

物思いにふけるていに、「そなたは福の神じゃ」と参造が言った。

ていは胸騒ぎを覚えた。舟着場で見かけた人物のことと関わりがあると考えたからだ。

鬼楽亭の主《あるじ》はだれかと参造が聞いた。

極楽島は鬼面の壮八親分が仕切っていた。そんなことを言うと、参造は顔を横に振った。

参造は、島を作った費用は莫大《ばくだい》、やくざ風情にできることではないと言い切った。

ていの不安はますます黒く膨れ上がった。

「それが参造さんを見た最後……」

ていは影二郎に言った。

「四度目はおまえとは会わなかったというのか」

ていは首を振った。

「はまぐり屋のおたつにも会わなかったのだろうか」

「おたつさんが鍵を出すと、あとでまた来ると早々に店を出ていったそうです」

「てい、おまえは参造が屋根船の客を気にして、調べていたと疑っているな」

ていはうなずいた。

「そうでなければ、あんなむごい殺され方はしないはず」

参造は拷問をうけたあとに殺されていた。

影二郎はうなずくと、

「参造が見た武家は大名家の留守居役あたりか、旗本衆か」

島で遊び、鬼面の壮八の見送りをうけるには、それなりの身分であろうと推測された。

「絹ものの羽織袴《はかま》は着ていたけれど、高禄のお武家とは思えない。顔の焼け具合からして外歩きの仕事だね」

「そなたは参造は鬼楽亭を調べたと言ったな。どうしてそう言える」

「最初は女の勘ですよ。ところが前日、湯屋で鬼楽亭のおけいさんに会ったら、殺された男が自分のところに上がったともらしたのさ」

「おけいは遊女か」

ていがうなずいた。

「参造さんはおけいさんの部屋に上がると、半刻《はんとき》（一時間）ほど部屋を空ける、そなたはここにいよと言い残すと、姿を消したそうな、でもおけいさんの寝間には戻ってこなかった」

参造は鬼楽亭でなにかを確かめようとして見つかり殺された。

「参造を殺したのは鬼面の手の者だな」

「島の殺しに鬼面の手の者が関わらないことなどないよ。でも、だれにどうして殺されたかとなると……」

ていは分からないと言った。

「島での約束事を破ったとしたら、参造さんが悪いんだ。自分から殺されにいったようなものだからね」

諦《あきら》めたように言うていの膝の上の猫がふいに起き上がって、伸びをした。

影二郎は立ち上がった。

「外に鬼面も吉兵衛親分も待ちかまえているよ」

ていの気遣いの言葉を背に影二郎は部屋を出た。

頬被りした影二郎は明るくなった島の三叉路《さんさろ》に立つと、どちらに行ったものかと思案した。

右に行けばはまぐり屋へ辿《たど》りつく。左に進めば、鬼楽亭へと達する。

影二郎は左を選んだ。島を抜け出すにはひと騒ぎなしにはすみそうにもない。

うねうねとした迷路を進むと鬼楽亭の建物の東側の板壁にぶつかった。右側に広場が細く見えた。鬼面一家の三下たちがうろうろしている。

体を横にして進めるほどの路地をまっすぐ行けば、鬼楽亭の裏口に辿りつく。その奥から汚穢《おわい》の臭いが漂ってきた。

影二郎は臭いを目指して進んだ。どうやら汚穢舟が人糞の回収にやってきているようだ。裏口から肥桶《こえおけ》を天秤棒《てんびん》にふり分けた男が姿を見せ、影二郎が入ってきたのとは反対の路地へと巧みに歩調をとりながら去っていった。

影二郎は、鬼楽亭の裏戸を押し開けてのぞいた。すると享楽の館の排泄物を、菅笠の男がせっせと肥柄杓《こえびしゃく》で掬《すく》い上げていた。

影二郎が男の背に忍び寄ると、

「杢十《もくじゅう》、早えな」

と男はふりむきもせずに言った。

「すまねえ、ちょいとばかり眠っててくれ」

影二郎は男の鳩尾《みぞおち》を突いて気絶させた。ぐったりする男の手から肥柄杓を取り上げ、体を引きずると、ごみ溜め場に引きずっていった。そこで男の糞塗《くそまみ》れの袷《あわせ》を脱がすと重ね着をして尻をからげた。頬被りの上から菅笠を被り、厠《かわや》のくみ取り口に戻った。意識を失った男の手には一分金を握らせる。

肥桶はまだ半分ほどしか溜まっていなかったが蓋をした。天秤棒を通して腰を入れた。裏戸から出かかると、ふいに鬼面の壮八の手下が顔をのぞかせた。

「怪しいものを見かけねえか」

「へえ、だれも」

「この臭いじゃあな」

顔をしかめた手下は路地へと姿を消した。

影二郎は腰を落とした姿勢で割下水へと進む。高い塀の一角を切り取られた開き戸が見えた。島の排泄物や死骸などを出す隠し出口だ。そこにも鬼面の手下が二人ほど見張りに立っていたが、肥運びの番はうんざりと見えて、遠く離れていた。

出口を潜ると割下水が見えた。

「太助《たすけ》、頑張るじゃねえか」

杢十が汚穢舟からかけられた舟板を上がってきた。

影二郎はいったん戸口に下がって待つと、杢十を通した。なにか言いかけた杢十を無視して舟板に足をのせた。すると舟板が影二郎の重さに耐えかねたか、沈みこんで肥桶がはねた。

身を竦《すく》ませた影二郎を汚穢舟の船頭が、

「太助、なにやってんだ！」

と怒鳴った。すると戸口から杢十までが顔をのぞかせ、

「親父、太助じゃねえぜ」

と叫んだ。

影二郎は肩ではねる天秤棒を割下水に放り出し、舟に飛ぶと、舟板を岸から払いのけた。

船頭が、

「おめえはだれでえ」

と叫んだ。

「舟を借りるぜ」

「馬鹿こくんじゃねえ」

肥柄杓を振り回そうとした船頭を竿《さお》で水面に叩き落とした。竿先で岸辺をつく。

「待ちやがれ！」

影二郎に気付いた壮八の手下が汚穢舟に飛び乗ろうとするのを竿で突き落とし、櫓《ろ》に替えた。

割下水を汚穢舟がゆらゆら進む。前方に三途橋が見えてきた。

「仙太の兄い！　汚穢舟で逃げるぜ」

影二郎の背後から叫び声があがって、三途橋の上に野良犬の仙太らが顔をのぞかせた。

「野郎、臭え舟を乗っ取りやがったせ、新吉《しんきち》、舟に飛べ！」

仙太に命じられた新吉が汚穢舟を見下ろしてためらった。肥桶が舟一杯に並べられている。

「なにしてやがんでえ、新吉、飛び降りろ！　才三《さいぞう》、猪牙に走れ」

新吉が思いきって身を躍らせた。影二郎は肥桶を摑むと新吉に投げた。

「ああっ」

新吉は肥桶を抱くようにして割下水へと転落した。

「仙太、十手持ちとつるむとはどういうことだ」

影二郎は三途橋を潜ると運河へ出た。大川に出るまでに足の早い猪牙舟に追いつかれるのは目に見えていた。

影二郎は櫓に力をこめた。島の舟着場を猪牙舟が離れた。前方に武蔵忍藩《むさしおし》の中屋敷が見えてきた。後方の猪牙舟は疾風《はやて》のように追ってくる。右手に折れて、一丁先の一手橋を潜れば大川だ。汚穢舟をそちらに転ずると、菅笠と、重ねた袷を脱ぎ捨て、水に飛びこんだ。

武蔵忍藩の中屋敷の石垣伝いに、息を継ぎながら鬼面一家の手を逃れた影二郎は、半刻（一時間）後、大川とは反対方向、深川入船町の河岸に泳ぎついた。

潮見橋《しおみ》のそばの材木置き場に木場《きば》の旦那を乗せてきたらしい猪牙舟が方向を転じようとしていた。

「すまねえ、浅草までたのまあ」

水から上がった影二郎を見て船頭が、

「土左衛門かと思ったぜ」

「まだこの世に未練があらあ」

漕ぎ寄せられた舟に這い上がる。水中にいたせいで汚穢の臭いはすっかり洗い流されていた。

「河童《かっぱ》の真似《まね》かい」

「諍《いさか》いに巻きこまれてね」

船頭がびっくりしたように影二郎の顔を見ると、

「島のあたりが騒がしかったが、おめえさんかい。鬼面の手を逃れた人を初めて見たぜ」

船頭は極楽島のかたわらを通る水路を避けると仙台堀《せんだいぼり》へと猪牙舟を進めた。

三

浅草御米蔵の先にある御厩河岸の渡し場に舟を着けさせた影二郎は、三好町の市兵衛長屋の木戸口を潜った。昔、無頼だった時代に住んでいた裏長屋だ。

縦縞の袷はまだ乾いておらず、髪は乱れて体じゅうが湿っぽい。

長屋の戸を引き開けると風が顔に当った。戸締まりして出かけたはずの部屋の奥に裏庭がのぞけて、軒に涼しげに釣り忍が下がっていた。

留守番をしているはずのあかの姿もない。あかは、捨てられて利根《とね》川の岸辺に流れついた子犬だ。それを影二郎が拾って育て、江戸に連れてきた。もはや成犬の骨格をみせる赤毛のあかの体重は五貫（約十九キロ）を超えていた。

影二郎は汚れた袷を脱ぎかけた。すると木戸口であかの鳴き声がした。振り向くとあかが走ってきた。

「影二郎様、お帰りでしたか」

白っぽい紬に姉さんかぶりの若菜が笑みを浮かべ立っていた。小脇にかかえた竹籠には青菜や大根がのぞいていた。八百屋にでも行っていた様子だ。

「来ていたのか」

歩み寄った若菜は濡《ぬ》れ鼠《ねずみ》の影二郎を呆《あき》れたように見た。

「ちょいと水遊びをした。湯屋《ゆや》に行ってくる」

「お待ちください」

若菜が青物を入れた籠を長屋の入り口に置くと、着替えと湯の道具、湯銭までかいがいしく用意して渡してくれた。

「おばばは元気か」

受け取った影二郎は聞いた。

「いく様も添太郎《そえたろう》様も壮健にございます」

浪人の娘の若菜は、影二郎の前で武家言葉を崩そうとしない。いく、添太郎とは影二郎の祖父母だ。

うなずいた影二郎は黒船町《くろふね》の湯屋まで行き、汚穢の残臭と運河の水を丁寧《ていねい》に洗い流した。

これでさっぱりと島の残臭が消えた。

時刻は昼前、明かりとりから陽《ひ》が差しこみ、湯がきらきらと光っていた。手足を伸ばしてようやく人心地がついた。すると長屋で待つ若菜のことが思い出された。

無頼の群れに加わって放埒《ほうらつ》な暮らしを続けていた影二郎は、吉原《よしわら》の女郎だった萌《もえ》と起請《きしょう》をかわして所帯をもとうと考えたことがある。放埒な暮らしも打ち止めにして、祖父母の稼業を継ごうかと思い描いていた。そんな矢先、おか惚《ぼ》れしていた聖天の仏七に騙《だま》された萌は身請けされ、絶望した萌は自ら喉《のど》をついて命を絶った。

影二郎の堕落した暮らしが因《もと》で最愛の萌を殺すことになったのだ。

自暴自棄になった影二郎は仏七を刺し殺して、仇《かたき》を討った。そのせいで獄舎につながれることになり、流罪の沙汰《さた》をうけた。

島送りの船を待つ影二郎の牢を、勘定奉行に就任した父の常磐豊後守秀信が若菜を伴い、訪ねてきた。若菜は萌の妹だった。秀信の依頼を受けた理由の一つに若菜の存在があったことは否《いな》めない。

影二郎が秀信の命じた任務を果たす間、若菜は影二郎の実家、浅草の料理茶屋嵐山に預けられていた。いくと添太郎は、若菜をほんとうの孫のように慈しんでいっしょに暮らした。

その様子をたしかめた影二郎は、市兵衛長屋に戻った。そのことを知った若菜は、

「嵐山は影二郎様の実家にございます。出なければならないのは私のほうでございます」

と泣いて訴えた。だが、影二郎は、

「独り住まいに慣れておる」

と三好町に移り住んだ。

萌と若菜は、容貌《ようぼう》も気性も似通いすぎていた。一つの屋根の下にいると萌と暮らしているような錯覚に陥った。

影二郎にとってつらいことだった。そんな気持ちを知ってか知らずか、若菜は三好町を訪ねてきては長屋の掃除をしたり、煮炊きをしてくれたりした。

影二郎は湯船から上がると、若菜がもたせてくれた単衣に袖を通して、その足で髪結床に回った。

長屋に戻ったとき、昼めしにしては贅沢《ぜいたく》な菜が膳《ぜん》に並び、酒も用意されていた。

若菜が徳利を手に酒を勧めた。浪人赤間乗克《あかまのりかつ》の娘は、料理茶屋嵐山を手伝ううちにすっかり町屋の暮らしぶりが板についていた。

膳にはさわらの味噌漬けの焼き物やら青菜のおひたしが彩りも美しく並んでいた。あかも餌をもらった様子で満足げに土間に丸まっていた。

酒を口に含んだ影二郎は、喉に落とした。徹夜明けの体にゆっくりと染みわたっていく。

「若菜、萌の墓に参るとするか」

若菜と二人のとき、影二郎も侍言葉に戻った。

萌が自ら命を絶って二年半を迎えようとしていた。萌の亡骸《なきがら》は影二郎の亡母みつと同じ上野山下の永晶寺に眠っている。

「姉上は幸せものにございます」

若菜の言葉を影二郎は聞き流した。

「暇をみて上野に参ろう。その折り、二人で永晶寺の墓に香華を手向《たむ》けるとするか」

「はい」

酒を一合ほど飲んだ影二郎は、若菜と一緒に食事を終えた。若菜が食事の後片付けをする様子を眺めるともなく見ていた。すると徹夜の疲れが酒の酔いとともに忍び寄ってきた。いつしか影二郎は眠りこんでいたらしい。顔をなぶる風に目を覚ますと、若菜の姿はなかった。

裏庭に夕闇が忍び寄っていた。

土間からあかが寂しげな顔で影二郎を見上げた。

影二郎はきれいに片付けられた部屋を見回した。無性に哀しかった。

萌と若菜の面影が重なった。

それを振り払うように立ち上がった。

一刻（二時間）後、影二郎は神田川柳原土手にある郡代屋敷裏の富松町の、下役が同居するお長屋に忍びこもうとしていた。台所はがらんとして人の気配がなかった。

一人息子の尾藤参造が亡くなったあと、尾藤家は断絶、帳面方の役は召し上げになった。

もはや役宅を引き払ったのか。廊下を進むと障子の向こうに明かりがもれていた。

影二郎は障子を開いた。

白髪混じりの髪を後ろで引き詰めた伊津が仏壇の前に座して、驚く様子もなく影二郎を見上げた。

「参造を殺めた仲間か」

「勘違いするではない」

伊津はまじまじと影二郎の顔を観察した。

「そなたは侍か」

影二郎は曖昧《あいまい》にうなずき、

「参造どのの死因を調べに深川に参った」

「今更死因など調べてなんになりましょうや」

伊津は隣りの部屋を見るともなく眺めた。

引き払いの準備は終わっていた。視線を影二郎に戻した伊津は、

「ていに会われたか」

と聞いた。

「ていとは何者かな」

「しらばくれずともよい。ていは極楽島とかいう悪所で身を晒《さら》して生きているのは承知して

おる。島に渡ったそなたがていに会わずば調べは半端……」

ずけずけ言う伊津に影二郎は正直に応じた。

「そなたは、ていと参造どのの婚姻を承知されたとか」

「裸身を売る女と棒手振《ぼてふ》りの日当すら稼げぬ役人、似合いの夫婦ではないか」

伊津は吐き捨てるように言って泣いた。

「ていの父親の葬式のおりのことじゃ、参造が顔を紅潮させて戻ってまいった。ていと十数年ぶりに会ったという、ていはどこに暮らしているかと参造に聞くと、京橋の小間物屋で女中奉公というではないか。人の口に戸は立てられぬ譬《たと》え、五年も前からていが父親の借財のために身を落としたことは、噂《うわさ》で流れておった。どこのだれか、お節介ものがこの私にも、ていが深川蛤町の島で恥を晒して生きておると告げ知らせてくれたものよ。知らぬは参造だけであった」

「それでもそなたは、ていが嫁にくることを承知なされたか」

「そなたはていに会ったふうじゃな、どうであった」

伊津は影二郎を問い詰めるように聞いた。

「そなたの返答を聞かずとも分かっておる。ていが針を持てるようにし、字も書けるように仕込んだのは私じゃ。ていは利発な女子《おなご》じゃ。どのような場所でどのようなことをしていようとも変わりはせぬ。汚れはせぬ」

影二郎は大きくうなずいた。

しばし沈黙が支配した。

「参造どのは島で見知りの者に会ったようじゃ。その者、武家と思われる」

「この二月《ふたつき》、参造は役所より書類を持ち帰り、夜も遅くまで調べておった」

となると、見かけた相手は勘定奉行所の上司か朋輩ということになりはしないか。武家が島で隠れ遊びするのはさほどめずらしいことではない。そのこと自体が罪咎《つみとが》になることはない。だが参造は見かけた人物から何かを嗅《か》ぎつけたのだ。

「そなたになにか漏《も》らされることはなかったか」

伊津は首を横に振り、

「役目柄のことを他に漏らす息子に育てたおぼえはない」

と言い切った。

「参造は殺される直前、思いつめたような顔をしていた。おそらく調べていたことがはっきりしたのでありましょう」

「そのようなとき、参造どのはどう行動されたかな」

「一途に走った。それが殺された原因じゃ」

「島で見た人物に何かを訴えたか」

「ありえましょうな」

伊津は瞑目《めいもく》して顔を小さく振った。

「役所から持ち帰った書類はどうなされた」

「すべてあるべきところに戻したはず」

「参造どのの残されたものに今度の事件と関わりのあるものはなかったか」

伊津はふたたび首を横に振った。

森閑とした家の外に不穏な気配が漂った。

「参造どのがなにかを残したと考えたのはそれがしばかりではないようだ」

伊津が胸に差した懐剣に手をやった。

「この場はそれがしにおまかせあれ」

影二郎は伊津を、部屋の隅に積まれた家財道具の背後に隠した。

片膝をついて、影二郎は待った。

無法の風が表口と裏口からなだれこむように突入してきた。

抜き身にした長脇差を手に野犬の仙太が部屋に入ってきた。

「おめえは」

「仙太、島の諍いを外に広げるのは違法だぞ」

「おめえが騒ぎを起こして島から逃げやがったから、親分が念には念を入れて始末をつけろと命じなさったが、勘があたったぜ。影二郎、てめえはだれの指図で動いてやがる」

刃が影二郎の頭上を襲った。

影二郎は仙太の懐に飛びこむと、下から長脇差を持つ手首を腕にかいこむように畳に転がった。仙太がもんどりうって畳に倒れ、影二郎の手に長脇差が残った。

頬の殺《そ》げた浪人が抜き差しにしながら、その切っ先を膝をついた影二郎の胸元に伸ばしてきた。影二郎は長脇差で払い、かたわらをすり抜けようとした浪人の脛《すね》をかっ払った。峰に返す余裕はない。

血が飛んだ。

げえっ！

悲鳴を上げた浪人が障子をつき破って次の間に消えた。

影二郎は片膝をついたまま、長脇差を峰に返した。

「島の掟を教えてやらあ！」

匕首をかざした若い男が正面から突っこんできた。片手を前に出して、刃の動きを隠している。

影二郎は長脇差を体の横に引きつけ、待った。

死の臭いを漂わせて突進してきた若者の腹部を長脇差がすり上げると、匕首の切っ先が影二郎の横鬢《よこびん》をかすめたが、長脇差の峰で叩き上げられた若者は、宙に体を回して転がった。

廊下に三、四人がひしめいている。

影二郎は、立った。長脇差は刃を下に向けて構えられていた。

「容赦はしねえ、叩っ斬る」

影二郎は睨《ね》め回した。

鏡新明智流桃井道場の師範代だった男が怒りを呑んでの一睨みだ。

徒党を組んでの乱暴に手慣れた連中も身を竦めた。

「仙太、鬼面の壮八に言っておけ。おれのほうから挨拶《あいさつ》に行くとな」

障子の向こうで舌打ちがした。

「島で待ってるぜ。この次は生かして帰さねえ」

野犬の仙太の声とともに、怪我人を抱えて襲撃者たちの気配が消えた。

影二郎はしばらく長脇差を手にしたまま、じっとしていた。

「伊津どの、引っ越し先のあてはあるのか」

間があって、

「まだ探してはおらぬ」

という答えが返ってきた。

「もはやここはそなたが住む場所にあらず、身の回りのものをまとめてくだされ」

伊津が家財道具の背後から立ち上がり、暴風が吹き荒れた部屋を驚く様子もなく眺めた。

四

その夜、深川極楽島の舟着場に、浅草鳥越《とりごえ》の住民、長吏《ちょうり》の頭《かしら》にして座頭《ざとう》、猿楽《さるがく》、陰陽《おんみよう》師《じ》など二十九職を束ねる浅草弾左衛門《だんざえもん》の屋根船が着いた。

陰の世界を仕切る親方の到来に島は沸いた。弾左衛門は江戸でも有数の隠れた分限者《ぶげんしゃ》として、この世界に知られていた。

鬼の壮八も手下の知らせに舟着場に飛んできた。

「鳥越の親方、お久し振りにございます」

頭巾を被ったままの弾左衛門が、

「壮八さん、遊ばせてもらいますよ」

とおだやかな声で言った。

屋根船を降りた一行は賑やかに鬼楽亭へと案内されていった。弛緩した空気が舟着場に漂った。その隙《すき》をつくように屋根船から一つの影が島に飛びおり、闇に紛れた。船は何事もなかったように、忍び返しの付けられた板壁下にもやわれた。

四半刻《しはんとき》(三十分)後、鬼楽亭の三階の厠の窓からするすると伸びてきた縄を、路地に潜んでいた影がかるく引っぱったあと、壁をよじ登って消えた。厠に部屋の名が書かれた紙切れが残されてあった。

侵入者は縄と草履を懐に厠を出た。

二階から賭場特有の殺気だった緊迫感が伝い流れてきた。

三階には甘ずっぱい倦怠の空気が漂っていた。表の広場に面した座敷では弾左衛門が遊女や三味線を総揚げにしたのか、はなやかな宴の気配が伝わってきた。が、建物の裏側、鬼楽亭で大奥とよばれる一角は、阿片窟と女郎たちの部屋が複雑に入り組んでひっそりと並んでいた。

影は教えられた部屋の戸を開けて入った。控えの間の向こうに赤い布団が見えた。

「待たせるじゃないか」

影が部屋に入ると、阿片の煙管《きせる》を手にした女が、あら、と小さな声を上げた。

両眼はどんよりとして気怠そうだ。

「おまえさん、部屋を間違えてないかい」

「おけいだな」

おけいが影二郎をしばらく眺めていたが、

「桃井の若先生……」

と半身を起こしかけた。

「おまえとは顔見知りだったか」

「いやさ、こっちがかってに知っているだけさ。私が島に来てすぐにおまえさんは姿を消しなすった」

「座敷がえらくにぎやかだな」

「鬼楽亭始まって以来だよ。木曾屋甚五郎《きそやじんごろう》のお大尽《だいじん》と鳥越の弾左衛門様のお忍びの鉢合わせさ」

「木曾屋とは浅草蔵前《くらまえ》に暖簾《のれん》を上げる商人か」

「そうさ、木曾屋さんはこの大飢饉を逆手に大金持ちになりなすった。天保の紀伊国屋文左衛門《きのくにやぶんざえもん》といわれなすってさ、二年前の京橋の大火事にもさ、貯蔵の材木を逸早く売りに出されて万両を一夜にして稼ぎなすったお大尽だあね」

「あやかりたいぜ」

影二郎は懐から三両を出すとおけいの枕の前に置いた。

「こっちは万両は出せねえ」

「なんの真似ですねえ」

「聞きてえことがある。尾藤参造って男がおまえのところに泊まった夜に殺されたそうだな」

おけいの顔が恐怖に歪《ゆが》んだ。

「なにもおめえが殺しを見聞したって言うんじゃねえ。その夜、年の頃は三十六、七の武家が他の部屋に上がってなかったか、それが知りてえ」

おけいは手にしていた阿片を忙しげに吸った。両眼を細めて煙を吐き出したおけいは、

「侍なんてめずらしくもない」

ととぼけた。が、三両には未練があるらしい。

「壮八当人が送り迎えするとなると、そう多くはないさ」

おけいの阿片に澱《よど》んだ瞳が目まぐるしく動き、枕元に置かれた三両にいった。

「殺された客はあの旦那と会ったかしら」

おけいが反対に聞いてきた。

「あの夜もいたんだな」

おけいがうなずいた。

「二階に降りたとき、ちらりと……」

「名はなんという」

おけいは、顔を横に振り、知らないと答えた。

「しばしば島に来るのか」

「姿を見せるときは三日にあげず、来ないときは何か月も姿を見せない」

「尾藤が殺されたあとは来たか」

おけいは首を振って否定した。

「その客は鬼楽亭の払いをしていくのか」

「女郎風情《ふぜい》に分かるもんかね」

三両に目を落としたおけいは、いいのかという風に影二郎を見た。

「おめえの勘じゃどうだ」

「親分は銭を払って遊ぶ人間を内心軽蔑していなさる」

とだけおけいは答えた。

「銭はおめえのものだ」

おけいが懐に三両をねじ込み、煙管を影二郎に差し出した。

影二郎が断ると、ならばと襦袢の胸元を割ろうとした。

「そいつはいい」

「おめえにおぼれていると剣呑《けんのん》だ。酒をもらおう」

うなずいたおけいはゆらりと立ち上がった。

影二郎はおけいの足音が遠のくとすぐ行動に移った。控えの間の押入れに潜りこむと天井板を外して天井へと上がった。三階建ての天井は、一抱えもありそうな丸柱が縦横に走って、長身の影二郎さえ立って移動ができるほど高い。先ほどまでいたおけいの部屋の真上で待った。

「お待たせ、あら」

おけいの驚きの声に続いて、野犬の仙太の尖った声がした。

「いねえじゃねえか」

「仙太兄い、たった今までいたんだって。嘘《うそ》じゃないよ」

「まだ楼内にいるとみた。三階から探せ」

仙太が弟分たちに命じる声がした。

「先生はここに残ってくんな」

浪人者を残した気配だ。

突然おけいの悲鳴が上がった。もみ合う気配があって、

「このすべた、この金はどうした。てめえ、影二郎に何を喋《しゃべ》くった」

「あたいはなにも……」

「……喋りもしねえで三両もの小判が懐に入ってくるか」

「せ、仙太さん！　よしておくれよ」

「なにを喋ったか言いねえ」

「なにって、聞かれただけだよ」

「だからなにを聞かれたんだ」

「殺された男が私のとこに上がった夜に、三十六、七の侍が鬼楽亭にいたかどうかってさ」

「おめえはなんと答えたんだ」

「だから〝おたかの旦那〟のことなど喋ってないって」

（尾藤の見かけた武士はおたかという姓か）

顔でも張られた音がして悲鳴が上がった。

「喋くりやがって、なめるんじゃねえぜ」

殴打の音とおけいの泣き声が入り混じった。

「どうした、仙太」

鬼面の壮八が顔を出した様子だ。

「親分、この女んところに影二郎の野郎が上がっていた様子なんで」

「待て、野郎はどこから島に潜りこんできた。まさか……」

「……鳥越の親方の手引きというんですかい。汚穢舟だって利用しようという野郎だ。どんなことしたって潜りこんできますさあ」

「そうだな。鳥越とは関わりあるまい」

仙太が、おけいが話したことを壮八に告げた。

「なにっ！　野郎、〝おたかの旦那〟のことを嗅ぎつけやがったか」

しばらく沈黙があった。

「島じゅう、あたれ」

「この女の始末はどうしたもんで」

「おめえに任せる」

「親分さん、仙太さん、許して……」

嘆願の声が苦悶《くもん》の悲鳴に変わった。

「馬鹿野郎！　部屋で殺る《や》間抜けがいるか」

仙太は親分の壮八に散々怒鳴られて、後始末する気配が下から伝わってきた。

影二郎は天井裏にじっとしていた。動いたのは一刻（二時間）余りあとのことだ。

厠からふたたび縄を使って鬼楽亭の裏手に降りた。

島の北側にある水天宮の社に向かった。淫売宿が軒を連ねる迷路を背を丸めて早歩きに行くと、半丁先に鬼面の子分たちがうろついているのが見えた。踵を返した背に、

「野郎、いやがったぜ！」

と叫ぶ声が響いてきた。

影二郎は路地を走った。前方にも追っ手が見えた。手近な切見世《きりみせ》に飛びこんだ。畳一枚半が細長く敷かれた板の間に飛び上がると、薄い布団の上で男女がむつみ合っていた。

「邪魔するぜ」

影二郎は男女の上を飛びこすと奥へ走った。奥には幅一尺ほどの裏口がついている。そこから別の路地に抜けた。左右を見回したが鬼面の身内がいるふうはない。右手へ突っ走った。

半丁も走るとふいに行く手がふさがれた。身の丈七尺、体重三十貫の巨漢は、三途橋から

割下水に転落した大男だ。頭上に長脇差を振りかざして、にたりと笑った。

「今夜は逃がさねえ」

背後を見た。追っ手が走ってくるのが見えた。

影二郎は前方へ走った。

巨漢との間は六、七間と縮まった。

男が咆哮《ほうこう》した。

「う、おおーっ!」

猛り狂った熊《くま》が後ろ足だけで立ち上がった感じだ。

影二郎は懐の匕首を抜くと大男の細い目に向かって投げた。狭い路地では身動きがつかない。大男は振り上げた長脇差で払い落とそうとした。が、大きな体で振り回す長脇差が路地につっかえて機敏に動けない。吸いこまれるように右目に突き刺さった。

「げえっ!」

と叫んで、突き立った匕首を抜こうとした。

影二郎は路地をふさぐ巨漢の股間《こかん》を蹴り上げた。二度三度と蹴っても倒れる様子はない。

背後から追跡者たちが迫っていた。今一度力を溜めて足蹴りを送った。朽ち木が倒れるように巨漢が後ろ向きに倒れた。小山のような体の上を飛びこえ、走った。右に左に無頼時代の勘をたよりに駆けた。

赤い縮緬が見えた。

そのかたわらを抜けようとすると手を引っぱられた。

「こっちだよ」

振り向くとていが手を取っていた。どうやらていの小屋の裏口に迷いこんだらしい。

「迷惑をかけることになるぜ」

「黙って」

ていは楽屋前の暗がりに誘いこむと、影二郎を舞台下の奈落に押しこんだ。潜りこんだ口が葛籠《つづら》でふさがれた。手足も伸ばせそうにない狭い闇に息を潜めていた。

「さね師、男が紛れこんでこなかったか」

荒い声が響いてきた。

「客は表口からしか入ってこないよ」

「客の話じゃねえや」

押し問答が続き、影二郎の上を傍若無人に走り回る音がしばらく続いた。そしてふいに静かになった。静寂は半刻（一時間）も続いた。

闇に明かりが差しこみ、猫の鳴き声が迎えた。

「島が騒がしいと思ったら、おまえさんだったのかい」

ていの声を聞きながら、奈落から這い出した。浴衣を着たていは三毛猫のみけを腕に抱いて立っていた。

葛籠の陰に座りこみ、息をついた。

ていが徳利と湯飲みを持ってきた。

「大胆なのか馬鹿なのか、分かりゃしない」

影二郎は徳利に口をつけて飲み干した。

ていが影二郎の前に座ると、猫が腕から降りて膝に丸まった。

一気に酒を飲んで気を鎮めた影二郎は、懐から手紙を出すとていに差し出した。

ていがびっくりしたように手紙と影二郎の顔を交互に見た。うなずく影二郎の手から手紙を奪うようにとったていは、裏を返して身を竦ませた。

「伊津様……」

ていは慌ただしく開封すると、影二郎に背を向けて読み始めた。嗚咽《おえつ》が起こった。巻紙の動きが止まった。背が慄《ふる》えている。

「伊津様はおまえさんの長屋におられるのかい」

「差し当たって連れていくあてもねえんでな」

尾藤参造の役宅が野犬の仙太らに襲われた夜、影二郎は伊津を市兵衛長屋に誘った。

伊津は思案したあと、位牌などわずかなものを風呂敷にまとめると影二郎に従ったのだった。

ていが振り向いた。

「影二郎さん、おまえさんはなにをしようって気だい」

「尾藤参造が興味を抱いた〝おたかの旦那〟の正体が知りてえ」

なぜ、とていは聞き返さなかった。

「参造さんはそれを知ったから殺されたんだね」

「間違いのねえところだ」

「参造さんの仇を討ってくれますか」

「それがおめえの望みなら、参造を殺した者の命はおれがとる」

「おたつさんが影二郎の言葉は信じていいと言いなすった。信じていいのですね」

ていの言葉つきが微妙に変わっていた。

ていは影二郎の顔を長いこと正視していたが、膝の上の三毛猫の首輪を外した。そして紅絹をほどくと、おみくじを出して影二郎に渡した。

「おまえさんが島を汚穢舟で抜けたあと、気になって部屋じゅうを探してみたんです。するとみけの首輪の紐の結び方がおかしいじゃないですか。調べるとそれが出てきたのさ」

影二郎は水天宮のおみくじを広げてみた。大凶の文字が記された上に、

「岡本《おかもと》次郎左衛門《じろうざえもん》、平林《ひらばやし》熊太郎《くまたろう》、村越大膳《むらこしだいぜん》」

と三つの名が几帳面な手で書かれてあった。

「字は参造の書いたものか」

ていがうなずいた。

思案する影二郎にていが聞いた。

「伊津様は私のことを知っておられましたか」

影二郎は、伊津がていについて話してくれたときの様子を語って聞かせた。

「手紙にも、苦労をしているそうな、と書かれてございました」

ていの言葉つきがさらに武家の奉公人のそれに変わり、ふたたび双眸に涙が盛り上がった。

「それでもそなたを参造の嫁にと望んでおられたわ」

「できますことなら、お会いしとうございます」

ていは諦め顔で言った。

「時節を待て」

影二郎はそう言うと立ち上がった。

四半刻後、舟着場に浅草弾左衛門らの一行が姿を見せた。すると障子を開け放った屋根船が漕ぎ寄せられた。鬼面の壮八の子分たちが弾左衛門の持船の内部を睨めまわすように調べた。しかし猫の子一匹生き物の影はない。

「弾左衛門様、またのお越しをお待ちしております」

「気持ちよう遊ばせてもらいました。またお目に掛かりましょうかな」

鬼面の壮八に見送られて弾左衛門の屋根船はゆっくりと堀から運河へ、そして大川へと漕ぎ進んでいった。

大川に出たとき、障子が閉められた。

「気色の悪い島だねえ」

弾左衛門が吐き捨てるように言うと、煙管を口にした。

「弾左衛門どの、世話になった」

舟板の下から声が響いて、影二郎が顔をのぞかせた。

「人間の欲望にはかぎりがない。そいつにつけいるのが商人の常道だが、島のそれは商いなどというものではない。人間を堕落させ、破壊させていく地獄島じゃ」

影二郎は鳥越に弾左衛門を訪ね、隠密裡《り》に島に潜入する方策はないものかと相談した。影二郎が無頼の時代に知り合った弾左衛門は、二年前、流罪になったはずの影二郎が突然姿を見せても驚きもせず、それまでどおりの付き合いを許してくれていた。

その弾左衛門は影二郎の話を聞くと、

「一度この目で確かめたいと思っていた」

と船を仕立てて、自ら影二郎の島の出入りを助けてくれた。

「徳川幕府は慶長十七年（一六一二）、庄司《しょうじ》甚右衛門《じんえもん》様に江戸市街の傾城《けいせい》屋を一か所に集める許しを与えて以来、岡場所官許は幕政の基本であったはずじゃ。ぼうふらのように湧き出た極楽島を取り締まれぬとは、幕府の弱体、目を覆うものがある」

弾左衛門が統率するもう一つの江戸社会は、厳然と機能していた。弾左衛門が嘆くのも無理はない。

「木曾屋甚五郎なる大尽と鉢合わせなさったそうで」

「遊びも知らん成り上がりとみた」

と吐き捨てた弾左衛門が、

「影二郎どの、そなたが島をつぶす気なら、この弾左衛門、手助けいたしますぞ」

大川を横切った屋根船は永代橋《えいたい》際に接岸しようとしていた。

「肝《きも》に銘じておきまする」

そう答えた影二郎は一人、河岸に向かって飛んだ。


その昼前、上野山下の永晶寺の墓地で住職の通然《つうねん》が読経する声が流れていた。そして、みつと萌が並んで眠る墓の前に影二郎と若菜の二人が瞑目して合掌していた。

萌の墓参のため、寺で待ち合わせたのだ。

力を増した夏雲がわずかに空を覆うばかりの強い日差しが、江戸の町に降り注いでいた。

読経が終わり、二人は香華を手向けた。

通然が立ち上がると、

「御前がお待ちですぞ」

と案内するように立った。花桶《はなおけ》を手にした若菜と影二郎は住職のあとに従う。

本堂に勘定奉行常磐豊後守秀信が座して瞑目していた。

通然は若菜を伴い、本堂を去った。

父とは牢奉行石出帯刀《いしでたてわき》の役宅で会って以来、およそ二年ぶりの再会だ。

秀信は影二郎の様子を見ると安心したようにうなずき、

「なにか分かったか」

と聞いた。

影二郎は島で探索したことを告げると、水天宮のおみくじに書き残された尾藤参造の文字を見せた。

秀信はおみくじに視線を落としてしばらく沈思していた。二年前、無役からいきなり勘定奉行公事方に抜擢《ばってき》され、おろおろして倅の影二郎に助力を求めた自信のなさは見られなかった。秀信を勘定奉行に推挙し、背後から操ろうとした老中大久保加賀守忠真《おおくぼかがのかみただざね》の辞職も秀信を伸び伸びさせた要因の一つであろうか。また八州廻りを率いるなど荒事の公事方より、幕府の財政を担当する勝手方が性に合ったのか。

「極楽島をどうなされます」

「島の管轄は町奉行所じゃ。諍いはしたくない」

影二郎は、秀信の性格はそうそう変わるものではないとがっかりした。だが、秀信は、

「極楽島は町奉行の管轄じゃが、天領は勘定奉行の支配下にある」

と言い足し、説明した。

「それがしが勘定奉行公事方に就任したとき、所内に通達を出した。奉行所管轄領地および所内の不正、どのように小さきことにてもあらば、匿名でもかまわぬ、奉行直々に書状を差し出せとな。吉宗《よしむね》様の目安箱《めやすばこ》の顰《ひそ》みに倣《なら》って役所の廊下に木箱を置いた。この一件も世情の噂なれど、不正の疑惑ありという投書から始まった。その主が帳面方尾藤参造と分かったのは死の直後じゃ。尾藤は最後の書状で姓名身分を明らかにし、代官領内に不正ありと訴えてきた。そなたが調べてきた岡本次郎左衛門、平林熊太郎、村越大膳とはな、代官、郡代の名前じゃ。おそらく尾藤がそれがしに訴えようとした、不正の三天領であろう。残念なことに尾藤はそれがしとの面談を前に殺害された。となれば……」

秀信は影二郎に三代官領への潜入を命じた。

「不正あらば始末せよと仰せられますか」

うなずいた秀信が、今一つ、と言い出した。

「特命を命じた新任の八州廻り浜西雄太郎《はまにしゆうたろう》が信濃《しなの》領に入るとの知らせを寄越したまま、行方を絶った」

幕府は文化二年（一八〇五）に関八州、武蔵《むさし》、相模《さがみ》、下野《しもつけ》、上野《こうずけ》、常陸《ひたち》、上総《かずさ》、下総《しもうさ》、安房《あわ》の無宿者、渡世人などの取り締まりのために関東取締出役《かんとうとりしまりしゅつやく》を設けた。その通称八州廻りは、寺社、勘定、町奉行の手形を持ち、天領、大名領の区別なく立ち入って捜査ができた。八州廻りは公事方に所属する。勝手方に交替した秀信にはもはや関係ないはずだが、と思いながらも影二郎は聞いた。

「浜西はどのようなことを調べていたのでございますか」

「加賀藩が阿片売買にからんでおるとの情報を得てな、浜西は密かに参勤下番《かばん》の行列を尾行しておった」

「なんと……」

諸国大名の取り締まりは大目付の権限下にある。勘定奉行支配下の役人が手を付けられるものではない。赴任して間もない浜西とて知らぬはずはない。

「それがしにどうしろと仰せられますか」

「浜西一行の行方を探索せよ」

「生死に関わりありと父上はお考えでございますか」

「ある」

管轄外とはいえ大名家の者が幕府の一機関、勘定奉行支配下の役人を無闇に処断するとも思えなかった。

影二郎はこれが、勝手方に転じた今も八州廻りの不明事件が気にかかる原因かと思った。

「そなたの手によって、腐敗堕落した八州廻りは始末された。それに代わる新任の者たちが役目について半年余り、余は些細な不正も見逃すなと督励して出先に送り出した……」

秀信の顔に浜西の生死を気遣う感情が漂った。

「父上、極楽島の一件と浜西雄太郎一行の不明事件は関わりがあるのでございますか」

秀信はしばし重い沈黙に落ちた。

「あるともないとも今は申せぬ、調べさせておるところじゃ」

影二郎は待った。が、秀信からそれ以上の説明は返ってこなかった。

「明日にも出立《しゅったつ》せよ」

曖昧模糊《あいまいもこ》とした事件探索を命じた秀信は袱紗《ふくさ》に包んだ路銀を懐から出して、影二郎の前に置いた。

「浜西の履歴、供の者の名などはそのなかに書き記してある」

「もし浜西雄太郎が何者かの手に掛かり、一命を落としていたとしたら」

「探索を続行せよ」

「浜西に是《ぜ》あらば……」

「……手限《てぎり》裁決を持つ八州廻りを殺したとあらば、由々しき事態。その者の処断を許す」

関八州を移動しながら悪を追及する八州廻りには手限裁決が許されていた。当初、軽犯罪のみしか手限は権限を与えられていなかったが、世情不安の社会を背景に重大犯罪が多発した。そこで重罪人を江戸の勘定奉行公事方に送る手間を省き、八州廻りの現地裁判というべき、

「もし手余り候えば打ち殺し候とて苦しからず候」

という手限裁決の特権を極秘に与えていた。秀信は八州廻りの権威が傷つけられたと考えているようだ。

「理あらば処断せよと仰せられるので」

重ねて聞く影二郎に秀信は大きくうなずくと、話は終わったとばかりに立ち上がった。

第二話　暗雲碓氷《うすい》峠

一

上野と信濃の国境は碓氷峠だ。標高およそ五千尺（一三三六メートル）、中仙道《なかせんどう》第一の天険である。

天保九年（一八三八）夏の夕暮れ、無紋の着流しに南蛮外衣を肩にかけた夏目影二郎は、博多帯に法城寺佐常《ほうじょうじすけつね》二尺五寸三分（約七十七センチ）を落とし差しにして、中仙道の坂本《さかもと》宿から刎石山の峠道にかかった。先反佐常《さきぞり》ともいわれる刀は、南北朝期に鍛えられた大薙刀《おおなぎなた》を反りの強い豪刀に鍛え直したものだ。帯には道中用の小さな矢立てがあった。

西の空に異形の山塊妙義《みょうぎ》山が屹立《きつりつ》する峠道の新緑は、岩肌に山つつじの赤を点在させて目に染みるようだ。少し西に傾いた茜《あかね》色の日差しが、前を行くあかのがっしりした四肢《しし》を照らし出した。峠の傾きの熊野神社までには二里（約八キロ）もつづら折りが続く。あかが峠道を外れると刎石山の谷伝いに落ちてくる水を飲みにいった。

影二郎は足を止めると渋を塗り重ねた一文字笠を脱ぎ、頭に風をいれた。

ふいに生温かい風が峠道を下ってきた。

あかが口をつけていた谷川の水から顔を上げて、峠に向かって吠《ほ》えた。背の毛が逆立っている。

影二郎は南蛮外衣の襟《えり》を右手に置いて、坂上を見た。

つづら折りが造る谷間に重なり合う樹間に、黒い怪しげな影が砂塵を上げて降りてきた。網代《あじろ》笠に墨染《すみぞ》めの破れ衣、手には錫杖《しやくじよう》を持った裸足の一団は怒鳴るように詠唱していた。

「南無阿弥陀南無阿弥陀……」

狭い山道を一人が先頭に立ち、その後方に三人ずつが楔《くさび》型に広がって走ってきた。つづら折りの道の陰にいったん姿を没したが、あたりからめらめらとした敵意を燃え上がらせて接近してくる。

影二郎とあかが立つ曲がり坂は道がふくらんでいた。

「控えておれ」

あかが谷奥へ身を潜めたのと、集団がふたたび姿を見せたのが同時だった。

「そなたの命、もらいうけた！」

頭《かしら》分らしき坊主が叫ぶと錫杖を抜いた。杖に仕込まれた七本の刀身が夕日に光って赤く燃え、影二郎を襲った。

その瞬間、影二郎の手にしていた南蛮外衣が引き抜かれて翻り、襲撃者の視界をふさいだ。襟をつかんだ影二郎がひねりをいれると、黒羅紗《くろらしゃ》の裏地は目にも鮮やかな猩々緋《しょうじょうひ》をみせた。裾の端が一番手の頭分を襲った。頭分は上体をひねって長合羽《ながかっぱ》の襲撃を逃れた。が、谷側にいた二番手の額を、裾の両端に縫い込まれた二十匁《もんめ》（七十五グラム）の銀玉が襲った。すさまじい悲鳴を残して谷に転落していった。

襲撃者の楔陣形は一瞬のうちに崩されて、動きを止めた。

影二郎は長合羽を手許に引き寄せると背後に投げ捨てた。

「こちらは見てのとおりの流れ者、おまえらのような荒法師に襲われるいわれはない」

「夏目影二郎、正体は知れておる」

荒々しいまでの風貌《ふうぼう》に尖った眼光を持つ巨漢の頭分が片手を振った。

崩された楔から円へと攻撃の態勢を変えようとした。輪は不動の頭分を中心に右に三名、左に二人が回りこんだ。

その瞬間、影二郎が動いた。

背後斜めに向かって飛び下がると同時に、法城寺佐常を抜き差しにして車輪に回した。身幅が厚く反りの深い豪刀はすさまじい遠心力で右手の二人の胴を撫《な》で斬っていた。倒れる体の上を飛ぶと崩れた輪の外に立った。

「くそっ！　油断するでないぞ！」

一瞬のうちに三人を倒された七人の襲撃者の頭分が、残った三人の仲間に声をかけ、左手の錫を鳴らすと、右手の仕込み杖を影二郎の喉につけた。

影二郎は錫に刻まれた修那羅《しゅなら》山の四文字を読みとった。

三人の手下《てか》たちは影二郎の前後と後方に間をとって控えた。

「必殺四方陣！」

頭分の剣がいったん引かれて伸びようとした瞬間、峠道に叫び声が上がった。

「横川《よこかわ》関所のお役人の出張《でば》りだよ！」

峠道の下から女の声がした。横川の関（碓氷関所）は醍醐《だいご》天皇の昌泰《しょうたい》二年（八九九）に設けられ、安中《あんなか》藩の管轄下にある中仙道第一の取り締まりだ。

頭分は動きを止めて迷った。

「仲間を引き連れて退《ひ》くがよい」

影二郎は法城寺佐常の切っ先を、路上に倒れた二人の手下に向けた。

頭分が手を上げると、それぞれ一人ずつ仲間を肩に担いだ襲撃者は峠の上へと走り戻っていった。

影二郎は谷川の水に法城寺佐常を浸して血糊を流すと懐紙で拭《ぬぐ》った。鞘《さや》に納めたとき、荷を背負い、幟《のぼり》を丸めて巻きつけた竹棒を手にした女が姿を見せた。

「旦那、余計なことだったようだね」
二十二、三の女の額にはうっすらとした汗が光っていた。なかなかの美形だ。
「いらぬ殺生をせずにすんだ」

影二郎が言うと女がにっこり笑い、谷川の水に浸した手を汗の上に置いた。

「ああ、気持ちいい」

「江戸者のようだな」

「あたいは浅草奥山の水芸人、水嵐亭《すいらんてい》おこま……」

と名乗った女の背の箱には水芸の道具がはいっているのか。

影二郎も名乗った。

「旦那も神田川の水で産湯をつかった口だね」

「とはいえ江戸にも住みかねての旅暮らしだ」

あかが尻尾を振って出てきたのを見たおこまは、

「おやまあ、犬連れの旅人たあ、めずらしいね」

と白い歯をのぞかせて笑った。

南蛮外衣を拾って肩に戻した影二郎を、

「旦那も奇妙な手妻《てづま》を使いなさるね」

といっしょに峠道へと歩き出した。

「一座に入らないかい」

「おれのは投銭が飛んでくる芸ではないわ。それにな、飛水に血が混じることになる」

「おもしろそう」

すでに夕日は山の向こうへと没していた。

「旦那はどちらへ」

「峠の向こうだ」

「信濃かい」

「追分宿《おいわけ》には着きそうにもないな」

「旦那、峠には旅籠《はたご》がありますって。夜露はしのげますよ」

おこまは街道に詳しい様子だ。

あかが急に張り切って二人の前を歩き出した。

二人が熊野神社の社前に軒を並べる宿場に辿《たど》りついたのは、残光もかき消えた頃合だ。社殿前が上州《じょうしゅう》と信州《しんしゅう》境だ。おこまは参道わきを入った木賃《きちん》宿に影二郎とあかを連れていった。囲炉裏《いろり》端には峠の上で夜を迎えた旅人たちが五人ほど座っていた。

「どなた様もおせわになりますよ」

おこまは芸人らしく会釈《えしゃく》を振りまくと、肩の荷と幟を上がりがまちの端に置き、裏口に

姿を消したとおもったら、かいがいしく足濯《すす》ぎの桶を運んできて、

「旦那、足を」

と影二郎の前に置いた。

旅籠の亭主があかを見た。

「飢饉が続く折り、犬なんぞを連れ歩くとはめずらしい旅人じゃな」

「主《あるじ》、犬に餌を与えてくれぬか」

二朱金を投げた。器用に受けとった亭主は、

「麦めしにぶっかけ汁でいいかね」

「酒があればもらいたい」

影二郎は足を洗うと男たちの間に座りこんだ。行商が二人、渡世人が一人、公事に出向いてきた風の百姓が二人と男ばかりだ。

「ああ、さっぱりした」

手拭いをつかいながらおこまが戻ってきて、板の間に上がると、ぱあっとあたりが華やいだ。

「肴《さかな》は菜漬けしかねえよ」

亭主が徳利と湯飲みを二つ持ってきた。土間からはあかが汁かけめしに顔を突っこんで食べる音が響いてくる。影二郎は二つの湯飲みに酒を注ぎ分け、一つを手にした。

「私にかい」

「無駄なことを聞くではない」

うなずいたおこまが目の前に湯飲みを上げると喉を鳴らして飲み干した。

「炎天を歩いたあとの一杯はなんともいえないね」

影二郎は手酌でやれと合図すると、湯飲みに口をつけた。水っぽい酒だった。それでも喉に落ちると胃が鳴った。

「旦那、なんで坊主なんぞに恨みをうけるんだい」

「おれには覚えがない」

「また現われるよ」

そう言ったおこまにうなずくと、

「亭主、前田《まえだ》様の行列が峠を通過したはいつのことだ」

と聞いた。

この五月、加賀《かが》百二万石前田加賀守斉泰《なりやす》の参勤下番の行列はいつもの年より一月《ひとつき》遅れで江戸本郷の上屋敷を出立した。

三月に起こった江戸城の焼失によって助役に任じられ、十五万両の献納を命じられた。そのために遅延したのである。

「梅ばちの大提灯やかすみから」

俳人小林一茶《こばやしいっさ》は柏原《かしわばら》宿を通る前田家の行列をこう詠んだ。

加賀の参勤は五代綱紀《つなのり》の頃、四千人を超えたという。だが、天保期、二千数百人前後に落ち着いていた。それにしても二千三百余人の大人数の通過は一大行事だ。

二千三百四十二人の大行列が碓氷峠の手前、中仙道安中宿を発《た》ったのは十二日前、八州廻りの浜西雄太郎一行もその朝信濃へと姿を消している。浜西に随行したのは雇足軽《やといあしがる》二名、小者《こもの》一名、道案内の十手持ち、安中の三右衛門《さんえもん》の計五人だ。

碓氷峠の横川関所を調べてみた。身分を隠したにせよ、浜西雄太郎らしき一行が関所を通過した様子はなかった。土地の町役人に金を摑ませて、影二郎が聞き出したことだ。

「はてな、本行列が通過されたは十二日前、小払い隊が二日後に通過されたがな」

「小払いとはなにかな」

「加賀様の行列ともなるとな、露払い役のお先三品が先行して、藩主様の行列通過を知らせて歩くのさ。小払い隊は本行列の後を本陣などの支払いをして歩く役だね」

「行列に異変はなかったか」

「お国で飢饉がひどくなったとか、えらく急いでいなさったがね。異変なんぞないね」

おこまが、奇妙なことを聞き出した影二郎を見た。

「旦那」

と言い出したのは薬売りだ。

がね」
「善光寺《ぜんこうじ》宿でお行列お出迎えの藩士の方々と行き合ったが、あっちもなんの不審はなかった

百二十里（約四百八十キロ）を加賀の行列は十二泊十三日で歩き抜く。

発駕と着駕の日は、送別歓迎の儀式があるので五里を歩いただけで宿泊した。残り百十里を十一日で走破するということは、風雨にかかわらず一日十里（約四十キロ）を進まねばならないということだ。加賀の殿様ものんびりと街道の光景をめでながら旅をするわけではない。ひとえに経費の問題である。二千数百人の宿泊費、昼食代、馬の費用、川越え費など、道中費は銀三百二十貫になったという。一日浮かせばそれだけで四百五十余両からの節約になるのだ。加賀百万石といえども早発ちして急ぎに急いだ。

十二日前に碓氷峠を越え信濃路に入った行列は、とっくに金沢に辿りついていることになる。

（金沢まで追跡することになるのか）

「峠の向こうは荒れ模様でしてね、途中で加賀様の御行列は足止めを食ってますぜ」

と薬売りが言った。

朝めしに雑炊をすすった。

影二郎とあかが一夜の宿を求めた熊野神社前の旅籠を出ると、おこまが当然といった顔で

同行してきた。行く手の信濃の空は鈍色《にびいろ》に曇って、雲の動きも激しかった。

「今年は野分《のわき》がくるのが早いようだよ」

二人の男女と犬は碓氷峠を一気に下って、軽井沢《かるいざわ》宿から信濃追分宿に到着した。加賀藩の行列が進んだ北国《ほっこく》下街道、またの名を善光寺路へと、雄大な浅間《あさま》山の噴煙を見ながら踏み入れた。

〈小諸《こもろ》でてみろ浅間の山に
けさも煙が三すじ立つ……〉

馬子《まご》が信濃追分節を歌いながら往来する。江戸より二十宿三十九里二十一丁の追分宿の分岐路には名物の大石灯籠があった。

「おこま、先に行ってもよいぞ」

影二郎は石灯籠のかたわらに暖簾を上げた茶店に入っていった。

「旅は道連れというよ、縁があったんだ。いっしょに休むよ」

まだ早い刻限だ。茶店で休む旅人はいなかった。黙念と客待ちしていた親父が茶を運んできた。影二郎は茶代にしては法外の一朱を置くと、

「十二日も前、八州廻りが通りはしなかったか」

「旦那、お侍は何人も通るがね。八州様は、上州境までと決まってらあな」

馬鹿なことを聞くなというように吐きすて、親父は奥に引っこんだ。

「加賀様の行列の次は八州廻りだって。旦那はただの旅人じゃないね」

「おれに付きまとうと昨日のように剣呑な目に遭うぜ」

「なんだかそれを待っているようだよ」

そう言ったおこまは立ち上がり、

「旦那の聞きこみじゃ、らちがあかないよ。あたいがね、調べてくるよ」

おこまはそう言い残すと本陣のある追分宿へと戻っていった。

影二郎は女の背に視線をやった。

（一体何者か。とりあえず様子を見るとするか……）

思案しながら影二郎は縁台から立ち上がった。


その夕暮れ、影二郎とあかは北国下街道を上田《うえだ》城下へと入っていった。

上田は天正十一年（一五八三）に真田《さなだ》昌幸《まさゆき》が築城を始め、二代四十年にわたって徳川勢の攻撃を退けてきた城下町だ。

真田一族が元和《げんな》八年（一六二二）の信之《のぶゆき》の代に松代《まつしろ》に移封となった後、仙石《せんごく》家が八十五年、さらに松平《まつだいら》家へと引き継がれ、今では六代の松平伊賀守忠優《いがのかみただます》が五万三千石の主であった。

茶屋の鍋、釜を商う鋳物屋が軒を並べる通りから本陣問屋のある通りに入ると、御城の天守閣が若緑の木立ちの向こうに見えた。

影二郎が足を大手町に向けた。

「東西東西、江戸は浅草奥山の芸人、水嵐亭おこまの水芸にございます。ご用とお急ぎでない方もある方も、一期一会《いちごいちえ》のご縁にござります。まずは小手調べ。あらふしぎ、夏の夕暮れ、白扇から一筋二筋の水が中空へと立ち昇りましたら、ご喝采……」

口上が町角から聞こえてきた。

影二郎はおこまの声に誘われて向きを変えた。千曲《ちくま》川の河原をのんびりと上田へ歩を進めていた。その間におこまは街道を先行してきたらしい。

人の輪のなかに、頭に水色の派手な頭巾にこれも同色の振り袖、袖なし銀羽織に袴を穿《は》いたおこまが、両手の白扇を見物衆の前で交差させた。すると閉じられた白扇の先から水が夕闇の町角へと涼しげに立ち昇り、拍手が起こった。

おこまは白扇を開いて見せたり、左右の扇を宙に投げ上げたりとなかなかの芸達者ぶりで、見物の衆の興を引きつけている。

「さあて、最後は二本の白扇が三本に、三本が四本にと変わりましたらご喝采。夏は流水、白糸の滝にございます……」

衣装に着けられた鈴を巧みに鳴らしたおこまは、二本の白扇を一本二本と増やしながら地面近くから段々と競《せ》り上げていき、あたかも谷川の流れが岩をはみ、白い飛沫《しぶき》を上げて流れ落ちる光景を演じてみせた。

やんやの喝采の後、投銭がおこまの足下に舞った。

「これにて水嵐亭おこまの拙《つたな》き芸の店終《みせじま》い、どなた様もありがとうございました」

影二郎は客が散るのを待った。

「なかなかの芸だな」

「囃子《はやし》があるといいんだけどね。一人芸は忙しいったらありゃしない」

と言いながらも、おこまは生き生きとした顔を見せた。

「それにしても旦那は薄情だね、他人に調べさせておいて、おいてきぼりなんてひどいよ」

「ものをたのんだ覚えはない」

おこまは手早く道具を片付けて背に担いでいた箱に入れると、

「それだもの。ずるいったらありゃしない」

と言った。

影二郎は御城へと足を向けた。すると大道芸の衣装姿のおこまも肩を並べた。

大手町を抜けると堀に突き当たり、東虎口櫓門が残光に浮かんでいた。

影二郎は堀に沿って歩いていく。

「旦那が行方を追っていなさる八州廻りは浜西雄太郎様だね」

おこまの顔を影二郎は振り見た。

「八州様といってもまるで素人だよ。碓氷の横川関所を避けて裏道を抜けたとき、道案内をたのんだ杣人《そまびと》にさえ、八州様と見抜かれての峠越えだ。すぐに足どりはつかめたよ」

浜西は、腐敗に塗《まみ》れた八州廻りを影二郎が始末したあと任官された新入りで、武蔵と相模を統括した代官中村半太夫《なかむらはんだゆう》の手代《てだい》からの抜擢《ばってき》であった。年齢は二十八歳と若い。

勘定奉行の常磐秀信が浜西の忠義心と帳簿を見る能力を信じて任命した者であった。だが、おこまにも見抜かれたように実践の場での経験が不足して、功名心が空回りしたようだ。

「浜西様が気にかけておられたのは、旦那もすでにお見通しの加賀様の行列さね」

「……」

「八州様は板橋宿《いたばし》で加賀様の行列を待ち受けて尾行してこられた様子ですよ」

影二郎はおこまの顔を見た。

「間違いありませんって。裏街道を抜けるとき、小者の一人が加賀様の行列のあとを金魚の糞のようについて歩いちゃ、屋根の下に泊まることもできないって、杣人にぼやいたそうなんで」

二千数百人の集団が宿に分散して泊まるのだ。他の旅人を受け入れる余裕などない。

「おこま、浜西はなぜ加賀様の行列に関心を持ったのだ」

影二郎はおこまを試すように聞いた。

「そこまでは調べがつきませんよ」

「半端じゃな」

おこまがきっとした顔で睨《にら》んだ。

素知らぬ顔の影二郎は、くるりと踵《きびす》を返すと北国下街道に背を向けた。

加賀藩の行列は上田宿から四里（約十六キロ）弱の坂城《さかき》宿に宿泊する。これから向かうと到着が深夜になる。ならば上田に泊まって早発ち、と影二郎は決めた。

「旦那、城下の旅籠町はそっちじゃないよ」

「おれのねぐらは善根《ぜんこん》宿か流れ宿《ぐ》と決まっておる」

大名行列や御用の役人は宿場の本陣、脇本陣に泊まった。町人は旅籠か木賃宿が決まりだ。門付《かどつ》け、芸人、石工など街道を流れる渡世人のために、流れ宿とか善根宿と呼ばれる宿泊所が河原などにあったものだ。これらの宿の多くは長吏頭、浅草弾左衛門とつながりを持っていた。

影二郎は弾左衛門より渋を幾重にも塗り重ねた一文字笠を贈られていた。渋の間には『江戸鳥越住人之許』と梵字《ぼんじ》が浮かんでいたが、これは流れ宿を自由に使える通行手形を意味していた。

「そなたは城下の旅籠にでも泊まれ」

「いやですよ。こうなったらとことん付き合いますよ」

おこまが意を決したように影二郎に追いついてきた。

千曲川のほとりに傾きかけた板屋根の流れ宿を見つけたとき、すでに夜の帳《とばり》が降りようとしていた。

「一夜の宿を申しうけたい」

影二郎が一文字笠を差し出すと、主がうなずいてみせた。

泊まり客にめずらしい男の顔を影二郎は見つけた。だが、互いに素知らぬ顔を通した。

二

影二郎は、眠りにつく前に小用に立った。筵《むしろ》で囲った厠を避けて、千曲川の流れに降りた。増水した流れは闇に瀬音を激しく響かせていた。

人の気配が背にした。

「八州殺しの旦那、久し振りで」

関所破りとして八州廻りに追われる国定忠治《くにさだちゅうじ》の身内、蝮《まむし》の幸助《こうすけ》だ。

国定忠治は幕府にとって大戸《おおど》の裏関所を破った凶状持ちだが、飢えに苦しむ上州の百姓衆にはお上に立ち向かう英雄と映っていた。赤城《あかぎ》山の砦に立てこもっていた忠治と影二郎が顔を合わせて以来、腐敗した八州廻りを追跡する旅のあちこちで蝮の幸助とも出会ってきた。

影二郎は、忠治が逼塞《ひっそく》した社会を変えるために水戸斉昭《みとなりあき》らと連動しているとの予測を持っていた。影二郎が八州殺しの異名で呼ばれるようになったのも忠治との出会いの頃だ。

「おまえがいるってことは忠治も近くにいるのだな」

「さあてね」

と連れ小便をしながら言った。

「旦那は何の用事だい」

「八州廻りに追われるおまえに聞くのが早道かもしれぬ。浜西雄太郎の行方を知らぬか」

おやっ！　という顔で蝮が影二郎を見た。

「加賀藩の大名行列にくっついて、信濃境を越えた間抜けかい」

影二郎がうなずいた。

「どうしようというのだね」

「助けようと思ってな」

闇に笑い声が響いた。

「八州殺しが八州廻りを助けるだと」

「おかしいか」

影二郎も闇を透かして蝮を見た。

「本気のようだな」

影二郎は黙っていた。すると、蝮が答えた。

「善光寺宿外れの富田村を訪ねることだ。噂が聞こえるかもしれねえ」

「十手持ちの庄屋の笹三《ささぞう》が、道案内の安中の三右衛門と兄弟分だ。まずは信濃路に入って頼るとしたらそこらあたり」

「尋ねるあては」

蝮は腰を振った。

「さすがに蝮の兄貴だ」

「おまえさんに褒められるたあ、気色が悪いぜ」

「いま一つ、修那羅山とはいずこの山か」

蝮は千曲川の闇を透かすようにはるか彼方を眺めた。

「上田から松本街道を青木《あおき》村から青木峠に向かいねえ。峠を前に坂井《さかい》村へと北に分け入ると修那羅山に行きつくぜ」

上州を飛び出し、関東、信濃、越後と旅暮らしを続ける蝮の幸助だ。たちどころに答えた。

「坊主どもに会いに行きなさるか」

「碓氷峠でいきなり襲ってきたからな」

ふーむ、としばし考えた蝮は、

「修那羅山はよ、およそ四、五百年も前に信濃大国魂命《おおくにたまのみこと》をご祭神に開祖された山よ。その山にな、貞保親王の後胤《こういん》にして望月《もちづき》氏を名乗る一族の末裔《まつえい》、頸城《くびき》郡大鹿村の住民留次郎《とめじろう》が奇妙なことを考えたと思いねえ。享和三年（一八〇三）、九歳の留次郎は、天狗に従って、全国行脚《あんぎや》の旅に上がってよ、妙義山、秩父三峯山《ちちぶみつみねさん》、相模大山《おおやま》、加賀白山《はくさん》、越中立山《たてやま》などあちこちの修行場で参籠した後、法力を得たと称して故郷《くに》に戻り、修那羅山に安宮《やすみや》神社を開祖したのよ。ところが最近、この山によ、七坊主と名乗る荒法師が棲みついて集団で飛び歩くとかで、土地の者も近付かねえ」

「神社に七坊主か」

「こんな世の中だ。神社に坊主がいたところで不思議はあるめえ」

蝮は、七坊主が信仰とは無縁の存在であることを言外に匂わせた。

「明日は早発ちだ。挨拶はしねえぜ」

蝮の幸助の気配が影二郎のかたわらから消えた。

千曲川の流れ宿を出て土手道を北へ向けて以来、おこまは口を利《き》かない。

影二郎も黙ったままだ。

ついに焦《じ》れたおこまが聞いてきた。

「旦那、やくざ者と知り合いかい」

「首を突っこみすぎると火傷をする」

「性分だもの、直しようがないのさ」

「蝮の幸助、国定忠治の一の子分だ」

おこまが、えっ、という驚きの声を発した。

「旦那が分からなくなってきたよ」

昨日よりもさらに雲行きが怪しく、北の空は黒く染まっていた。

「おこま、山に入っても、商売にはならぬぞ」

「そうなんだけど、旦那のことが気になってね。旦那は加賀様のあとを追うんじゃなかったのかい」

おこまは考えにふけるような顔で言った。

土手道は河原に降りる道と交差した。右に折れれば、北国下街道に出る。影二郎の足は河原へと降りた。

「旦那、どこに行くんだい」

「寄り道をしたくなった。そなたは善光寺で稼ぐとよい」

おこまはなにかを言いかけたが、黙ってついてきた。

中之条《なかのじょう》河原には渡し舟を河原に引き上げて暗澹《あんたん》とした顔で佇《たたず》む船頭がいた。千曲川は水量を増し、白波を立てて北へと向かっていた。

「向う岸に渡してくれぬか」

船頭が、着流しの腰に豪刀を差した影二郎を振り見た。

「旦那、女に犬連れで急流を乗りきろうというのかね。命あっての物種だ。やめたほうがいい」


船頭は影二郎を浪人者と見たか、丁寧な口調できっぱり断った。

「へそ曲がりでな」

影二郎は小判を投げた。器用に宙で摑んだ船頭は、しばらく川の流れに目をやっていたが、

「一両の渡し賃には勝てねえ」

と呟いた。

「旦那、川役人に見つかる前に漕ぎ出すぜ。手伝ってくれ」

船頭と影二郎は船を流れに押し出した。おこまがおずおずと乗り、あかが続いた。

足を濡らした影二郎が舟縁《ふなべり》を押すと飛び乗った。

船頭が船尾で竿をついた。が、すぐに櫓に替えた。

流れは河原で見るよりもはるかに激しい。舟底からごつごつと叩き上げられ、あかは両眼を閉じてうずくまる。おこまも血の気を失った顔で胴の間にへたりこんでいた。

千曲川は源流を秩父山中の甲武信《こぶし》岳に発し、信濃の佐久《さく》、上田盆地を経て善光寺平で犀《さい》川と合流したのち、越後境で信濃川と名を変える、全長およそ九十二里（約三百六十七キロ）、日本一の大河である。

山間部に降りつづいた雨をためた川は、舟を呑みこむほどに疾《はし》った。

おこまの心配をよそに、船頭は巧みに瀬を乗り切って、対岸に舟を着けた。

おこまは、舟を飛び降りると河原にへたりこんで、荒い息を吐いた。あかが心配げにおこまの顔をのぞきこんでいる。

「水芸の水嵐亭おこまも千曲川の流れは苦手か」

「からかいっこなしだよ、死ぬかと思った」

しばらく休むとおこまの顔に血の気が戻ってきた。

「旦那、山に入るというけどね、行く先くらい教えてくださいな」

「修那羅山」

「どこにあるんです、そんな山」

嘆くおこまをよそに影二郎は歩き出していた。

渡し場から青木村まで三里（約十二キロ）、影二郎らは松本街道に面した百姓家の女房に頼んで昼めし代りにそばを打ってもらった。食べ終えた影二郎らは山道を辿る。いよいよ雨が降り出しそうな空模様で雲の流れが早い。一里も歩いたか、青木峠と修那羅峠の分かれ道に達した。空が一段と暗くなり、沛然《はいぜん》と大粒の雨が降り出してきた。

おこまは油紙を縫いこんだ道行き衣を、影二郎は長合羽を羽織った。

雨を避ける木も祠《ほこら》もない。二人の男女と一匹の犬は、暗くなった山道をひたすら修那羅峠を目指した。修那羅の参道に辿りついたとき、刻限は八つ半（午後三時）と推測された。

しかし山道を叩く雨はやむ気配もなく、一寸先すら見えないくらいに光はかき消えていた。

「おこま、どこぞでお堂でも探し、雨を避けるぞ」

後ろを歩くおこまの答えが聞こえないほどだ。

胸突き八丁とはこのことか。参道はこれまで歩いてきた山道が平らに思えるほど険しかった。細い参道が折れたあたりで影二郎は足を休めて雨を透かした。すると道のかたわらに石仏が見えて、その先にお堂の屋根らしいものがかすんで見えた。

「雨を凌《しの》げそうだ」

影二郎がそう言ったとき、闇を透かす敵意を感じた。

弾む息を整え、待った。だが、襲いくる気配はない。

雨に打たれて待つよりはと、お堂へと歩を進めた。監視する気配も移動してきた。

参道が曲がったところに建つお堂は、観音開きの戸を開けると千手観音が祀《まつ》ってあり、半畳ほどの板の間が広がっていた。

あかが体を振って雨を払い落とした。

おこまが軒下で笠と道行き衣と草鞋《わらじ》を脱ぎ、よろめくようにお堂に上がって、観音様に両手を合わせた。影二郎も長合羽と一文字笠を脱ぐと階段に腰を下ろす。

「ひどい目に遭わせたな」

手拭いで顔を拭《ふ》いていたおこまがびっくりしたように影二郎を見て言った。

「勝手に旦那のあとをついてきたんだもの、文句が言えた義理じゃありませんよ」

おこまは気丈さを取り戻したか、強がりを言った。

「今夜は、野宿を覚悟ですかね」

「さあてな、その前に化け物が出るかもしれぬ」

「えっ、碓氷峠の二の舞ですか」

おこまはそう言うと、手拭いで首筋の濡れたあとを拭って、

「旦那、一筋縄ではいかないお人だね」

と嘆いた。あかは野宿と諦めたか、観音様の下で丸まっている。

半刻《はんとき》（一時間）後、ふいに降り出した雨は唐突に上がった。すると夕暮れの弱い光が戻ってきた。

（どうしたものか）

影二郎は七坊主たちが影二郎らの到来を知りながら、襲撃してこないことを訝《いぶか》しく思っていた。

（相手が来ないのならこっちから出向くか）

そう肚《はら》を固めると立ち上がった。

「どうするんです」

「そなたとあかはここで待っておれ」

「いやですよ。おいてきぼりなんて」

「鬼が出るか蛇《じゃ》が出るか。修那羅山のご本尊を拝んでみよう」

一文字笠を被り、濡れた長合羽は肩にかけた。

あかも仕方ないという顔で立ち上がった。

参道は杉並木に囲まれた敷石道に変わった。どうやら石段の上に社殿があるらしい。敷石道に踏み出したとき、ふたたび敵意が影二郎らを取り巻いた。

「おこま、下がっておれ」

おこまとあかが杉木立ちの幹に腰をかがめた。

「修那羅山七坊主、碓氷峠の借りを返したくはないか」

石段の左右から網代笠に黒染めの破れ衣、裸足の七坊主が姿を見せた。が、頭分の姿は見えなかった。数は七人、若いうえに動きもぎこちない。

「そなたらはまだ修行半ばの青坊主と見た。命が惜しくば、われらの行く手を開けろ」

影二郎が歩を進めた。

無言のままに七坊主が押してくる。錫が鳴り、剣が閃《ひらめ》いた。

石段から石畳に七人が揃《そろ》って飛んだ。暗い空から七本の剣が降ってきた。

影二郎の肩の長合羽が宙に舞った。濡れて重い長合羽が棒のように一本になって、飛来する七坊主の足を薙ぎ、直剣を撥《は》ね飛ばした。二人が参道に転がった。

重い長合羽を投げ捨てると法城寺佐常を抜いて、峰に返した。

五人になった七坊主が石畳にふわりと降りた。

その真ん中に飛びこみざま、影二郎は車輪に回した。大薙刀を刃渡り二尺五寸三分に鍛え直した豪剣が細身の剣を圧し折って左右に振るわれ、胸を、首筋を叩いた。呻《うめ》き声を残してさらに二人が倒れこんだ。

残ったのは三人だ。

「山にいるのはそなたらだけか」

間合いの外に出た影二郎が問うた。が、返事はない。

「これ以上の戦いは無益じゃ。四人を連れて退け」

すでに勝負は決していた。

三人が顔を見合わせた。そして直刀を錫に戻した。

そのかたわらを影二郎、おこま、あかはすり抜けた。

石段を上がると正面に新しい木造の社殿が見え、そのかたわらに社務所があった。物音はしなかったが人の気配があった。

影二郎は社務所を訪ねると、ごめんと声をかけた。何度か訪《おとな》いをいれたあと、ようやく引戸が開いた。

「行き暮れた旅の者じゃ、一夜の宿を申しうけたい」

老爺が影二郎らを見ると戸を開けた。その顔には息を潜めて戦いの様子を窺っていた気配が残っていた。

「七坊主は引き上げたぞ」

老人の皺《しわ》だらけの顔が驚きを見せ、二人を屋内に招じた。

囲炉裏の火が目につき、そのぬくもりにおこまがほっと安堵《あんど》の吐息をついた。

影二郎は生乾きの衣服を脱いで、長合羽といっしょに干した。腰の曲がった老婆が古単衣を影二郎に差し出す。

「すまぬな、おばば」

おこまも持参していた浴衣に着替えた。

あかは土間の隅の筵の上に丸まった。

「なにもできねえが……」

老婆が山菜にうどんを煮込んだ鍋をご馳走してくれた。

雨にうたれた体が温まり、血の気が戻ってきた。

「開祖の留次郎どのはどこにおる」

影二郎は老爺に聞いた。

「修那羅大天武命様は大鹿村におられます」

留次郎は修那羅大天武命とご大層な名で呼ばれているらしい。

「ご老人、七坊主はいつからこの地に棲みついたな」

「かれこれ十年にもなりましょうか」

「なにかいわれがあってのことか」

「大天武命様が全国行脚の折りに知り合われた井筒《いづつ》なんとかと申される方が、修那羅山に修行に来られたのがきっかけにございます」

老爺の口ぶりからは七坊主と名乗る破戒坊主に困り果てている様子が見えた。

「井筒なる者は山におるのか」

さて、と老爺は首をひねった。

「普段は江戸におられると聞いたが、ほんとのところは知らねえ」

影二郎は、碓氷峠で襲ってきた頭分の荒々しいまでの風貌と尖った眼光を持つ巨漢坊主のことを聞いた。

「毛抜《けぬき》の眼覚《げんかく》と申される七坊主一の荒くれでございますよ」

なるほど、と影二郎がうなずくと、

「一時《いっとき》は、四、五十人からの坊さんが山の頂きの修行道場で暮らしておられましただ。この山深い信濃の地では十分に食べるものもございません。それを坊主どもは、獣は捕まえる、他人の山から茸、山菜をかってに採る。さらには飢饉の里に下りてはなけなしの食料を強奪しましてな、大天武命様もほとほとお困りでございました」

「そなたの口ぶりでは七坊主どもは立ち去ったかに聞こえるが」

「数日前より二手に分かれて山を下りました」

「先ほど出会った七人の青坊主どもが最後の者たちか」

「後始末をされるとか。その手伝いに、手前も明朝にも山上に上がろうと考えておりましたところですだ」

「ご老人、それがしも供をさせてくれぬか」

影二郎が言うと老爺はほっとした顔をした。


夜明け前、おこまとあかを社務所に待たせた影二郎は、老爺の元兵衛《もとべえ》の案内で山上の修行場に登った。

日の出を山頂下で迎えた。重畳《ちょうじょう》たる山の端から光がのぞく。すると岩峰の洞穴を利用して建てられた修行場の全容が見えてきた。簡素な板張りの道場、庫裏《くり》、水場、そのどこにも慌ただしく引き上げた痕跡をとどめていたが、江戸との関わりを示すものはなかった。

影二郎はがらんとした道場に立ってみた。

かつて影二郎が汗を流した鏡新明智流の桃井春蔵道場に匹敵する広さを持っていた。だが、道場の板に残された傷跡は、荒《すさ》んだ七坊主の心をのぞくようにけばだっていた。

「旦那」

元兵衛の声に台所に回った。するとかまどの前に元兵衛が立って、燃えさしの書状を手に江戸無量山伝通院《でんづういん》訓導井筒天光坊《てんこうぼう》と差出人の名が残っていた。

影二郎は燃え残った書状の最後の部分を上がりがまちに広げた。

「なにが書いてあるか、わしは字が読めねえよ」

していた。

三

信濃善光寺宿の中心はなんといっても「牛に引かれて善光寺参り」で有名な定額山善光寺、本尊は欽明《きんめい》天皇の御代に百済《くだら》の聖明王より献上された阿弥陀三尊仏である。が、だれも拝んだ人はいないという秘仏だ。

寺は古く天台宗の三井《みい》寺に属し、その後、真言宗の高野《こうや》山、さらに寛永年間（一六二四〜四四）に天台宗と所属を変えてきた。それだけに宗派を問わず、多くの参詣人を集めてきた寺院である。

おこまは参道で水芸を演じながらも影二郎がどこへ行ったのか気にしていた。その足下には投銭を待つあかがいた。

（あかをおいて一人だけでどこぞに行くことはない）

と分かっている。その朝も善光寺宿の旅籠でおこまが目を覚ますと姿はなかった。なんとも腹が立つ影二郎だった。

影二郎は善光寺宿から戸隠《とがくし》村へと向かう道筋にある富田集落にいた。ここにはお上から十手を預かり、御用を務める庄屋の笹三親分が住んでいる。

影二郎は朝の間に笹三の家を訪ねたが、十手持ちはすでに子分を供に山菜取りに出かけていた。そこで笹三の屋敷前を流れる小川のほとりで帰りを待つことにした。

笹三が家に戻ってきたと子分が知らせてきたのは昼下がりだった。十手持ちは五十年配、がっちりした体を井戸端で流していた。

「客人、待たせたね」

影二郎に詫びた。

「こっちが勝手に押しかけたことだ」

そんな影二郎を笹三は、縁側へと誘った。すると女衆が熱い茶と茶うけの菜漬けを運んできた。茶で渇いた喉をうるおした笹三が、

「名を聞いておきましょうかい」

と笑みを消した顔を向けた。さすがに貫禄があった。

「夏目影二郎と申す」

「ご用件は」

「十日も前、八州廻りの浜西雄太郎がそなたを訪ねてきたはずだが」

笹三の両眼に険しい光が宿って影二郎を見た。

「そんならちもねえことをどこから聞きこみなすった」

「八州廻りは言うまでもなく関八州が働き場所だ。だが、役目によっては他国へ出張ることもないではない」

笹三の視線が微妙に変わった。影二郎を勘定奉行支配下の隠密とでも勘違いしたのかもしれない。影二郎はさらに言った。

「浜西の供は、士分格の雇足軽の東村茂光《ひがしむらしげみつ》、岸田柳太郎《きしだりゅうたろう》、小者の鈴吉《すずきち》、そして道案内に安中宿の十手持ち三右衛門が立った。三右衛門はそなたの弟分、善光寺まで出張ってきて、そなたの知恵を借りないわけもあるまい」

浜西の供の名は秀信が渡してくれた書き付けにあった。三右衛門が道案内を務めたのは、安中宿で影二郎がたしかめたものだ。

笹三は茶碗を手にすると今度はゆっくりと茶を喫した。考えをかためている風情だ。そして顔を上げ、視線を影二郎に向けた。

「おめえさんの言われるとおりに安中の三右衛門とは兄弟分だ。その三右衛門が浜西様一人を伴って、うちを訪ねてきたのもたしかなことだ」

影二郎はうなずいた。

「あの夜以来、連絡がねえので気に病んでいたところだ」

「親分、浜西がそなたを訪ねたわけを聞きたい」

笹三は影二郎の顔を今一度たしかめるように見た。

近ごろこのあたりで変わった話はないかと、老練な御用聞きの三右衛門は口火を切った。

天保四年（一八三三）に始まった大飢饉は今も続いていた。全村餓死だ、逃散《ちようさん》だという話ばかりが聞こえていた。

変わった話とはなにか？

笹三は若い八州廻りを見た。その顔には世の不正を糺《ただ》そうとする、強い気概と志が漂っている。

三右衛門が浜西を見た。浜西は首肯《しゆこう》すると、中野領について噂はないかと訪問の理由をようやく述べた。

代官岡本次郎佐衛門が支配する幕府直轄中野領五万四千二百九十八石は、善光寺宿の北隣り牟礼《むれ》宿から二里（約八キロ）ほど東に寄った地だ。その所領地は北信濃一帯のあちらこちらに飛地している。

先代の代官村路文丸《むらじふみまる》は、勘定奉行手付から抜擢された人物で百姓衆からじっくり話を聞き、飛地にあった事情を考慮して、収穫を上げることを考えた。農民が離散する村に赴くと、荒れた田圃《たんぼ》を自らたしかめ、痩せ地を改良するための方策を考えた。

たとえば子間引きの禁止だ。産児奨励金を設けて子を産むことを奨励し、出生した子の養育が成り立たぬ家には、一月《ひとつき》に一分から二朱の養育金まで与えた。その子が十五歳になると男子には鍬《くわ》を、女子には犂一挺《すきいっちょう》を与えて、農業に精を出すよう励ました。こうして痩せ地を改良するための働き手を育てたのである。だから村路時代には中野領はどんな天候不順にも飢饉にもびくともしなかった。

村路が摂津《せっつ》に転任した代わりに新任として岡本が赴任してきた。

その翌年から中野領の上納米が急激に下がった。岡本は策もなくただ百姓を督励して、米を出せ、麦を出せ、蔵に隠し持っておろうと、きびしい命令ばかりを高圧的に押しつけた。

天領の百姓は、生来気位が高い。理不尽な代官の命に農民の気持ちがすうっと離れた。

その結果、勤労意欲が阻害され、田も畑も荒れた。すると岡本は力ずくで上納米を取り立てようと試みた。

笹三はそんなことを説明しながら、代官領が勘定奉行の支配下にあることを考えていた。だが、管轄外の八州廻りがなぜ代官領に関心を抱くのか、理解できなかった。

「……旦那、浜西様も三右衛門も、ほんとうの狙《ねら》いはわっしに言いおいてはいかなかったようでね。心配していたのでございますよ」

笹三は心配そうな顔を影二郎に向けた。

「二人がそなたを訪ねてきたとき、手下《てか》の者たちはどこにいたのかな」

「雇足軽たちは牟礼宿で加賀様の行列の雇い人足を見張っているとか、三右衛門が奇妙なことをもらしましたよ。まったく分からねえことばかりで……」

「浜西と三右衛門は、牟礼宿からここに参ったのだな」

「加賀様の行列が北国下街道を金沢にお戻りなさる場合、坂城宿を発った行列は、参詣人で賑わう善光寺宿を避けて、一つ先の牟礼宿まで辿りつくのが習わしなんでございますよ。牟礼は、江戸と金沢百二十里の中間にございましてな、金沢から前田八家の方がお迎えに参るところでもございます」

深川極楽島で惨殺された尾藤参造が書き残した三人の代官の一人、岡本次郎左衛門が支配する中野領と浜西雄太郎らの失踪事件とが結びつくことにはならないか。

「中野領に入られますか」

笹三が聞き、影二郎がうなずいた。

「ならば千曲川の河原になんでも屋の亀吉がおりやす。浜西様も三右衛門も亀吉の手蔓で川を渡ったのでございますよ」

善光寺の講中宿に戻るとおこまは稼ぎに出ていた。影二郎は踵を返すと善光寺の参道に足を向けた。すると人だかりの向こうから嗄《しやが》れ声が耳に入ってきた。

「姐《ねえ》さん、ここは信濃善光寺様のご門前、大道で商いするには後輪《こうりん》の新松《しんまつ》親分の鑑札がいるんだよ」

見物の遠巻きする輪のなかで、おこまは土地のやくざに絡まれていた。

「参道は阿弥陀如来様のご支配地だよ。おまえらのようなうじ虫が仕切るのは畑違いもはなはだしいや」

おこまの声には怯《おび》えた様子はない。

「なにおっ！　この女、生意気な口を利きやがって。構うことはねえ、担ぎ上げて犀川に叩っこめ」

見物人がぱっと散った。すると五、六人のやくざを前に一歩も退こうとしないおこまが白扇を構えた。その足下ではあかがうなり声を低く上げている。

やくざたちの背後には頬の殺げた浪人者が懐手で立っている。一家の用心棒か、さすがに女相手に動く気配はない。腕まくりした後輪の身内がおこまの衣装の袖を摑もうとした。その瞬間、白扇が手首をぴしりと叩いた。

「いてえ！」

叩かれた男は手を抱えこむようにその場にうずくまった。白扇の骨は鉄ででもできているのか。

「なめやがって！」

二人の男が左右からおこまに殴りかかった。姿勢を低くしたおこまが白扇の先で一人の鳩尾《みぞ》《おち》を鋭くついたので、悲鳴を上げて尻餅《しりもち》をついた。扇はなかなかの得物《えもの》だ。もう一人の男の足首にあかが嚙《か》みついて四肢を踏ん張り、首を振っている。

「い、痛ててっ！」

見物の衆から拍手が湧き、声援が飛んだ。後輪一家の評判はよくないとみえる。

「こっちが甘くすりゃ付け上がりやがって！」

兄貴分が怒声を上げると長脇差を抜いた。

おこまは白扇を幟竿に持ち替えた。構えから小太刀《こだち》の心得があると影二郎はみた。

(武家の出かもしれぬな)

石灯籠の陰から影二郎は出た。

「よせよせ、女相手に長脇差を振りかざすとはみっともないぞ」

あかが嚙みついていた足首から顔を上げてうれしそうに吠えた。嚙まれていた三下は後退《あとずさ》りして逃げた。

「旦那、出るなら早く顔を見せてくださいな」

おこまがほっとした声を上げた。兄貴分が影二郎を振り向くと怒鳴った。

「怪我したくなきゃすっこんでろ！」

「そうもいくまい」

影二郎がゆっくりと歩を進めて、おこまと男たちの間に割りこんだ。

「素浪人、女が相手と思って手加減していたところだ。こうなりゃどうしてもショバ代と見舞い金を払ってもらうぜ」

「大道芸人と浪人者では銭にはならぬ、お門違いだな」

のっそり立つ影二郎の横手に三下が、頭上に振り上げていた長脇差を叩きつけるように斬り下げてきた。

影二郎はひょいと顔を背けて刃風を躱した。さらに踏みこむと、長脇差を握っていた腕を抱えこんで、もう一方の手で押し上げた。

「い、痛てて！」

悲鳴を上げる三下をかたわらに放り投げたとき、影二郎の手に長脇差が残っていた。

「やりやがったな。坂上《さかがみ》先生、こいつの始末は頼まあ」

兄貴分が喚《わめ》いた。

「うちの人はね、やくざの用心棒が太刀打ちできる相手じゃないよ」

おこまま で尻馬に乗って言い放った。

見物の衆がやんやの喝采で声援を送る。こうなると後輪一家も退くに退けなくなった。

坂上先生と呼ばれた浪人者が影二郎の前に進んだ。懐手はしたままだ。

影二郎は三下から奪った長脇差を右手にだらりと提げていた。

「一宿一飯の恩義なんて言い出すとたがいに血を見ることになる」

影二郎の牽制《けんせい》にも乗ろうとはせずに、用心棒の尖った双眸だけが暗い光を放った。善光寺参道の空気がぴーんと張りつめたのは浪人が醸し出す虚無と狂気の翳《かげ》りだ。

懐手が抜かれ、柄《つか》に手がかかったときには白い光が疾って影二郎の喉首に伸びてきた。予想をはるかに超えた斬撃《ざんげき》だ。

影二郎は白刃の伸びてくる先の、左斜めに飛んで間合いを外した。くるりと向き直った影二郎の肩口に二撃目が袈裟《けさ》に襲った。予測していた影二郎は背を丸め、頭を下げて相手の懐に飛びこみざま長脇差を切り上げた。

袈裟斬りとすり上げが交錯した。

おこまが悲鳴を上げた。

影二郎が自ら死中に踏みこんだ分、すり上げが勝った。

坂上の帯を両断したなまくら刃が曲がった。それでも坂上はもんどりうって参道に転んだ。

傷は浅いが気を失う程度の打撃を与えたようだ。

曲がった長脇差を放り出すと、

「後輪一家の者ども、坂上どのを連れて退け」

と影二郎が睨んだ。

「覚えてやがれ！」

お定まりの捨て台詞を残すと、後輪一家が姿を消した。

見物の衆が大道芸の続きとばかり投銭をしてくれた。それをおこまが、

「またの機会もお見逃しなく」

と挨拶しながら拾って歩いた。おこまを伴い、旅籠に引き上げた影二郎は、宿代を払うと引き払った。

「別の宿を探すのかい。思いがけない余興でさ、一分と二百文ほどになったよ」

と興奮気味だ。

「おこま、騒ぎが好きならそなたは善光寺に残れ。おれとあかは先に行く」

影二郎はあかを連れてさっさと宵闇の善光寺宿を後にした。

「そんな……」

おこまが慌てて後を追ってきた。

善光寺宿から一里十町、荒町集落に着いたのは五つ半（午後九時）過ぎだ。牟礼まではまだ二里半ある。

影二郎は明かりのもれていた旅籠の戸を叩いて、その夜の宿を頼んでみた。通用口が開けられ、影二郎らが土間に入るとあかの姿を見た番頭が、

「犬連れの旅人さんですか」

と嫌な顔をした。

「善光寺で泊まりはぐれた。残りものでいい、おれたちと犬の胃の腑を満たしてはくれまいか」

影二郎が頼むかたわらから、おこまがいくらかの銭を番頭に摑ませた。それが利いたか、旅籠のなかに通された。

「酒があればありがたい」

女衆が手早く影二郎とおこまの膳を用意した。鯉《こい》の甘露煮に山菜の漬物、残りの汁も鯉こくだ。

「信濃は鯉の産地だ。骨はかてえが犬なら食うべえ」

あかは土間で鯉の頭をもらって食べ始めた。

酒が運ばれてきた。

おこまは善光寺からの道中、口を利かない影二郎を気にしているふうで、おずおずと徳利を差し出した。

「おこま、そなたの雇い主はだれだ」

「雇い主って、旅芸人に雇い主なんてあるもんかね」

「水芸はたいしたものだが本業じゃあるまい。武家の出か」

「滅相もないよ」

「碓氷峠でおれといっしょになった、そこからして臭い芝居だ。これ以上、付きまとうと怪我をする」

「考え違いだよ。わたしゃ、旅芸人のおこま、世過ぎ身過ぎの流れ旅さ。だれに文句を言われる筋合いもないよ」

「化けの皮が剝《は》がれたときには遅いぞ」

影二郎は手酌の酒を口にふくんだ。

四

江戸幕府の長き治世を支えたのは、三百諸侯をしのぐ広大な領地とそこから上がる年貢米という財源だった。

幕府の直轄地は天領と呼ばれ、家康《いえやす》が徳川の礎《いしずえ》を築いたころには二百万石、五代将軍綱吉《つなよし》の時代には諸大名の改易、減封で四百万石に達していた。

天保年代には郡代、代官が支配する天領四十二箇所、関東筋に九十三万石余、東北筋に三十七万石余、中部筋に百二万石余、畿内筋に六十六万石、中国筋に十四万石、九州筋に十五万石余と分布、総石高は三百三十万石余であった。

夜明け前、濃霧にけぶる千曲川の向こうに岡本次郎左衛門が支配する高井《たかい》郡中野代官領がうすく望めた。

江戸初期には森忠政《もりただまさ》所領、飯山《いいやま》藩領、坂崎出雲守《さかざきいずものかみ》領、旗本河野《こうの》領、さらに幕府領と変遷したのち、寛永年間に中野村に幕府陣屋が設けられ、北信濃の百三十か村、五万四千二百九十八石を支配する直轄領になった。代官の岡本は江戸から中野陣屋に赴任している。

「旦那、向こうに渡る気かい」

おこまが橋一つない流れを見回した。

影二郎は黙って下流に歩き出した。

「まさか渡しに乗ろうというんじゃないよね」

おこまは中之条で渡し舟に乗り、散々な目に遭っていた。

「おれが誘ったわけではない」

「嫌みったらありゃしない」

そう言いながらもおこまは影二郎についてきた。

川の流れが蛇行するところに葦原《あしはら》が見えた。

影二郎はすぐには渡し舟を見つけようとはせずに河原に腰を下ろした。仕方なくおこまもかたわらに座した。あかは流れの縁に行き、水を飲んだ。

今にも天から雨が落ちてきそうな空模様だ。日本一の流れは黒ずんだ水を滔々《とうとう》と北へ押し流していた。

対岸に人の気配がした。薄闇を透かすと葦を分けて舟が用意されている。かたわらには六、七の人影が緊張の面持《おもも》ちで座っているのがおぼろに見えた。

「待ちやがれ！　百姓逃散は厳罰じゃぞ」

大声が川面を伝って聞こえてきた。

慌てて、押し流された舟に男女がなだれこんだ。大きくぐらついた舟は、岸を離れた。

すると裁着袴《たつつけばかま》に羽織、一文字笠を被った役人が、目明かし、捕り方を従え、岸辺に姿を見せた。そのとき、不安定に揺れる舟は岸から四、五間離れており、長い首に痩せた体の船頭が櫓に取りついた。

「戻せ、戻すのじゃ！」

櫓が急流に煽《あお》られながらも入り、舟はなんとか下流へ舳先《へさき》を立てた。

「おお、怖わ。旦那、どこぞで橋を探そうよ」

影二郎は、白み始めた川面を笹のように流される舟を見ていた。白く波を立て、水飛沫《しぶき》を上げて逆巻く中流に舟が差しかかった。左右に激しく揺れる舟には子供も混じった七人が乗っていた。舟縁を摑んで座りこむ姿勢から緊迫と恐怖が伝わってくる。

「無事に着いてくれるといいがね」

おこまが祈るように呟いたとき、船頭がなぜか櫓を上げ、安定を欠いた舟の舳先がくるりと横を向いた。

あっ！

という船客たちの叫びが響き、舟が底を見せて飛び上がり、四、五人の船客が宙に放り出された。

船頭はようやく櫓を水の流れに戻した。が、木の葉のように回転する舟は容易に舳先を流れに立てることができず、残っていた二人も次々に投げ出された。

「なんてことを！」

川の流れから頭が一つ二つ浮いた。手が虚空に差し伸べられた。が、すぐに奔流に呑みこまれるように没していった。

船頭は巧みに舟の舳先を立て直した。

「汚いことを」

影二郎が吐き捨てたとき、船頭は何事もなかったように舟を向こう岸に戻し始めた。

「旦那、なにが起こったんですか」

「代官所の役人と渡しの船頭がぐるってことだ」

逃散する百姓の乗る渡し舟は転覆事故を装って始末されたように、影二郎には見えた。代官所の役人と船頭がつるんでいなければできない芸当だ。

(岡本次郎左衛門が代官を務める中野領ではなにが起こっているのか)

いつの間にか対岸の河原から代官所の役人の姿が消えていた。

影二郎らは河原を見通す葦原で中野領に渡る舟の往来を見て、時を過ごした。

飢饉の続く代官領に、武家、商人、僧侶、やくざなど懐に重い財布を入れた風の男たちが渡っていった。そして戻り舟には遊び疲れた顔が生あくびで乗っていた。

「旦那、中野領じゃあ、賭場でも立っているのですかね」

「それだけではあるまい」

影二郎はおこまの問いに答えながら、深川極楽島で見たのと同じ享楽の匂いを思い出していた。

夕暮れ、霧がふたたび川面を覆おうとしていた。

影二郎は、客を送ってきて対岸に戻ろうとする舟のかたわらに立った。

褌《ふんどし》一丁の腰に毛皮を巻きつけた無精髭の老人だ。陽に焼けた全身の筋肉は隆々としている。

「なんでも屋の亀吉か」

立ち上がった影二郎に男が濁ったまなざしを向けた。半日ほど観察したのち、見当をつけていた男だ。

「それがどうした」

影二郎は一朱金を見せた。

「女と犬連れでけちくせえ」

亀吉がそっぽを向き、竿を流れに差そうとした。

影二郎が舟縁を足で押さえた。

「そなたらにとっては流れを乗り切るも、客を波間に放り出すも自在だろう。渡っただけで一朱とは法外な値だと思うがな」

「おりゃ、代官の手先じゃねえや」

といった亀吉は河原を見回し、

「霧が出た、客は乗せねえ」

と言い放った。

影二郎は一朱に代えて、小粒（一分）を舟底に投げた。

亀吉はちらりと見て、小粒に手を伸ばそうとした。

影二郎の手が一文字笠の縁に伸び、張りの間に差しこまれていた珊瑚玉《さんごだま》の唐《から》かんざしを抜いた。それが白い光を放って飛ぶと、亀吉は摑もうとした小粒の真ん中に突き立って、珊瑚玉がぶるぶると震えた。

「なにをしやがる！」

亀吉は片手に握っていた竿を軽々と振り上げると影二郎の顔に叩きつけてきた。

影二郎の腰がわずかに沈んで法城寺佐常二尺五寸三分の豪剣の柄にかかった。

鞘鳴りがして鋭い刃風が河原に響いた。

竿が亀吉の手元で両断され、振り上げられた佐常が頭上で旋回して振り下ろされた。

おこまは、白い光が軌跡を描いて亀吉の首筋に止まったのを見た。時が停止したようにすべてが動きを止めた。

亀吉がくたくたと腰砕けにへたりこんだ。

影二郎が佐常を鞘に戻した。

「流れの真ん中で舟を躍らされてはかなわない。渡し賃は向こう岸で懐に入れよ」

罵りの声を上げた亀吉をよそに影二郎は舟尾近くに乗りこんだ。

あかが従い、おこまも勇気を奮い起こして、舟縁を越えた。

ようやく立ち上がった亀吉は、気を取り直して流れに舟を押し出した。

影二郎は亀吉と向かい合うように座った。亀吉は影二郎の刀をちらりと見やった。

「亀、悪い考えは起こさないことだ」

手並みを見せられたばかりだ。櫓を握った亀吉はがくがくとうなずいた。

櫓を操る亀吉の手並みはさすがにしっかりしていた。川霧が対岸を覆い隠していたが、亀吉にとっては瀬の流れでどこにいるのか分かっているようだ。

「亀、中野領ではなにが起こっているのだ」

「金を懐に入れた男にゃあ、極楽浄土だ。姐さんは芸人かい」

亀吉がおこまに聞いた。

「江戸は浅草の売れっ子、水芸の水嵐亭おこまだよ」

歯を食いしばったおこまが吐き出した。

「姐さんなら稼ぎになるぜ」

「それはなにより……」

青い顔でおこまが答えた。

影二郎がふいに聞いた。

「亀、安中宿の十手持ちを道案内した浜西雄太郎を中野領に渡したのはおまえだな」

なんでも屋の異名を持つ男がぎくりと体を硬直させた。

「おめえさんは何者だ」

「尋ねられたことに答えよ。法城寺佐常は見てのとおりの癇癪《かんしやく》持ちだ」

「金さえもらえば、だれでも渡す」

「十手持ちの他には……」

「若侍と従者の侍が二人に小者が一人の五人組だ」

「いつのことだ」

「八、九日前の深夜のことだな」

「同じ刻限、加賀様の人足を舟に乗せなかったか」

「加賀様の道中は北国下街道と相場が決まってらあな」

と亀吉が否定した。

舟は流れの激しい中央部に差しかかったようだ。亀吉は唐かんざしに差し貫かれた小粒をちらりと見た。

「旦那、小粒を小判に替えてくんな。いいこと教えてやるぜ」

流れに乗った舟が跳ねた。

唐かんざしを抜きとった影二郎は小粒を財布に戻すと小判を出した。が、舟底には投げなかった。

「安中の十手持ちが道案内を務めた若え八州廻りはさ、網代笠の裸足の坊主を追っていったんだよ」

亀吉は浜西雄太郎が八州廻りということを知っていた。そのうえ七坊主がここにも現われたという。

「坊主は七人か」

「知ってるじゃねえか」

「坊主どもは牟礼宿に戻ったか」

「おお、次の朝には中野領から牟礼に渡したぜ。薄気味の悪い連中でな」

舟は中野領に接岸しようとしていた。

「八州廻りの一行は、中野領に入ったままか」

「まだお呼びがかからねえな」

「どこにいるか行方を知らぬか」

「自分で調べるこった」

どんと舳先が河原に当たっておこまが岸に飛び上がった。

「亀、おまえと会うにはどうすればよいかな」

「死臭をたよりに来ねえ。おれの鼻先にくらあ」

影二郎とあかが河原に飛んだ。

「旦那、中野領は安永年間（一七七二〜八一）にな、百三十か村のうち七十二か村が年貢の先納めと減額を求めて、大庄屋の屋敷を叩き壊した土地柄だ。百姓も並じゃあねえぜ」

「代官屋敷の動きにくわしい人間に会いたいものだが」

亀吉はまだ影二郎の手にある小判を見ながら言った。

「代官屋敷を恨みがましく眺めて暮らしている男がいるがよ」

「名は」

「栗和田《くりわだ》の朋八《ほうはち》よ」

影二郎は小判をようやく亀吉の手に投げた。

栗和田集落の外れに刀脇差拵《こしら》えの木札がぶら下がっていた。

影二郎が格子戸をがたぴしさせて開けると、板の間の作業場から暗い目付きで睨んでいる男がいた。膝の上には厚地の布の前かけを広げて、鞘の中子《なかご》をくりぬく作業をしていたようだ。片手が前かけの下に突っこまれている。

「物騒なものを離すがよい」

あとから続いて入ってきたおこまとあかの姿に朋八の表情は和んだ。

「おまえさん方は江戸の人か」

朋八が隠していた手を出すと鑿《のみ》がにぎられていた。

「中野領に入って行方を絶った八州廻りを追ってきた者だ」

影二郎の単刀直入の答えに朋八の体がびくりと反応した。

「知っているようだな」

「知らないね」

朋八は仕事に戻る振りをした。

「浜西雄太郎は八州に抜擢されて一年余り、職務を忠実にこなそうとして無理をした。信濃領に入ったは許しがたい不正を見つけたからだ。生きているものなら助けだしたい」

朋八は手にしていた鑿をがらんと音を立てて捨てた。

「わしのことをだれから聞きなすった」

「なんでも屋の亀吉だが」

朋八は舌うちした。

「浪人さん、中野領の田圃や畑を見たかね」

影二郎はうなずいた。栗和田への道々、田圃を見てきた。そろそろ苗植えの時期というのに、田に働く者の姿がなかった。

三月まで雪が残るという中野領は上米の穫《と》れる産地として知られていた。その田圃が手入れのあとがなく荒れ果てている。

「先の代官様の時代には、中野領の年貢米の江戸差立《さしたて》はそれは誇らしい光景でごぜえましたよ。代官所の前に代官様も百姓衆も集まって年貢米を見送ったものでね」

「それが変わったのは、代官に岡本次郎左衛門が赴任してのちのことらしいな」

朋八がうなずき、

「岡本様は代官就任は初めてとか、張り切っておられやした。じゃが、天領の百姓の気持ちが分からない方でしてね、ただただ働け、倹約しろ、年貢は少しでも早く多くと督励されるだけでやした。代官の下にあって手付《てつき》を兼任される元締が佐野勢三郎《さのせいさぶろう》に替わったのも中野領には不運でごぜえました。その秋、検見《けみ》が行われた……」

検見は老練な元締の支配下、手付や手代《てだい》が中心になって行う。収穫を前にした稲穂の実り具合でその年の年貢高が決まる、その調べが検見である。

六尺一寸の竹竿四本を四角に組んで一坪として、田圃一筆《いっぴつ》（区画）ごとに稲穂を刈りとる。坪刈りした稲束を庄屋の庭に運んで稲こぎにかけて籾《もみ》だけにし、枡《ます》で計る。その際に風水害の影響、耕地のよし悪し、肥料の加減などがくわしく調べられる。こうして一筆の収穫量と年貢高が決まるのだ。

検見前に百姓が稲を刈ることは禁じられていた。

収穫が終わり、江戸浅草蔵前に送る回米《かいまい》一俵に付き一升を余分に加えた。道中の欠米を考えてのことだ。

その年の年貢米が馬の背に積まれて江戸へ運び出された。千曲川の渡し場では舟に積み替えられて対岸へ渡された。が、なんと四隻の舟が転覆、米が流される事件が発生した。狼狽《ろうばい》した代官の岡本は、百姓衆に転覆分の年貢の再上納を命じた。これが代官所と百姓衆の離反の始まりであった。

「……それから二月《ふたつき》もしたころでごぜえますよ。転覆した舟の俵《たわら》には米なぞ入ってなかったという噂が流れやしてね」

「事実か」

「へえ、元締の佐野勢三郎が手代たちをたぶらかして仕組んだ茶番でごぜえます。江戸に送る回米は一夜、代官所に保管される習わしなんでごぜえますよ。そのとき米が抜かれて、翌朝、馬に積まれたのは、すり替えられて小石を混ぜたくず雑穀だ」

「代官には知らされずに行われたのか」

「老練な元締が江戸育ちの代官を騙すくらいわけのねえことで。それよりなにより、佐野勢三郎が抜いた米の売り上げの一部を贈られた代官は口封じをされておりやす。それがきっかけで代官は骨抜きに……百姓には借金が残り、代官所への不信が生まれやした。米作りは八十八回もの手をかけて収穫されるものでごぜえます。百姓衆がちょっとでも気を抜き始めたら、よい米など作れません。年々、中野領の収穫も質も落ちやした」

朋八は一息ついた。

「代官所に信のおける者はおらぬのか」

「古手の手代に今村神兵衛《いまむらしんべえ》という方がおられますが、なにしろ佐野勢三郎の力の前にはなんとも……」

朋八が悔しそうに言った。

「江戸の勘定奉行所が何年も動かなかったのには、なにか理由があるのか」

「年貢は米納でも金納でもかまいません。この数年、中野領の年貢は金納にごぜえます」

「収穫の上がらぬ稲穂に小判でも実をつけたのか」

朋八はうなずくと立ち上がった。影二郎らをどこかへ案内する気のようだ。

四半刻《しはんとき》(三十分)後、影二郎らは中野村東町にある凌念寺の墓地の壊れかけた土塀のそばにいた。そこには倒れた墓石などを組んで造られた見張所があって、闇を透かして中野代官所の陣屋の裏手が見えた。

「中野村は本百姓百六十七、水飲み百姓百十の二百七十七戸数の千四百五十九人の百姓が、千五十石の田畑を耕しておりやす。そのほかに酒屋、質屋、油絞、大工、紺屋、医者、猟師、桶屋、鞘師などがおります。どこにもある信濃の村の一つでごぜえますよ。それが……」

と朋八は陣屋を差した。

陣屋は、旗本の河野氏の屋敷跡に、東西四十八間（約八十六メートル）、南北三十六間（約六十四メートル）。三千余坪の敷地に、高い土塀を巡らして堂々とあった。

不思議なことに、陣屋の裏手に近い箇所から煌々《こうこう》とした明かりがもれて夜空を染め、女の嬌声と酔客の騒ぐ声や三味線、太鼓の調べも伝わってきた。腐敗した臭いが闇を伝って、影二郎らのところまで流れてくる。

「朋八、そなたは陣屋でなにが行われているか知っておるようじゃな」

「この近在の若い女が四、五十人も陣屋屋敷に集められておりますだ」

朋八の答えで、影二郎もおこまもおよその推測はついた。

「北信濃の冬場は何か月も雪に埋もれてすることもございやせん。特に金を持った旦那衆には退屈なところでやす。そこへ代官陣屋の一角に、女もいれば、博奕もでき、ついでに酒に酔うよりも気持ちいいとかいう薬まで手に入る遊所、遊幻亭を代官は建てられただよ。近ごろじゃ、田圃の上がりをあてにせずとも江戸へ年貢金を払えるほどの繁盛なんでごぜえやすよ。田畑が荒れるのは仕方のないこってで」

代官屋敷の塀の外に御用提灯の明かりが点った。

「いたちの陣助《じんすけ》親分が、屋敷から逃げ出す女を見回って歩いているのでごぜえますよ」

細い首に痩せた体の下っ引きに、影二郎もおこまも覚えがあった。

「千曲川で逃散する百姓衆が舟から振り落とされて水死させられるのを見た」

「元締の佐野勢三郎の手下、いたちの陣助の仕業ですよ。渡し賃をふんだくって流れで水に落として始末する。中野村の人間は陣助の仕業と知っておりますが、同じ領内でも他村の方はご存じない。渡し賃をもらって流れに振り落とす船頭が鶴首《つるくび》の三太《さんた》なんでごぜえます」

朋八は吐き捨てるように言って、代官屋敷の塀の門を曲がって消える御用提灯《ごようぢょうちん》を見た。

「ひどい」

とおこまが呟いた。

朋八はふいに話題を転じた。

「八日前の四つ半（夜十一時）の刻限、わっしがいつものようにここから陣屋裏手をのぞいておりやすと、五つの影が土塀下に張りついたのでございますよ。その方々は鉤手《かぎて》のついた縄を土塀に投げ上げられまして、まず一人が塀の上に上がられました。続いて次々に四名の影が……」

朋八はその光景を思い出したが、身震いした。

「ふいに陣屋から強盗《がんどう》提灯が照らされました。そして五人は凍りついたように塀の上で立ちすくんでおられました。が、すぐさま塀の外に飛び下りて逃れようとなさいました。そこに七人の坊主が待ちうけていたのでごぜえますよ。今思い出しても胸糞が悪くなるほど恐ろしい光景でごぜえやした。細い剣がひらひらと宙に舞うと、代官屋敷に忍びこもうとした男衆は、喉首を掻き切られたり、腕を両断されてなぶり殺しにされたり、血塗れの殺しが繰り広げられやした……」

朋八は八州廻りの浜西雄太郎ら一行五名が惨殺された現場を目撃していた。

（なんと無謀な行動を……）

「殺された五名の亡骸《なきがら》はどうなったか知っておるか」

朋八がうなずいた。

「亀吉が始末しやした」

「亀が……」

「渡しの船頭から鍛冶屋までやってのけるなんでも屋の本業は、棺桶造りでごぜえます」

亀吉は八州廻りの浜西雄太郎らが死んだことを承知していたのだ。

「朋八さん」

おこまが呼びかけた。

「おまえさんは毎夜毎夜ここから代官屋敷を眺めておられる様子、何のためです」

「何のためって……」

朋八が口ごもり、おこまが悲しげなまなざしで見た。

「おかみさんか許嫁《いいなずけ》、おまえさんの好きなどなたかが、代官屋敷に引っ張られていなさるんだね」

朋八の双眸に憎しみが走り、それが絶望の表情に変わっていった。

「おかみさんだね」

おこまの問いに朋八がうなずき、

「一年前に女房のみねが……」

「朋八、みねをそなたの胸に取り返したくはないか」

影二郎の言葉に、絶望が漂う朋八の瞳にかすかな希望の色が混じって消えた。

第三話　刃風《じんぷう》信濃川

一

北信濃の天領を支配する高井郡中野村の代官屋敷は、中町から東町にかけて長い土塀を連ね、威圧するように広がっていた。その門前から一丁あまり離れた辻《つじ》に人の輪ができていた。

「さあさ皆様、これより始まる水芸は、全国津々浦々の芸人たちがあまた雲集《うんしゅう》して競い合う、江戸は浅草奥山で人気を博した夏の涼風、一陣の暑気払いにございます……」

水嵐亭おこまは水色の衣装に銀糸の肩衣《かたぎぬ》、手には白扇を一本持って口上を述べ立てていた。

今日も黒い雲が低く垂れこめ、どんより曇って蒸し暑い。

見物の衆の顔色は曇り空と同じように生気がない。

「まず手始めに……」

おこまが白扇を開き、前にいた老爺にひょいと投げた。老爺は慌てて、ゆっくりと飛来してきた扇を両手で摑んだ。おこまが歩み寄り、白扇を取り戻しながら、

「ご覧のとおり、扇には種も仕掛けもございません」

と片手で扇を閉じた。するとその途端に、白扇の先端から細い水が曇り空に立ち昇って涼気を漂わせた。

見物の衆がざわめいた。

「さあて次なる水芸は……」

小手調べを終えたおこまが次の芸に移ろうとしたとき、足音が響いて、

「どけ、どけどけっ！」

という怒声が見物の衆を追い払った。代官所の小者《こもの》が白鉢巻きに襷《たすき》掛けで、突棒《つくぼう》など捕物道具を物々しくかまえておこまを囲む。

「だれの許しを得て大道芸などしておる」

捕り方の一人が刺股《さすまた》を突き出した。

「天下の往来、どなたかの許しがいるのですか」

おこまがしゃあしゃあとした顔で応じた。

「将軍様のお膝元、江戸じゃあそんなものいりませんがね」

「口の減らぬ女が」

言い負かされた捕り方の間を分けて、中年の侍が立った。紬《つむぎ》の小袖《こそで》に縦細縞の袴。髷《まげ》も細く結い、腰の大小も細身拵《ごしら》えでなかなか粋な格好だ。赤みを帯びた不気味な細い双眸には酷薄さと用心深さが漂っていた。

「江戸の芸人か」

「さようにございます」

「名はなんという」

「浅草奥山の水芸人、水嵐亭おこまにございます」

と答えたおこまは、恐れげもなく聞いた。

「旦那はどなた様で」

「御代官元締佐野勢三郎」

代官所には年貢米の取り立てや宗門《しゅうもん》掛りとして、士分格の手付、手代がいた。江戸から赴任してくる代官に代わって実務を担当する者たちだ。だが、手付と手代では出身が異なった。

手付は江戸住いの小普請《こぶしん》（無役）の御家人から採用され、勘定奉行所へ伺いを出して許しが出た。手付の職を辞せば、江戸に戻って再び小普請席に入ることになる。つまりは江戸者だ。

手代は町人でも百姓でも能力さえあれば、代官の裁量で現地で採用された。本来は武士身分ではないのだが、その職務にあるとき、侍待遇とされた。

代官と手付・手代の間に位する元締は、普通、手付の古参の者から選ばれた。五十俵高の佐野勢三郎は代官岡本次郎左衛門の推挙により、江戸から新たに呼ばれた。

おこまは、この男が逃散者を乗せた渡し船を転覆させた事件の背後にいる佐野勢三郎かと、あらためて面構えを見た。

「女、中野領内ではなにをするにも代官所の許しが必要じゃ」

「あらまあ、渡しの船頭から、中野領に行けば、いくらでも仕事があるよって勧められて来たんだけど、嘘っぱちかしら」

おこまの平然とした顔を佐野は無表情に見た。

「辻で稼いでも高が知れておる、稼ぎの場所は他にある」

「祭でもどこぞにあるんですかい。ひな市のお祭は三月末に終わったって聞いていますがね」

「代官所に同道せよ、その方に仕事をやろうではないか」

「まあ、ご親切なことで。それにしても元締の旦那、代官屋敷で水芸やって、だれが見物するのです」

「行けばわかる」

「科人《とがにん》が見物なんて嫌ですよ」

胸の内で舌を出したおこまは、大道芸の道具を片付け始めた。

夏目影二郎とあかは、中野村の西外れの傾きかけた鍛冶屋の前に立っていた。

褌一丁の腰に毛皮を巻きつけただけの亀吉がふいごに風を送り、鉈《なた》に火入れをしていた。

無精髭の顔からだらだらと汗が流れて落ちていたが、そんなことを気にする様子もない。

影二郎は雲間を割って久しぶりに差しこむ光を避けて、鍛冶屋の軒下に入った。

影に気づいた亀吉が、鉈をはさんだ鉄《かな》てこを手に顔を上げた。

「おめえさんか」

「なぜ浜西雄太郎が殺されたことを言わなかった」

「はて、そんなこと聞いたかね」

亀吉はとぼけてみせた。

「代官から死骸《しがい》の始末料でももらったか」

「旦那、まだ分かっちゃいないね。中野領じゃなにをするにも銭がかかるんだ。おれが渡しをやるにも鉈を鍛えるにも、代官所に銭を納めて許しが出る。おれは銭は払いたくねえ。だからよ、領内で亡くなった人間の死体を始末して、許し金を免れてるってわけだ」

「浜西らの亡骸はどこに埋めたのだ」

「下中町の無縁墓地よ」

「亀、八州廻りは寺社、町、勘定の三奉行の手札を懐に巡回を続ける。手札、大小、十手、陣笠、懐中もの、衣服……身につけていた物はどこにやった」

「旦那、死骸を見てねんからそんなことが言えるんだ。あいつら七坊主は、八州廻りをめった斬りにしていったんだぜ。血塗れの着物や懐中ものが剝げるけえ」

影二郎は、したたかな亀吉の顔を見た。

「亀、鍬を持て」

「なにしようてんだ」

「墓を掘る」

「だれが……」

亀吉は手にしていた鉄てこで影二郎の足をかっ払った。

影二郎は肩にかけていた南蛮外衣を引き抜きざまに亀吉の手首をはたいた。銀玉の縫いこまれた長合羽の裾が手首を打った。

「あ、痛てえ！」

亀吉は道具を落として悲鳴を上げた。

「無駄なことはするでない。手札はどこにやった」

手首を抱えこんで顔を歪めていた亀吉が、分かったよと叫んだ。

「殺された侍らの死体は真っ裸にして墓に埋めた。持ち物は、死骸を片付けたおれのものだ。

だってそうだろ。だれが死骸をただで始末する馬鹿がいる。なにやら書き付けを持っていたのもたしかだ。金は五人合わせて八両三分と六百文あまりよ。役人にしちゃあ、けちくさい額だったがね」

と亀吉が言い、腫《は》れてきた手首を水桶に突っこんで冷やした。

「明け方のことよ。おれが死骸の始末を終えて寝ようとしたら、元締佐野勢三郎が、いたちの親分を連れて乗りこんできやがった。侍の懐にあった持ち物を一切合切出しやがれって高飛車な言い方でな。腹が立ったが、あいつには敵《かな》わねえ。手札から財布までよ、召し上げていきやがった。とんびに油揚げさらわれたってのはあのことだぜ」

亀吉の顔に悔しさがにじんでいた。言葉に嘘はなさそうだ。

「そなたも代官所には太刀打ちできぬか」

「旦那、佐野様の腕前を知らねえからそんなことが言えるんだ。江戸は斎藤弥九郎《さいとうやくろう》の練兵館《れんぺいかん》の免許持ちだぜ」

佐野勢三郎は神道無念流《しんとうむねん》の修行者か。影二郎は頭に刻んだ。

「それによ、あの野郎、情け容赦ねえぜ」

死骸の懐から金を抜き、血塗れの衣服を脱がす亀吉が嘆いた。

「なんでも屋、遊幻亭の見取り図が書けるか」

「このおれにできねえことはねえ。見取り図の値は一両」

「欲をかくとよくない、二分がせいぜいだ」

舌打ちした亀吉は、鍛冶場の奥から四つに畳んだ絵図面を取り出してきた。

「本業は棺桶造りだそうだな」

「この大飢饉、菜漬けの樽に入れて早桶代わり、墓穴に埋めて終わりではな、商売は上がったりだ」

手の絵図面をひらひらさせた。

「棺桶代はいくらだ」

「上中下のどれのことだ」

「下種《げす》がはいるんだ。下の棺桶で十分だ」

「ならば八百文」

小粒で二百文の釣りがくる値だという。

「二つほど早々に造れ」

釣りはいらぬと、影二郎は一両小判を亀吉の手に投げた。器用に受け取った亀吉が絵図面を影二郎に渡しながら、影二郎を見た。

「大きさはどうするね」

亀吉が興が湧いたという顔で聞いた。

「代官と元締の体は知っておろう」

「ふえっ！　これはこれは異な注文だ」

奇声を発した亀吉はうれしそうだ。

「届ける時刻はあとで知らせる」

返事も聞かず、影二郎はあかを連れて踵を返した。

代官陣屋前を影二郎とあかが通りすぎると、門内から長十手を帯前に差しこんだいたちの陣助が、鶴首の三太ら手下《てか》を連れて出てきた。犬を連れた影二郎の背を見送っていた陣助が顎を手下にしゃくった。

陣屋外れの辻で影二郎は足を止めた。

「なにか用か」

「おめえさんはどこから中野領に入りなすった」

「どこだったかな」

影二郎は鶴首の三太を見た。

「中野領では、十手持ちの下っ引きが早瀬の流れに客を放り出して殺すのか」

「いよいよ怪しい野郎だぜ。かまうこっちゃねえ、三太、代官所のお白洲《しらす》に引っ立てろ」

陣助が手下に命じた。

「いたち、嫌だと言ったらどうなるな」

「なにおっ！　陣助様を呼び捨てにしやがって」

鶴首の三太ともう一人の下っ引きが影二郎の行く手をふさいだ。

「鶴首、あの世で閻魔《えんま》がおまえを待ちうけておる」

三太が敏捷《びんしょう》にも十手を抜くと、影二郎に打ちかかった。

影二郎の肩の長合羽が横手に払われた。

黒羅紗が風に躍り、突っこんでくる三太の眉間《みけん》を襲った。裾に縫いこまれた二十匁の銀玉が的確に額を打ったのだ。三太は痩せた体をくたくたと虚空によじり曲げると、口から血を吐いて悶絶《もんぜつ》した。

「川に落とされた百姓衆の恨みじゃ」

「やりやがったな！」

もう一人の下っ引きが十手をかざして突進してきた。

影二郎の手がひねりを入れると黒羅紗が裏返り、猩々緋が鈍い日差しに輝いて、襲撃者の胸部を襲った。足をよろめかせた下っ引きはその場に崩れるように気を失った。

「畜生！」

陣助は十手を抜いたが、影二郎の手練《てだれ》に圧倒されて腰が退けている。

「いたち、代官と元締に伝えよ。八州廻り浜西雄太郎殺しの挨拶に行くとな」

「お、おめえはいってえ……」

影二郎は絶句した陣助をその場に残して、代官屋敷の辻から立ち去った。

刀脇差拵えの木札が夕風に揺れる朋八の家の裏手にある納屋に、十数人の男たちが集まっていた。

「朋八、その浪人者を信じてよいのか」

「元締の佐野は悪知恵にたけた男じゃ。こっちをあぶりだす算段じゃあるめえか」

「よそ者にわしらの命を預けられるか」

仲間の男たちが、納屋に呼び集めた朋八に迫った。

「そう言われれば、おめえらに加勢してくれとは頼めねえ」

朋八が言い、仲間たちを見回した。ここに集められた男たちの嫁や許嫁たちが代官屋敷に連れていかれていた。

「わしらはいつまで代官の言いなりになっておればよい」

「だから、朋八どん、もう一度、江戸の勘定奉行所へ直訴の使いを出そう」

「三月《みつき》も前、滋之助《じのすけ》が河原でなぶり殺しに遭ったのを忘れたか。おれたちの動きはいたちの陣助が見張っておるだ」

一座がしゅんと黙りこんだ。

「殺されるよりはじっと我慢しているほうがええ。おらにはおっ母さんもばばさまもおる」

「谷平《やへい》、おめえの嫁のつねの身はどうなる。祝言の席から連れ去られて四月《よつき》じゃぞ」

朋八が静かな口調で言った。

「朋八どん、よしんばつねが戻っても、四月前の気持ちには戻れねえ」

「馬鹿たれが！」

「谷平、つねのどこが悪い、何をしたというのじゃ。おれはな、みねを取り戻してえ。出直したいのだ。苦しんでおるのはおれもみねも、つねもいっしょだからな」

谷平が泣き出した。

「泣くな。泣いても何の足しにもならねえ」

朋八が言ったとき、納屋の戸が慌ただしく開き、仲間の一人が興奮した顔で入ってきた。

「朋八どん、浪人者が鶴首の三太を殺しただよ」

「説明せえや、吉造《よしぞう》」

寺の墓場から代官屋敷を見張っていた吉造が、目撃した出来ごとを説明した。

「あの侍がいたちの手下を殺したとなると、代官も元締も黙っちゃおるめえ」

「七坊主が戻ってくるかもしれねえぞ」

吉造の知らせに一座がざわついた。

「皆の衆、聞いてくれ。人ひとりの命をあだやおろそかに奪えるもんじゃねえ。あのお侍は江戸から遣わされた隠密に違いねえ。だからこそ、人殺しの三太を始末なさっただ。わしはあの人に従うぞ」

朋八の言葉に仲間の大半がうなずいた。

「おれたちはなにをすればいい」

仲間の一人が朋八を見たとき、再び納屋に夜風が流れて、影二郎とあかが姿を見せた。

「お侍、わしの命、そなた様に預けやす。代官所を襲うのなら、いっしょに加わって突っこみやす」

「そうだ」

「われも行く」

仲間の何人かが朋八に追随した。

影二郎は輪の中に座りこむと男たちを見回した。

うなずき返す者、目を伏せる者……反応は様々だ。

「代官屋敷にそなたらの愛する女たちが囚《とら》われておる。その者たちはおまえたちの救いの手を信じて生きておるはずじゃ。そのことだけを考えよ。さすれば、どうすればよいか自ずと心も定まろう」

朋八がすっくと立つと、納屋の奥から隠し持った長脇差、竹槍《たけやり》、鎌など得物を持ち出してきた。何人かが反抗の武器を摑んだ。

「そなたらは百姓や職人ゆえ、一揆《いっき》を真似て代官所を襲えば重罪人として始末される。それでは中野領は救われぬ」

「お侍、わしらはなにをすればよい」

「朋八、そなたらが自らの意思で立ち上がる気概こそが大事なのだ。おれの命に従ってくれぬか」

朋八が大きくうなずき、仲間たちも納得した。

影二郎は懐から、なんでも屋の亀吉から買い取った陣屋の庭に建つ遊幻亭の見取り図を拡げて、輪の中に置いた。

「今宵丑《うし》の刻（深夜二時）、そなたらは遊幻亭の裏塀に待機する……」

密談は四半刻（三十分）も続き、それが終わると、顔を紅潮させた朋八の仲間たちがそれぞれ道具などを用意するために納屋から飛び出していった。

納屋に残ったのは影二郎と朋八だけだ。

「旦那の名前はなんとおっしゃるので」

「夏目影二郎」

「夏目様、ありがたいことで」

朋八が礼を述べた。

二

中野領代官の岡本次郎左衛門は、赤い褥《しとね》の上に細身の体を横たえて両眼を閉じたみねの乳房を揉《も》みしだいた。うっすらと汗をかいて湿りけを帯びた体はなんの反応もない。

（くそっ！）

領内から連れてきた女のなかでもみねの楚々《そそ》とした風情に岡本は魅《ひ》かれた。最初の夜から必死で抗《あらが》うみねを強引にねじ伏せ、欲望は満たしたものの、人形を抱いているようで味けない。

舌先をかたちのよい乳房に這わせたが、みねは震えながらも感情を殺していた。

（つまらぬ）

身を起こした岡本の耳に口上が聞こえてきた。

「さても皆様、お立ち合い！　立山の万年雪も溶けて流れる真夏の宵は、赤、桃、橙、黄、紫、青、水色といとも涼しげな七色の水が部屋のあちこちから噴き出しましたら、ご喝采……」

中野代官所の広大な敷地の一角に、樹林にかこまれた遊幻亭が広がっていた。池のある中庭を二階建ての遊幻亭の建物が取り巻き、迷路のように走る廊下と階段が、丁半《ちょうはん》賭博から花札、さいころとなんでも揃った賭場、近郷近在から集められた女たちが待つ遊廓、さらには甘い香りが漂う阿片窟とを結んでいた。

飢饉の続く北信濃一帯にも金持ちはいた。名主や庄屋の旦那方、蚕糸の商人、僧侶、大名家に仕える武家、やくざたちが、遊び場の少ない信濃に設けられた悪所の遊幻亭に通って金を落とした。

中野代官所の支配地はおよそ五万四千石、五公五民《ごこうごみん》で幕府の上がりは二万七千石ほどだ。だが、うち続く飢饉と失政からこのところ六割も収穫は上がってない。その差損分を遊幻亭の売り上げ一万数千両が補って余りあった。

おこまが芸を見せるのは一階の中庭に面した大広間で、賭博に疲れて飲み食いに立ち寄ったやくざや、遊女に仕立てられた村娘を抱き寄せた僧侶らが、気怠そうにおこまの口上を聞くともなく聞いていた。

「みね、水芸を見物に参るぞ」

ほっとした顔でみねが手早く着物を着た。

何十本の百目蠟燭《ひゃくめろうそく》が赤々と照らし出す五十畳の大広間に、みねを伴った岡本次郎左衛門が姿を見せた。

「これはこれはお代官様のご来場、おこまも水芸によりをかけてつとめまする」

笑みを送ったおこまを見て、岡本は考えた。

（今宵はみねに替えて、水芸人を寝間に呼ぶか）

白扇を両手にかざしたおこまがくるりと回った。すると両手の白扇から水が噴き出した。

気怠い顔、遊び疲れた顔が、水の乱舞に驚きの視線をとめた。

「江戸は浅草奥山仕込みの水芸、水嵐亭おこまの、信州中野に咲き乱れまする七色の恋模様、乙女の胸を燃え焦がす恋の炎を、落花流水の舞に変えてご覧に入れまする……」

「そのようなことができるものか」

腹に一物の岡本が、おこまの口上にからんだ。

「これはこれはお代官様、もし蠟燭の炎が白根山《しらね》の峰から溶け落ちる氷水と変わりましたら、どうなさりまするな」

「水芸人、そなたの好きなものを所望いたせ」

「相分かりましてございます」

「待て、そなただけが褒美にあずかるはおもしろうない。おこま、そなたが広言した芸を仕損じたらなんといたす」

「お代官様の望みのままに。水嵐亭おこまの体はまな板の上の鯉……」

「おう、うけた」

おこまが手にした白扇を広げると、投扇の要領で岡本代官のかたわらの百目蠟燭に投げた。

扇は弧を描いて飛んだ。

その時刻、中野代官所の東門前で小さな騒ぎが起ころうとしていた。

開け放たれた門前に門番が顔を見せると、なんでも屋の亀吉が大八車を引いて立っていた。

「かように遅い時間に」

「へえっ、お代官と元締の注文の品を届けにまいりました」

頬被りした亀吉の引く大八車には荷が積まれて筵が掛けられていた。

「そのような話は聞いておらんが」

「江戸から来た浪人さんの注文でさ」

「なにっ、荷を調べる」

「そいつは御免被りましょう。客人から直に元締の佐野様に渡せと仰せつかっておりますのでな」

門番はしばし迷った末に、

「待っておれ」

と奥に引っ込んだ。

遊幻亭の背後にある土塀の外では、田圃の畔《くろ》に、影二郎や朋八らが伏せていた。

「よいな、騒ぎが起こったら一気に配置につくのだぞ」

影二郎が朋八らを鼓舞するように見回して言った。

緊張の顔が一斉にうなずいた。

「なにを持参したと申すか、亀」

いたちの陣助らを従えた元締佐野勢三郎が、遊幻亭に近い東門前に顔を見せた。すると大八車に積まれていた荷が門前に置かれて、なんでも屋の亀吉の姿は消えていた。

「五郎蔵《ごろぞう》」

陣助が顎で命じ、下っ引きの五郎蔵が筵を引きはがした。

なんと座棺が二つ並んでいた。

「早桶などどうしようというのか」

「佐野様、このようなものが」

五郎蔵が座棺のかたわらから立て札を取り上げた。

岡本次郎左衛門、佐野勢三郎御早桶
立て札には麗々しくも墨書してあった。

「おのれ、亀じじい、しょっ引いて牢に叩っこんでくれる」

陣助が罵《のの》り声を上げた。

「待て！　いたち」

門前から亀吉を追って飛び出そうとした陣助らを、佐野が引き止めた。

「これは亀の知恵ではあるまい。三太の眉間を長合羽の裾で叩きつぶした浪人が一枚嚙んでいるはず」

佐野がそう言うと、

「水芸人の女も江戸者だったな」

と屋敷の奥を見た。

「女を引っ括《くく》れ、陣助」

「合点で」


東の門前での騒ぎの様子は土塀の外まで伝わってきた。

「行くぞ」

影二郎の声に、四組に分かれた朋八らは、竹ばしごを手に土塀に走った。塀に掛けられたのは朋八が指揮する一組だけだ。影二郎がその竹ばしごを伝ってするすると塀を乗り越えた。

あとの三組は土塀のあちこちに散って待機した。

水嵐亭おこまが放った白扇はゆるやかに大広間の宙を舞うと、岡本代官のかたわらで燃える百目蠟燭のじりじりと燃える芯《しん》を掻き切り、吹き消した。するとどんな仕掛けか、明かりが消え、黒い煙の上がる芯の先から涼しげな青色の水が噴き出した。

「おおっ！」

どよめきが起こった。

「まずは手始め……」

おこまの手から次々に白扇が百目蠟燭に向かって投げかけられ、炎が水へと変じていった。

「なんという仕掛けか」

「驚いたぞ！」

遊び疲れた男たちの目にもおこまの芸は鮮やかに映った。

百目蠟燭が一本一本と消えていくたびに大広間は暗く沈んでいった。遊びに疲れた客たちはおこまの術中に嵌《は》まっていた。

外の騒ぎの声が大広間にも伝わってきた。

最後の百目蠟燭に向かっておこまが白扇を投げた。すると今度は水は噴き出さずに大きな炎が立ち昇った。

「最後の芸は、北信濃中野陣屋遊幻亭炎上の図にございます。水はいつしか油と変わり、賭場も遊廓も阿片窟も紅蓮《ぐれん》の炎を上げて燃え落ちて、夢まぼろしと消えましたらご喝采！」

「水芸人、冗談もほどほどにせよ！」

岡本がおこまに怒鳴った。

「冗談なものか。陣屋に岡場所はいらないよ、唐変木め！」

「おのれ、そなたは何奴じゃ！」

岡本がよろよろと立ち上がった。

百目蠟燭から噴き上がった炎は天井を焦がそうとしている。

「女を食いものにした天罰、炎に焼かれて地獄に行きな」

一陣の風とともに炎が岡本の派手な絹ものの羽織に燃え移った。

岡本が慌てて羽織を脱ぎ捨てた。

影二郎が大広間に飛びこんできた。

「女たち、そなたらの亭主や許嫁が土塀の外で待っておる。仲間を誘って逃げるのじゃ、燃え落ちる前に屋敷の外に出よ」

影二郎の声にわれに返った女たちが、客のかたわらから庭へと飛び出した。すると土塀の上から、

「おかつ！　亭主の久吉《ひさきち》じゃぞ」

「みね、迎えに来たぞ！」

と朋八らが恋しい女を呼ぶ声がした。

岡本のかたわらのみねの顔に喜色と狼狽が交錯して走った。

みねが淫《みだ》らな絵模様の小袖を脱ぎ捨てた。

「おのれ！　みね、逃がすものか」

「おまえさん！」

みねが庭へ飛び出そうとする背を、岡本の抜き差しにした刀が首筋を一閃《いっせん》した。

「しまった！」

影二郎の口から後悔の叫びが漏れた。

足をもつれさせたみねは、それでもよろよろと朋八の声がする庭へ歩いていこうとした。

「岡本次郎左衛門、天領を治める本来の職務を顧みず、陣屋の中に遊所を造っては領内の罪なき女を集めて遊女に仕立て、賭場や遊廓を経営して上がりをかすめ取るとは不届き至極、恥を知れ！」

「素浪人の分際で勘定奉行ご支配の直轄地に乗りこみ、水芸人と組んで陣屋に火をかけ、女どもの逃散を唆《そそのか》すとは大それた流れ者め。代官岡本次郎左衛門直々に成敗してくれるわ」

血に濡れた刀をかざすと影二郎に駆け寄り、眉間に振り下ろした。

影二郎は懐に飛びこむと岡本の腕を抱えこみ、捻《ひね》り上げた。痛みに顔をしかめた岡本代官が、

「そなた、何者か」

と酒臭い息で怒鳴った。

「おのれの任を忘れた愚か者の裁き、江戸に連れ戻るも無益。おれが見逃したとて、法城寺佐常が逃がさぬわ」

岡本の口から悲鳴が漏れた。影二郎は腕をほどくと腰を沈ませた。

「えいっ!」

法城寺佐常二尺五寸三分が閃いた。

後退りする岡本の首筋に反りの強い佐常が弧を描いて疾《はし》った。

「ひゅっ……」

豪刀が斬り割った斬口から空気が洩《も》れ、首筋を両断された頭が虚空に飛んだ。

「中野代官岡本次郎左衛門、始末!」

影二郎の声に岡本の胴体が崩れ落ちた。

「おこま、女たちを庭に出すのじゃ!」

「あいよ」

おこまが大広間から飛び出すと、

「火事でございます、どなた様も早々に逃げなされ!」

と廊下を呼び回って走った。

「ほれ、逃げ口はこっちだぞ」

朋八らは土塀の上に上がって代官屋敷の庭へ竹ばしごを下ろすと、女たちの名を呼び、逃走の手助けをした。みねがよろめくように庭に姿を見せた。

「みね！」

「おまえさん……」

みねの足がもつれて倒れた。

朋八は土塀を飛び越すとみねに走り寄った。


影二郎が天井から襖《ふすま》へと燃え広がった大広間から廊下に出ると、手付らしき二人が刀を抜きそろえて影二郎の前に立ちふさがった。その背後に初老の男が控えていた。

「代官屋敷に火を放つとは天下の重罪人」

「よおく聞け。そなたらも手付なら代官所の役目を存じておろう。敷地内に岡場所を作り、賭場を開いて、村娘を遊女に仕立て、阿片まで吸わせることをお上が許されるかどうか」

「さてそれは」

手付の切っ先が鈍った。

「もはや代官岡本は成敗いたした。そなたらは代官陣屋に戻り、この館の火が陣屋に移るのを防ぐのじゃ。それが代官所役人たる、そなたらの務め」

影二郎の凛《りん》とした叱正《しっせい》に二人は背後の老人を振り見た。

「そなたは」

「手代今村神兵衛にございます」

影二郎の問いに老人が答えた。

「今村どの、過日、八州廻りの浜西雄太郎が惨殺された事件が起こったことを承知しておろう。浜西の所持しておった関東取締出役の手札、陣笠、大小などが陣屋にあるはず。急ぎ探してくれ」

「承知しました。他には……」

「代官所の手代としてやるべきことを考えよ」

手代の今村が同輩二人を連れて役所へと走り戻った。

「佐野様、こやつですぜ」

いたちの陣助が顔を見せ、後方に控えた元締佐野勢三郎に叫んだ。

「代官屋敷に火を放つとは不届き千万」

赤い双眸をいよいよ血走らせた佐野が陣助らを掻き分けて、ゆっくりと影二郎の前に出た。

「遊幻亭など本来中野陣屋にあってはならぬ悪所、灰燼《かいじん》に帰さねばならぬ」

佐野は黙したまま、影二郎の顔を凝視した。

「御用だ！」

佐野の手前で、陣助が十手を構えた。

影二郎の右手には岡本を斬った佐常が提げられていた。

「いたち、おまえには棺桶は無用じゃ。野ざらしにしてくれる」

「野郎、吐《ぬ》かしやがったな」

挑発された陣助が自慢の長十手をかざすと影二郎に殴りかかった。

影二郎が佐常を抜き上げると陣助の十手を跳ね上げた。

金属音が響いて陣助が十手を取り落とした。

「畜生！」

法城寺佐常の切っ先が一転して陣助の肩口を袈裟斬りに襲い、たたらを踏んだ陣助が廊下から庭へと転がり落ちた。

影二郎は佐野に視線を戻した。

佐野は手下が斬られるのを無表情に見ていた。

「思い出した……」

佐野が呟くと、

「おぬしは桃井春蔵道場の師範代夏目瑛二郎だな。無頼の徒の内に入って剣を捨てたと聞いたが」

佐野は庭に飛び降りた。

遊幻亭の大広間から燃え上がった炎は、二階へ移ろうとしていた。まだ火が及んでいない階段を伝って客や女たちが一階へと逃げてきた。

「佐野勢三郎、そなたは神道無念流の免許皆伝とな」

影二郎は廊下から庭石へとゆっくり降りた。

「分かったぞ!」

と佐野が小さく叫んだ。

「去年、着流しの浪人が八州廻りを始末して評判になったことがあったわ。夏目、おぬしであったか。となれば今度の一件も納得がいく」

影二郎は敷石から庭へと進んだ。

まだ柄にも手をかけてない佐野勢三郎との間合いは十分にあった。

「八州廻りの浜西雄太郎が、任務地を越えて中野領まで入りこんできおった。あいつを七坊主に始末させたと思ったら、夏目、おぬしだ。どうやら勘定奉行の隠密らしいのう」

「佐野勢三郎、亀吉に誂《あつら》えさせた棺桶に入る身だ。浮き世のことを気にするでない」

「桃井道場は気位ばかりで腕はないとの評判だがな」

そう言いながらも佐野が足場を固めた。

「佐野、七坊主とおまえたちの関わりはなんだな」

佐野の含み笑いが響いた。

「勘定奉行の隠密というのは図星らしいな。となるとおぬしの運命も最初から知れていたということよ」

謎《なぞ》めいたことを漏らした佐野は、言い放った。

「夏目、だが、おぬしの命、だれにも渡さぬ。この佐野勢三郎がもらった」

言い終わらぬうちに佐野は走った。

間合いが一瞬のうちに崩れ、佐野は姿勢を低くして刀を抜き打ちにすると、脇構えから車輪に回した。刀身が鋭く弧を描いて伸び、影二郎の脇腹を襲った。

影二郎は法城寺佐常で払いながら前方へ走り抜けた。

ちゃりん！

刃と刃が火花を散らしたとき、二人はお互いの位置を変え、振り向いた。

間は三間《けん》に縮まっていた。

影二郎は、佐常を正眼《せいがん》に構えた。

佐野は突きの構えに移した。

「とおっ！」

俊敏にも再び攻撃に移ってきた。

影二郎は喉首に伸びてくる佐野の剣を斬り落とした。それを予測したように一転させると、佐野は抜き胴にきた。影二郎は佐野の懐深く入りこむと、柄頭で佐野の胸を叩いた。が、佐野は打撃にもびくともしなかった。

鍔競《つばぜ》り合いになった。

背は影二郎が四寸余り高かった。長身を利した影二郎は佐常の柄を両手で絞るように、上から押しつぶそうとした。

がっちりした胸板の佐野はどっしりと構えて受けた。そして下から押し上げながらも斬撃の機会を狙っている。

離れた一瞬が勝負だ。

二人とも分かっていた。

「死ねっ!」

佐野の顔が紅潮して血管が額に浮き上がってきた。

「影二郎の旦那、女衆もお客も逃げましたよ!」

おこまの声が影二郎の背後でした。

その一瞬、二人は互いを押し戻すように飛び下がると、鍔競り合いの刀を振り下ろした。

佐野の剣は鋭く影二郎の小手《こて》を斬り落としにきた。

影二郎の佐常は重い刀身に十分な遠心力をつけて大きく首筋に振り下ろされた。

法城寺佐常の武骨な鍔がぱっかりと割れ飛んだ。

同時に佐常の切っ先が佐野勢三郎の首筋を刎《は》ね斬っていた。

ごぼっ……。

佐野の口から奇妙な音がした。

なにか言いたそうな顔で影二郎を見ると、佐野はその場に横倒しに崩れ落ちた。

ふうっ！

息を一つついた影二郎の目におこまの立ちすくむ姿が映った。

遊幻亭が焼け落ちるのを影二郎とおこまは凌念寺の墓地から見ていた。

「陣屋で稼ぎだされた金は幕府に目をつけられぬように年貢金に変わったわけではあるまい。代官や元締の懐ばかりか、江戸の何者かの銭箱を潤したはずじゃ」

おこまはただ黙念と考えこんでいた。

「旦那」

朋八が二人の背後に立っていた。

「代官所の手代今村様が参っておられます」

うなずいた影二郎は、

「朋八、すまぬことをした」

と頭を下げた。みねを救出できなかったのがなんとも心残りな影二郎であった。

「影二郎様、みねはわしのところに戻りませなんだ。ですが、仲間たちは旦那のおかげで家族を取りもどせました。頭を下げるのはわしらだ」

うなずいた影二郎は聞いた。

「今村はどこにおる」

「寺の庫裏に待っておられやす」

そう言った朋八は法城寺佐常の割れ欠けた鍔を見た。

「旦那、差料《さしりよう》を預からせてもらえませんか」

影二郎は朋八が刀脇差拵えの職人であったことを思い出し、佐常を抜いて渡した。

「これらの品々を、元締佐野勢三郎の役宅で見つけましてございます」

今村神兵衛の前に、八州廻りの寺社、勘定、町奉行連署の手札、陣笠、大小、十手などが並べられてあった。

「手紙を書く、待て」

今村はただうなずいた。

影二郎は庫裏の片隅で、中野代官陣屋で見聞したことを略述した。

〈信濃中野代官陣屋に開設されし遊幻亭は深川極楽島と瓜《うり》二つの悪所にて候。これにより、尾藤参造が疑惑を持ちし三代官領の一件と浜西雄太郎の失踪事件につながりがあろうかと推測致され候。浜西ら五名の八州廻りは〝七坊主〟を名乗る謎の暗殺集団に誘い込まれ、非業にも中野領内に骸《むくろ》を晒しおり候。同送の品々、浜西らの遺品にござ候。なお代官岡本次郎左衛門、職務を忘れ、私腹を肥やし、色欲に溺れし罪によりて処断……それがし、これより平林熊太郎が代官を務める越後川浦《えちごかわうら》領に向かう所存　影〉

今村に封書を渡した。表書きを見た今村はすべてが氷解したという顔でうなずいた。

「手紙といっしょに、浜西の手札を江戸に送ってくれ」

と命じた影二郎は、

「新しい代官が着任するまで、残った者たちの手で中野領の復興に努めよ」

「領民と一致協力して田畑の手入れに精を出しまする」

と今村が約した。

夜明け前、夏目影二郎、おこま、そしてあかの姿が牟礼宿へ渡る河原にあった。

「どこぞに舟はないか」

見回すと河原の一角に小さな影が立っていた。三度笠の道中合羽、腰には長脇差をぶちこんでいる。影二郎は腰の佐常に手をかけた。

佐野との戦いに割れた鍔は、朋八が別の鍔を嵌め替えてくれた。

朋八の父が所持していたという京の名工埋忠明寿《うめただみょうじゅ》が鍛えた秋蜻蛉《あきかげろう》飛翔図、金銀・素銅などで鮮やかに線刻象嵌《ぞうがん》された逸品である。法城寺佐常を明寿の鍔が一段と凄《すご》みのある刀に変えていた。

薄闇を透かす影二郎に、

「旦那、見物させてもらったよ」

と国定忠治の子分、蝮の幸助の声がした。

「なぜおれのあとを尾《つ》ける」

「尾けるわけじゃねえが、たまたま行き先が一緒だったのさ」

そう答えた蝮は、これからどうしなさると聞いた。

「見物賃代りに占ってもらうか」

「越後川浦領かね」

「七坊主も待ちうけておるのか」

「さあてそれはね」

蝮の幸助はそう言い残すと闇に消えた。

葦の繁みが揺れて褌に毛皮姿の亀吉が姿を見せた。

「旦那、ひどい人だね。代官所にわたる客がいなくちゃ、渡しの仕事は上がったりだぜ」

「亀、欲はかくなと言うたはずだぞ」

「棺桶の出来はどうでしたい」

「下種が入るにはちょうどいい按配のがたぴし桶だ」

「口が悪いぜ。長生きしねえな」

亀吉が流れに舟を押し出し、おこまがへっぴり腰で乗った。続いてあかと影二郎が乗りこみ、

「牟礼宿かね」

と亀吉が対岸を見た。

「亀、遠出じゃ、千曲川は、越後領に入って信濃川と名を変えるそうではないか」

「越後まで舟なんてまっぴらだよ」

おこまの泣き声が響いたが、舟は流れに乗って疾風《はやて》のように下り出した。

三

松之山《まつのやま》街道には寒さが残っていた。

夏目影二郎は南蛮外衣を、おこまは道行き衣を身にまとっていたが、それでも寒い。

「旦那、どこぞに温泉でもないものかね」

夕暮れの刻が迫っていた。

信濃川を下って中里村《なかさと》で亀吉の舟を捨てた影二郎とおこまとあかは、松之山街道を北に道をとった。舟を降りたとき、おこまは青息吐息、もうだれがなんと言っても舟なんぞには乗

らないと言っていたが、今度は越後の寒さに手足を凍らせ、

「夏だというのにこの寒さ、わたしゃ冬には越後に住めないね」

と嘆いてみせた。

したたかさとひ弱さをしなやかな体に秘めたおこまは、秀信が送りこんできた諜者《ちょうじゃ》ではあるまいかと、影二郎は脳裏に思い描いていた。

（さて、どうしたものか）

小さな峠道を越えると集落が見えてきた。谷間に煙が二筋三筋立ち昇っている。

「屋根の下には泊まれそうだ」

犬を連れた二人連れを老婆が警戒の目で見ている。

「おばあさん、どこかに旅籠はありませんか」

「松之山に泊まるけえ、鷹《たか》ノ湯の温泉に行きなされ。湯治宿があるで二、三人ならなんとでもなる」

老婆は街道の枝道を差した。

「まだ遠うございますかね」

「なあにすぐそこじゃ」

影二郎たちは街道を離れて老婆の教えてくれた湯治場を目指した。だが熊笹《くまざさ》の生えた山道を行けども行けども、人家はなく明かりも見えない。ついに夏の陽も没してあたりは急に暗

くなった。

「道を間違えたかな」

おこまが力ない声を上げたとき、あかが吠えた。そして樹間にちらちらとした明かりが漏れているのが見えた。

「助かった」

おこまが安堵の言葉を吐いた。

松之山温泉は天水連峰の懐にかこまれた盆地に鏡ノ湯、鷹ノ湯、庚申《こうしん》ノ湯と三地区に分かれ、古びた湯治場風景を見せている。

影二郎とおこまは鷹ノ湯の湯治宿の玄関に立った。寒さを防ぐための二重の戸を開けて土間に立つと、寒気の峠道を旅してきた影二郎とおこまの冷えきった体を暖気が包んだ。

「宿を所望したい」

影二郎の言葉に囲炉裏をかこむ湯治客たちが振り見た。そして帳場の奥から女将《おかみ》らしき女が顔をのぞかせ、

「あんれまあ、犬連れのお客さんだよ」

と驚きの声を上げた。

「犬には残りものでよい。なんぞ食べさせてはくれぬか」

女将があかのことを請け合い、

「お客人たちはどちらから来られました」

と聞いた。

「中里村からだが」

「それはよかった」

「なにかあるのか」

「川浦の代官所には一揆を鎮めるとかどうとかで、大勢の役人が集まっておられますだよ」

元和元年（一六一五）、越後頸城郡川浦村に、幕府の直轄領として頸城、魚沼《うおぬま》の両郡五万三千七百四十八石を支配するために代官陣屋が置かれた。

蝮の幸助が影二郎を唆したとおりにこの地も風雲急を告げているようだ。

二人は名物の温泉に案内された。

影二郎は手早く袷《あわせ》を脱ぐと長合羽に包んだ。一文字笠と法城寺佐常は湯まで持ちこんだ。

岩風呂の湯に行灯《あんどん》の明かりがぼんやりと映っていた。

影二郎は冷えた体に湯をかけてゆっくりと湯船に浸かった。

おこまが手拭いで前を覆うと恥ずかしそうに入ってきた。

「失礼しますよ」

おこまは混浴に慣れていない様子だ。

「舟旅は堪《こた》えた」

おこまの手前、なんでもない顔をしていたが、舟旅は影二郎にもきつかった。舟旅でのこわ張りが温泉の湯に溶けてうすれていった。

「旦那もしんどかったのかい」

「土地の者でもあのような馬鹿はすまい」

「瀬に舟が煽られるたびに死ぬかと思いましたよ」

「ごめんなさいよ」

と年寄りが湯に入ってきた。

影二郎はその顔が囲炉裏端にあったのを見ていた。

「ふうっ！」

と気持ちよさそうな嘆声を漏らした老人は、

「江戸の方ですかな」

と影二郎に聞いた。風貌《ふうぼう》や言葉つきからして商家の隠居のように思えた。

「よく分かるな」

「お顔つきが雪国で暮らす者とは違います。それにしても江戸の方とはめずらしい。商いですかな」

「大道芸人ですよ。あたしは水芸、うちの人は居合い抜き……」

おこまが怪しまれないようにか、夫婦の振りをして言った。

「飢饉の越後路では商いになりますまい」

「飢えは江戸も越後も同じこと。江戸を離れれば、おまんまだけでも食べられるかと思いましたが、なかなかしんどいことですよ」

「ご老人、代官所が騒がしいと聞いたが、なにが起こっておるのじゃ」

「浪人さんは頸城から魚沼にかけての名産がなにか存じておられますか」

影二郎の問いに老人が尋ね返した。

「越後は初めて足を踏み入れたでな」

「越後上布《じょうふ》でございますよ」

ああ、とおこまが嘆声を上げた。

「上布の原料は青苧《あおそ》とよばれます植物の青い皮でしてな、この青苧の産地が頸城から魚沼一帯でございました」

「たしか越後上布は古くから織られていたものでしたね」

おこまが聞いた。

「はいはい。奈良の正倉院には天平勝宝《てんぴょうしょうほう》年間（七四九〜七五七）の最古の上布があるそうでございますよ。上布は京や奈良の公家の方々に愛用されましてな、素襖《すおう》や袴など礼服には欠かせぬ素材にございます。それだけに上布は値が張る、原料の青苧も高く取引きされるというわけでございます。そこで永徳三年（一三八三）には、青苧座が結成されましてな、苧課役を納める習わしがすでにできていました」

老人は実に詳しかった。

「魚沼や頸城で採られた青苧は、信濃川や魚野《うおの》川をつかって小千谷《おぢや》に集められ、ここからは馬で柏崎《かしわざき》、府中《ふちゅう》の湊《みなと》に運ばれます。そこから苧船に乗せられて越前《えちぜん》の敦賀《つるが》に運ばれ、陸路で琵琶湖《びわこ》の北岸の海津《かいづ》へ、湖上を船で渡って大津《おおつ》、大津から東口街道を通って京都に達します。さらには淀《よど》川を下って天王寺《てんのうじ》の三条《さんじょう》家、青苧商人に渡されるのでございますよ。すべての青苧に対して苧税をかける権利を三条家が持っておりました……」

おこまはさすがに着物となると目の色が変わって、耳を傾けていた。

「私が申し上げたのは昔の話、ただ今は事情がだいぶ変わってまいりました。頸城、魚沼の青苧は長年の生産で急速に量を減らしております。いまでは小千谷の青苧問屋は、米沢《よねざわ》、会《あい》津《づ》方面からのものを買いつけて、青苧小商人に渡すのでございますよ。秋口、小商人が近郷の村々を回って、織女のいる家々に青苧を貸しつけます。それをな、織り子たちが冬の間に縮《ちぢみ》に織り上げる……」

「江戸では小千谷縮とか申して珍重されておりますが、冬場に織られるのですか」

「これが根気のいる仕事でございましてな、まずは青苧を細く裂いて糸を作ります。これを苧《お》績《う》みと申しまして、一日にどんなに頑張っても三匁ほど、慣れた女衆でも五匁が精々、一反分の糸をつくるには、およそ一月《ひとつき》はかかります。苧績みによりをかけて糸づくり、これを雪で晒したうえで絣《かすり》づくりをして、染めに入ります。これでようやく地機《じばた》で織り上げていく……簡単な模様でも十日、複雑な意匠ですと一月仕事、織女の根気は越後に降る雪と競い合って培われたものでございますよ」

「値が張るわけですね」

おこまは深々と降る雪に機の音が響く光景を想像し、小千谷縮の風合いと肌触りは織女の執念かと考えていた。

「ご老人、土地の物産とはいえ詳しいな」

影二郎がなにか曰くのありそうな老人に聞いた。

「はい、私は小千谷の青苧問屋信濃屋の隠居藤右衛門《とうえもん》と申しましてな、長年、青苧を商ってまいりましたのじゃ」

「そなたの湯治はただの骨休めか」

「と申されますと」

藤右衛門が影二郎に反問した。

「なにやら代官所の騒ぎと関わりがありそうじゃ」

藤右衛門がふ、ふふっという笑い声を漏らした。

「旦那と姐さんもただの大道芸人ではなさそうな」

「信濃川を下ってきた変わり者にすぎぬわ」

「どちらから参られました」

「信濃中野代官所領内」

「陣屋に脂粉の香が漂っておるとか、噂はいろいろと聞いておりますよ」

「それはな、頸城や魚沼の青苧といっしょじゃ。もはや消えた、焼け落ちたわ」

「ほほう、いつのことで」

「昨夜のことであったな」

「焼け落ちた原因は一揆ですかな」

影二郎が忍び笑いをする。

「どこぞの水芸人が百目蠟燭の炎から油を噴き出させたという噂じゃ」

「なんと……」

老人が二人の顔を交互に見てしばし絶句した。

「ご老人、騒ぎの原因を聞こうか」

藤右衛門はうなずくと手で顔を拭った。

「三年前の秋、米沢、会津から運ばれてくる青苧の入荷がばったり途絶えました。私ども小千谷村の青苧問屋と青苧を採る百姓衆は、何十年来の付き合い、黙っていても運ばれてくるのが習わしです。それが止まった……」

藤右衛門ら小千谷村の青苧問屋五軒は慌てて、会津と米沢に番頭らを派遣して事情を調べた。すると川浦代官所の差し状を持った手付がやってきて、今年の秋より代官所が一括して青苧を買い取ることになったからと、昨年の取引き値段の三割増しで契約した。

米沢も会津も、代官の差し状もさることながら、値の高さに三年の契約を結んだ。そこで代官所の書役《かきやく》が約定書を作り、爪印《つめいん》をさせて代官所に持ち返ったという。

藤右衛門らは交通不便な山村に使用人を派遣して、青苧市に出る青苧を確保しようとした。だが、ここでも先手が打たれていた。それでも必死で集めた青苧を織女もいる農家に届けると、どこもが今年から代官所と直に取引きをすると断ってきた。ふいを衝《つ》かれた小千谷村の青苧問屋では藤右衛門らが川浦陣屋に代官の平林熊太郎を訪ね、事情を聞いた。

平林は、信濃屋らが長年の習慣に胡座《あぐら》をかいて、青苧を採る百姓や織女のことをないがしろにしてきた罪軽からずと非難、苧課役の見直しは強行すると言明した。さらに天保の改革の倹約令にからむ江戸幕府よりの達しであると付け足したという。

小千谷縮は武士階級に珍重される織物であった。倹約令を持ち出されると一番先に引っ掛かる高級品であった。しかしどうして改革を推し進める幕府の直轄機関との直取引きになるのか理解がつかないまま、藤右衛門らはきびしい冬を過ごすことになった。

翌春、藤右衛門らは密かに江戸の勘定奉行所に直訴することにした。が、江戸に向かった直訴人は、川浦領を出たところで暗殺された。

二年目、事態が変わった。

青苧を採る百姓衆への払いが前年の三分の一に減額された。さらに織女の賃金も同様の減額の沙汰《さた》がおりた。当然、前年に交わした約定書が持ち出された。だが、そこには二年目からの値のことは一切触れられていなかった。

「青苧を採る百姓衆も織女も、代官所の役人ということで頭から信用してしまったんですよ。一年目こそいい思いをしたが、二年目からひどいことになった。百姓衆と織女がわれら青苧問屋に泣きついてこられたが、なんとも手が出せない。ともかく契約の三年、死んだふりをして我慢しようとわれらは言い暮らしてきました。今年の春、ようやく三年の契約が切れた。すると代官所の使いと称するやくざ者たちが百姓衆や織女の家を回っては、刃物をちらつかせての契約延長を迫り始めた」

「それで代官所へ叛旗を翻したのか」

「織女衆が川浦村の進行寺に集まって話し合いを始めたのがきっかけでございますよ。ついで百姓衆が加わった」

「そなたら、青苧問屋はどうしたな」

藤右衛門の口が止まった。

「商人は情けないものですな。利欲には聡《さと》うございますが、命を張るとなると二の足を踏むものばかりにございます」

「ご老人、代官所が扱う青苧、縮の取引き高はいかほどじゃ」

「天明の頃（一七八一～八九）には二十万反《たん》を超えておりましたが、近ごろでは十数万反といったところ。安く叩いた経費を差し引いて、代官所の利は一万数千両から二万両と概算されます」

代官一人でできる話ではない。

「私どもが不思議に思うことは、一年目に青苧を買い集めた金がどこから出たのかということでございますよ。年貢米は江戸にて換金されるのでございます。どう考えても川浦に何千両もの余剰金があるわけがない」

どうやら大がかりな組織がここでも機能しているということではないか。

「ご老人、そなたが小千谷村からわざわざ出張ってきておるということは、なんぞ策を思いついたということか」

「一揆はどのような結末を迎えようと首謀者は獄門行きが習わし、私は進行寺の衆を動かそうとはございませぬ」

「動かねば動かぬで代官の思う壺ではないか。四年目の青苧も安く買い叩かれる」

「ということでございますな」

藤右衛門は、つるりと顔を両手で撫でた。

「川浦代官所には代官以下、何人の者たちがおる」

「平林様の下に手付、手代が四名、役人衆が十三、四名、臨時に代官所雇いになったやくざ者が十数人つめておりまする。それに代官所には鉄砲が二十挺ほどございます」

「やくざはどこの身内か」

「安塚村《やすづか》の十手持ち、川霧《かわぎり》の五郎《ごろう》親分の身内で」

「二足のわらじの手下《てか》どもが代官所の臨時雇いか。いずこも同じじゃな。ご老人、川霧と反りの合わない渡世人はおらぬか」

「松代《まつだい》村の竺蔵《じくぞう》親分でしょう」

「竺蔵の評判はどうだ」

「勇気のある親分でね、百姓衆の味方でしたがね」

と言った藤右衛門は首を振り、

「しかしいけませんや。中気《ちゆうき》を患った後、川霧一家に押されっぱなしで、縄張りも元の半分とはありますまい」

「ここからどれほど離れておる」

「二里（約八キロ）ほどのところです」

「ご老人、破戒坊主の一団が川浦領内に潜んでおるとの噂は聞かぬか」

「坊さんがおられるのは百姓衆のおられる進行寺でございますよ」

七坊主は川浦には現われていないのか。

「進行寺には何人集まっておる」

「男衆が三十数人、女衆が四、五十人といったところでございます。動くとなると、二、三倍の人数が集まろうかと思われます。住職の慶幢《けいどう》様がなんとかなだめておられるところ……」

「そなたはここで何を待っておる」

「湯治にございますよ」

「そう聞いておくか」

影二郎は湯音をさせて上がった。

四

北国の湯治宿の外を烈風が吹き抜けて、建物を揺らした。

影二郎はふと江戸で待つ若菜の相貌を脳裏に浮かべた。すると旅の身の侘《わび》しさが消えてほのかな温もりが胸に生じた。そしていつの間にか眠りに落ちていた。

夜明け前、影二郎は話し声で目を覚ました。玄関先から密《ひそ》やかに伝わってくる。どうやら一人は藤右衛門のようだ。影二郎は布団を抜けると手早く身支度を整えた。

一文字笠に長合羽を手にした影二郎が囲炉裏端に行くと、藤右衛門が一人の若者と話していた。野良着が夜露にびっしょりと濡れている。

「どうしたな」

「進行寺に集まる数が急に増えたそうにございます。なんとしても一揆だけは避けとうございます」

「そなたはだれかを待っていたのではないか」

藤右衛門が迷った末にうなずいた。

「上州の国定忠治親分に使いを出して、助けを求めましてございます」

「やくざ者に代官所を襲わせようというのか」

「代官所を百姓衆が襲えば一揆にございます」

藤右衛門は言い放った。

農村を揺るがす一揆は米経済が根幹の徳川幕府にとって重大犯罪である。

「忠治の義俠心に訴えたか」

「そのためには信濃屋の身代《しんだい》をつぶしても仕方ございません。家族には言い聞かせてございます」

「忠治には連絡《つなぎ》がついたか」

「連絡はつきました。が、未だ川浦に入った様子はございません」

藤右衛門が苦しそうに顔を歪めた。

「一揆に走れば、青苧どころではありませぬ。代官を殺したところで代わりはいくらもおりましょう。新たに江戸から派遣されます。ですが、川浦領内の百姓、織女、私ら青苧問屋は、何代にもわたって一揆のつけを払うことになります」

影二郎はうなずいた。

「代官の平林様は進行寺の動きをよう知っておられます。そのうえで進行寺の境内にいるかぎり、集まりも見逃しておられるふしがあります。ですが、筵旗《むしろばた》を立てて山門を一歩でも出れば、陣屋から役人が取締りに出張ることは確実。平林様は百姓衆をなにかと挑発されて一揆を唆し、そのうえで力で鎮圧なさろうとしておられます」

「信濃屋、そなたは川浦村の進行寺に走れ。寺に集まる衆をなんとしても一両日、足止めせよ」

はい、とかしこまった藤右衛門に影二郎は命じた。

「おそらく代官の意をくんだ諜者が寺に潜りこんでいるはず。その者たちをあぶり出してくれ」

うなずいた藤右衛門が、あなた様は、と影二郎の行動を聞いた。

「忠治の立ち寄り先を探す」

「心当たりは」

「なくもない」

三人は湯治宿から暗い闇に飛び出していった。

おこまが目覚めると影二郎の姿は寝床になかった。おこまは二つの布団を畳むと手拭いを持って風呂に行った。風呂には湯治の年寄りが四、五人いたが、影二郎の姿はなかった。囲炉裏端にも影二郎はいなかった。

（まさかおいてきぼりに……）

おこまが慌てて玄関を見ると、土間の片隅であかが尻尾を振っていた。

「あか、旦那はどこに行ったんだい」

犬に問う声を聞いた女将が、

「暗いうちに信濃屋の旦那と出かけられましたよ」

「一体全体どこに行ったんですかねえ」

さあて、と女将は首をひねった。

影二郎が長合羽に寒さをこびりつかせて鷹ノ湯の湯治宿に戻ってきたのは、鈍色《にびいろ》の曇り空から粉雪でも舞い落ちてきそうな昼下がりだ。

「体じゅうが冷えきった。ひとっ風呂浴びるぜ」

長合羽を脱ぐ影二郎に、

「はいよ」

とおこまが手拭いを渡した。

湯に浸かった影二郎は、稗《ひえ》雑炊を食べてようやく人心地がついた。なにか聞きたげなおこまには構わず、満たされた腹を休めるように影二郎は火のかたわらでごろりと横になった。

一刻（二時間）ほど眠りこんだ影二郎は格子戸越しに外の景色を透かし見た。

「かれこれ七つ半（午後五時）時分と思うけどね」

「発つぞ」

おこまに告げた。旅慣れた二人に大仰《おおぎょう》な仕度があるわけでない。たちまち身支度が整った。湯治代を払った男女と犬連れを、女将と湯治客が黙って見送った。

川浦代官所のある川浦村は、『天保郷帳《ごうちょう》』によれば九百一石、村民七百五十三名。ここに置かれた陣屋が頸城、魚沼の幕府領五万三千余石を支配していた。代官は二百俵の知行《ちぎょう》取りの平林熊太郎である。

影二郎とおこま、それにあかが寒さに凍えて川浦村に入ったのは日没後のことだ。村外れの進行寺の本堂の前には筵旗を押し立て、鍬や鎌を持った男女三百人余りが集まって、今にも代官所に押し掛ける気配を見せていた。

影二郎は藤右衛門の姿を探してまわった。

「おらたちの賃金はこの三年に三分の一に下落した。このままじゃ、代官所に吸い上げられて餓死するしかねえべ。飢えて死ぬのを待つくらいなら、代官所に火を放って代官を道連れにすべえ」

ぼうぼうの蓬髪《ほうはつ》を逆立てた中年女が鎌を振り回して仲間たちを煽動した。

「おお、しげの言うとおりだっぺ。青苧の値が下落したのも平林が代官になってからじゃ。何百年も続いた青苧商いには、お上とわしらの間に互いに信じ合う関係があったからじゃ。平林はそれを壊した、許せねえ。なにがなんでも、野郎に納得させねばなんねえ」

二人の激した叫びに三百人の男女は煽られて、今にも山門外に飛び出す勢いだ。

「もはや止める手立てはありませぬ」

信濃屋の藤右衛門が影二郎らの前に引きつった顔を見せた。

藤右衛門は一揆がどのような結末に終わるか、金持ちたちが米を買い占めに走ったことから始まる文化十一年（一八一四）の北蒲原《きたかんばら》郡騒動がいかに悲惨な結末を迎えたか、聞かされて育ってきた。出雲崎《いずもざき》陣屋領内で起こった一揆は首謀者百十名が捕らえられ、石抱き、つるし責め、えび責めなどの拷問にかけられた後、遠島《えんとう》など厳しい処断を受けたのだ。

「あの男は……」

「牧村《まきむら》の馬方、江吉《こうきち》にございます。しげともども、最初から進行寺に詰めかけた者です。それより忠治親分の居所は知れましたか」

「それがなんとも……」

影二郎は、その朝、松代村に渡世人の笠蔵を訪ねていた。中気を患い、威勢が傾いたという松代の笠蔵だが、まだ代貸《だいがし》から三下まで七、八人の子分がいた。

影二郎が川浦領内のことで親分に会いたいと戸口で用件を述べると、すぐに居間に通された。若い女に手をとられた笠蔵が長火鉢の前に不自由な体を折って座った。

「江戸からの旅の者だ」

「お父っつぁんは口が回りませぬ。どうかお客人、用件を」

「そなたは親分の娘ごか」

「はい、しのにございます」

「国定忠治の行方を探している」

笠蔵が驚きに目を見張った。

「なぜ忠治親分がこの松代に関わりあるとお考えでございますか」

「忠治とは因縁《いんねん》浅からぬ者だ。川浦領内の騒ぎをおれに知らせたのも身内の蝮の幸助、となれば、忠治もこの近くに潜んでいるのでは」

「そのような不確かなことでは……」

「……迷惑か。松代の笠蔵は頸城郡一帯で侠客とうたわれた親分だ。赤城を追われた忠治が行く先々でだれに頼るかくらい、お見通しじゃ」

しのと笠蔵が顔を見合わせた。

笠蔵が不自由な口でしのになにかを訴えていた。

「残された時間はさほどない。百姓や織女が筵旗を立てれば、一揆になる」

笠蔵の答を聞く前に影二郎は立ち上がり、居間を出た。


「信濃屋、忠治は必ず川浦に現われる。それまで時を稼ぐのじゃ」

と影二郎が藤右衛門に言ったとき、

「代官所に押しかけるぞ！　このしげに続いてくだされ」

中年女が筵旗を手にすると喚いた。

「代官所の門が開いたぞ！」

山門の外を見張っていた男が叫んだ。

「われも行く」

「もう我慢がならねえ」

「代官所を襲ったあと、庄屋の米倉を開けるぞ」

境内にいた男女が筵旗を立て、それぞれ手に得物を持った。

「さあさ、皆さん、お心を鎮めて、まずは水嵐亭おこまの水芸にて、頭に昇った血をひとまず冷ましてくださいな」

おこまの声が進行寺境内に響いた。

影二郎と藤右衛門が振り向くと、いつの間に衣装に着替えたか、見た目にも涼しげな水色の小袖袴に銀色の肩衣をつけたおこまが本堂回廊に立ち、手の白扇を宙に振った。すると扇の先端から水しぶきが上がり、噴水が立ち昇った。

「こっちは生き死にの瀬戸際だ、大道芸人風情がしゃしゃり出る幕ではねえ」

しげがおこまに駆け寄り、鎌を振りかざした。

おこまは手の白扇を宙に投げ上げると、くるりとその場で回転した。手がしげの首に伸び、首に巻いた手拭いを引き抜くと、落ちてきた白扇に包んで影二郎に投げた。

一瞬の早業だ。

「なにをしやがる!」

振り上げたしげの鎌の刃先から水が上がった。

「あれっ!」

「小千谷縮の織姫の手捌《てさば》きと根気は江戸でも評判、日本一の縮の作り手にございます。もしその手が血に濡れましたなら、織り上げる縮もさぞや血生臭いことにございましょう。さあて、越後は川浦村進行寺回廊に滝の白糸が姿を見せましたら、ご喝采……」

おこまが秘術を尽くして一揆を引き止めようとしているとき、影二郎は代官所の門前に立っていた。

門番が無言で抜き身の槍を突き出した。

「代官平林熊太郎どのにお目にかかりたい」

「約定もなく代官様が面会を許されると思うか」

「進行寺のしげからの連絡と申されよ」

影二郎は汗臭い手拭いを差し出した。

門番は、手拭いは何の意味かという顔で迷っていたが、

「時を失せばそなたの責任……」

という影二郎の言葉に、手拭いを手に取ると門内に走りこんでいった。

手代が転ぶように出てきて影二郎の前に立った。

「連絡というのは確かか」

「直に代官平林どのに伝える」

門番は影二郎の顔を見ていたが、

「参れ」

と敷地の中に招き入れた。

影二郎はでっぷりと太った平林熊太郎の前に連れていかれた。領内で起こった訴訟を裁く訴所の広い土間には、手付を始め代官所の役人たち、それに十手持ちとやくざの二足のわらじの川霧の五郎親分の手下たちが、襷掛けに鉢巻き姿で、腰に長脇差をぶちこんで待機していた。臨時雇いのなかには浪人者の姿もあった。

「しげがそれを代官様に知らせろとそれがしに頼んだのじゃ」

「江吉が奇妙なことを聞きこんで参った。

平林の前に薄汚れた手拭いがあった。

「しげの報告とはなんじゃ」

「ものものしいな」


「牧村の馬方がか」

切羽詰まった末に影二郎が打った賭けがあたった。汚れた手拭いを届けられた代官はつい信じて、しげと江吉が百姓衆の間に潜んだ密偵ということを認めてしまった。

「関所破りの国定忠治一味が川浦領内に潜入して、今にも代官所を襲うという話じゃ」

「なにっ！　忠治が」

平林が驚愕《きょうがく》し、二足のわらじの親分、川霧の五郎を見た。

「そんな噂はなくもござんせん、ほんとかどうか」

川霧が、長合羽を身にまとった影二郎を睨んだ。

「こんな薄汚れた手拭いなんぞ小道具に使いやがって、おめえはいってえだれだ」

「銭になればどこでも出向く流れ者よ」

「うさん臭い奴でございますよ、お代官」

川霧が影二郎を見据えた。

「噂が流れてはこぬか。信濃の中野陣屋にあった遊幻亭が焼け落ちたのは、忠治一家の仕業だそうじゃ。川浦も百姓や織女を唆して、一揆を仕組むどころの話じゃあるまい。今にも忠治が代官所を襲わぬともかぎらぬぞ」

平林熊太郎の顔色が変わった。

「代官どの、七坊主を待機させられたほうがよい」

影二郎の立て続けの言葉に平林は、

「もはや七坊主はこの地を離れたわ」

とうっかり答えていた。

「野郎、喋りすぎて足を出しやがったな！」

不審に思った川霧の五郎が叫んで、十手を影二郎の眉間に叩きつけてきた。

肩にかけた南蛮外衣の長合羽を影二郎の手が引き抜いた。くるりと旋回した合羽の裾が川霧の五郎を襲った。二十匁の銀玉が顎を直撃した。

ぐしゃ！

骨が不気味に砕ける音がして川霧が昏倒した。

影二郎が進行寺に急ぎ戻ると、回廊の端に馬方の江吉としげがおこまを追い詰めていた。江吉の手には長脇差が握られ、しげの手の鎌と合わせて左右から襲おうとしていた。

「この女は代官所の回し者だよ。おらたちの行状をなんでもかんでも知らせてやがるのさ」

しげの煽動の声に、

「殺せ!」

と江吉が呼応した。すると百姓衆の間から、

「代官所を襲う生贄《いけにえ》じゃ。女芸人を始末しろ」

という無謀な声が飛んだ。

「待て、そなたらは百姓じゃ。得物を手に代官所を襲えば重罪人じゃぞ」

藤右衛門が立ち騒ぐ群衆の前に塞《ふさ》がった。

「信濃屋の旦那、このままじゃ日干しだべ。生きるも死ぬも皆が力を合わせればなんとかなるべえ」

信濃屋や住職の声は、興奮した百姓衆にかき消された。

「代官の回し者は水芸人ではないわ!」

影二郎の声が騒ぎを制して響いた。一瞬、進行寺は静寂に包まれ、視線が影二郎に集まった。

「馬方の江吉としげ、代官が認めたわ」

「そんな……」

「なんの証拠がある」

影二郎は一文字笠の縁から抜いた両刃の唐かんざしを、しげのかたわらの板壁に投げた。

突き立った唐かんざしの珊瑚玉がぶるぶる震えて、結びつけられた紙片も揺れた。

「そなたらの雇人からの指令じゃ、読むがよい」

「そんなことがあるか。代官様はわれが字を読めんことをご承知じゃ。命令はいつも口で言われる……」

「語るに落ちるとはそなたのこと」

失言に気付いて、しげが身を竦めた。

「裏切り者は江吉としげ……」

「こやつらをなぶり殺せ」

百姓衆が二人の男女を襲おうとしたとき、銃声が響いた。

藤右衛門が影二郎の顔を見た。

影二郎は山門に走った。

「代官所を何者かが襲っております！」

見張りの若者が叫んだ。

影二郎が闇を透かすと、剽悍《ひょうかん》にも黒い影が代官所の土塀を次々に乗り越えて邸内に姿を消していった。そのうち何人かは手に獣撃ちの鉄砲を手にしている。

「国定忠治の身内ですかな」

藤右衛門が囁き、影二郎がうなずいた。

「信濃屋、そなたらは騒ぎが鎮まるまで山門を出ることはならんぞ」

影二郎は命じるとゆっくり代官所に戻っていった。そのあとからおこまとあかが追ってきた。

「細工が過ぎるよ」

唐かんざしを影二郎に差し出したおこまは手紙を広げた。そこにはなにも字など書かれていなかった。

陣屋の門はきっちりと閉じられ、内部からは闘争の響きが流れてきた。

銃声が途絶え、刃鳴りが伝わってきた。斬り合いに変わったのか。

扉がそっと開いた。女物の小袖がのぞき、あたりを見回していたが、影二郎の姿を認めると、

「おお、おぬしか。助けてくれ、金は十分につかわす」

と小袖の下から代官の平林熊太郎の顔が見えた。

「一人だけ逃げようというのか。虫がよすぎるな」

平林の顔にいぶかしさが漂い、それが恐怖に変わった。

「川浦代官平林熊太郎、そなたの所業軽からず、夏目影二郎が成敗してくれる！」

腰の法城寺佐常が一閃して、平林熊太郎の驚愕の顔が宙に飛んだ。

〈越後川浦領代官平林熊太郎は着任以来、当地特産の青苧及び小千谷縮取引きに絡み、長年の習わしを強権を以《もっ》て廃し、代官所が独占的に売買に絡みて、買値を安値に押え、その差額を私《わたくし》し候段、横領不正明白なり。この結果、領民の勤労意欲を著しく低下、田畑を疲弊させ、騒乱寸前に追い込みし罪軽からず。因《よ》って平林熊太郎の首打ち仕《つかまつ》り候。代官所に後継者が着任されるまで、小千谷村青苧問屋隠居信濃屋藤右衛門、川浦村進行寺住職慶僮の両名に代官所の保全を任せし候。この両名、暴発寸前の川浦村騒乱を身を挺して防ぎ、集まりし領民を説得して帰村させ、職に戻せし功少なからず。新任代官は意に含んで着任されし事、御願い申し上げ候。なおそれがし七坊主追跡も併せて飛騨高山《ひだたかやま》領へ向かう所存。

付記、おこまなる水芸人、そちらの差し向けし諜者か、それがしの監視人か。以後、このような者、周辺に近付けぬよう、御忠告申し上げ候　影〉

影二郎は書簡を信濃屋藤右衛門に託すと、急ぎ川浦領を離れた。

第四話　騒乱親不知《おやしらず》

一

加賀藩百万石の参勤下番の行列は、江戸から金沢へ三つの道筋があった。

第一は、中仙道を辿って碓氷峠を越え、信濃追分宿から北国下街道に入って上越《じょうえつ》に抜け、日本海沿いに金沢に入る百十九里（約四百八十キロ）の道程である。

第二は信濃追分から下諏訪《しもすわ》、妻籠《つまご》、中津川《なかつがわ》、御嵩《みたけ》、加納《かのう》、赤坂《あかさか》、垂井《たるい》宿と中仙道を進み、福井を経由する北国上街道に移って金沢に到着する道筋百六十四里（約六百六十キロ）。

第三は東海道を西下し、大垣《おおがき》宿から美濃《みの》路に入る。垂井宿からは北国上街道と同じ道筋で、およそ百五十一里（約六百キロ）あった。

二千数百人の大人数が威勢を見せて進む加賀藩の参勤交替にとって、一日の入費《にゅうひ》は大きな問題である。中仙道から北国下街道を通る道筋は、他の二つに比べて三十里から四十里ほど短い。これは三日から四日の道程短縮を意味する。そのうえ三十里ほどが、所領である越《えつ》中《ちゅう》と加賀を通過する。これに対して中仙道から北国上街道の道筋も、東海道から北国上街道の行程も、御三家の尾張藩や親藩の福井藩領を通過せねばならない。これは気を使う道中であった。

中仙道、北国下街道の道筋は行程も短く、領内通過も四分の一を占めるが、天然の難所がいくつも控えていた。碓氷峠を越えた信濃では犀川、千曲川が待ち受け、越後の姫《ひめ》川、越中の神通《じんづう》川、常願寺《じょうがんじ》川、早月《はやつき》川、片貝《かたかい》川の川越えが続く。そして最後に難所中の難所、駒返しの親不知子不知《おやしらずこしらず》が待っていた。

天保九年（一八三八）五月に江戸を出立した加賀藩の道中は、幾多の川越えを繰り返しながら、北陸、東北の要衝の地、高田《たかだ》宿でようやく日本海に辿りついた。ここで街道は海岸伝いを佐渡《さど》や出羽《でわ》に向かう奥州街道と、加賀に至る加賀街道に分岐した。

加賀の御行列が向かった加賀路には、日本海に迫る高山の峰々から雪解け水が流れこむ姫川、飛馬川とも称される川が待ち受けていた。

「荒波よせる険路とは聞いておったが、名にし負う日本海だな」

名立《なだち》の浜の鳥ケ首《とりがくび》岬に吹き荒ぶ風に立った影二郎は、重畳《ちょうじょう》たる越後の山々よりも天を衝いて高くせり上がり、雷鳴のような轟音《ごうおん》とともに落ちてくる荒波に圧倒されて、驚嘆の声を上げた。

おこまも白く飛び散る飛沫《しぶき》を恐ろしげに凝視し、これまで常陸の冬の海を見てきたあかも毛を逆立てて身を竦ませている。

「加賀百万石の行列が進む街道、さぞ華やかな海辺の道と想像しておりましたが、これほど凄《すさ》まじい海とは……」

加賀藩の行列は名立を八日も前に通過していた。この先、順調に進めば能生《のう》、魚津《うおづ》、糸魚川《いといがわ》、泊《とまり》、高岡《たかおか》、今石動《いまいするぎ》と旅を重ねて、すでに金沢に到着しているはずだ。

影二郎は南蛮外衣の襟をきつく合わせると、道行き衣の背に大道芸の道具を背負ったおこまに、行くかといった。

おこまは黙ってうなずいた。

あかが砂浜に足跡をつけて先に進む。

手で一文字笠の縁を摑んでいなければ、吹き飛ばされそうな烈風が吹きつけてくる。風に波飛沫が混じって、それが影二郎らの体に刺さるようにぶつかってきた。

どこかで錫杖が鳴り、それに向かってあかが吠えた。

行く手に、網代笠に墨染めの破れ衣の黒い影が七つ立った。

「七坊主が出おったわ」

影二郎の声におこまがぎくりと顔を上げた。

あかが怯えたように吠えた。

「夏目影二郎、この先進むこと相ならぬ」

七坊主小頭、毛抜の眼覚とは碓氷峠以来である。

「眼覚、そなたらが姿を見せた中野代官領は腐敗の温床であったな」

「中野陣屋を潰《つぶ》したのはやはりおまえか」

「そなたらの暗躍をよからぬことと思うのは、それがしだけではないぞ」

「国定忠治には気の毒したな。鉄砲まで持って川浦陣屋を襲ったようじゃが、金はわれらが運びだし、江戸に送った後よ」

眼覚が川浦とのつながりを問わず語りに喋っていた。

影二郎は一文字笠を脱ぎ捨てた。

「夏目影二郎、どこまでわれらにつきまとう」

「さあてな」

「越後の海に屍《しかばね》を晒せ」

七坊主たちが錫杖から剣を抜き連れ、小頭の眼覚を中心に横一列になった。

「おこま、下がっておれ」

おこまが対陣の間合いから外れ、片膝《かたひざ》を砂について白扇を手にした。そのかたわらにあかが控える。

影二郎は歩を進めた。

七坊主が網代笠に手をかけると一斉に影二郎に向かって投げた。笠の縁に刃物でも縫いこんであるのか、刃鳴りがして七つの凶器が輪を縮めて影二郎を襲った。

南蛮外衣が海風に抗して舞った。

黒羅紗の長合羽が浮き上がった。

影二郎は長合羽の下に転がった。

鈍色の空に裏地の猩々緋が燃えて広がり、飛来する網代笠を弾き飛ばした。

影二郎は砂地を転がりながら法城寺佐常を抜き差しにして、左手の三人の七坊主の足を掬《すく》い上げるように薙いだ。

予期せぬ地面からの攻撃に七坊主の三人が太股《ふともも》から腹部を割られて倒れこんだ。仲間の屍を越えて、新たな七坊主が宙に舞い上がった。

影二郎は再び転がった。回転する視界に、七坊主が三方から細身の剣に一身を託して落下してくるのが見えた。

「修那羅山必殺、鵜落水《うらくすい》！」

水中の魚を狙う鵜の如く細身の剣がきらめいて、影二郎の転がる体に落下してきた。

影二郎の片手が砂地に落ちた長合羽の裾を摑んで、ひねり上げる。二十匁の銀玉が縫いこまれた長合羽が再び力を得て、広がった。

一番手の坊主の剣をへし折ると、長合羽が体に絡みついて自由を奪い、砂浜に落下させた。二番手、三番手の目標が狂った。

影二郎は片膝をついて立ちあがった。

その眼前に長合羽を絡みつかせた坊主が倒れこんでいる。もがくように長合羽を払い除ける坊主の喉首への一撃、反りの強い佐常が突き上げるように疾《はし》った。

声もなく相手が倒れた。

影二郎は続いて砂地に降り立った七坊主二人に躍りかかった。

影二郎の眉間に叩きつけられた細身の剣を脇から回された豪刀が両断した。さらに佐常は頭上に流れて反転すると、三番手の七坊主の肩を袈裟に襲った。

「げえっ!」

短い叫びを洩らして倒れこむ坊主の陰から、折れた剣をかざした七坊主が鋭く突っこんできた。同時に毛抜の眼覚が影二郎の背後を襲った。

影二郎は前方の敵に集中した。

斬り下ろされた佐常に捻りをいれてすり上げに移した。折れた剣先が双眸を襲った。

影二郎は顔をわずかに移して切っ先を躱した。が、躱し切れなかった。鬢髪《びんぱつ》の肉が殺がれて血が噴き出した。

痛みが走った。

相手の若い坊主の顔にも苦痛が走った。

影二郎がすり上げた佐常が脇腹を深々と割っていた。

背に殺気を感じながら前方に走り抜けた。

眼覚の背後からの突きを躱す余裕は影二郎になかった。すり上げた佐常を背に回しながら、自ら倒れこみ、横に転がった。

砂地に眼覚の直刀の切っ先が刺さりこんだ。

さらに影二郎は転がった。その視界に白扇が飛ぶ光景が映った。

おこまの白扇投げが眼覚の必殺剣から影二郎を救った、立ち上がる間を与えた。砂地に散る五、六本の白扇を見ながら、影二郎は法城寺佐常二尺五寸三分を正眼にとった。

「仕損じたか」

「青坊主どもの命を犠牲にしてまでおれを討ちたいか」

「井筒天光坊様のお指図は絶対じゃ！」

影二郎は波打ち際に走った。

眼覚も横走りに疾走してきた。

両者は波に足をさらわれながら、ふいに動きを止めた。

毛抜の眼覚は直刀を顔の前で横に寝かせる柳の構えで、もう一方の手の錫を突き出した。

そしてじゃらじゃらと錫を鳴らした。

影二郎の集中を欠く響きだ。

影二郎は音から耳をふさぐように両眼を閉じた。

音が海鳴りの間から伝わってきた。

影二郎は音の響きだけを聞くことに神経を研《と》ぎ澄ました。

音が激しく高鳴った。そしてふいに変調し、消えた。

その瞬間、殺気が押し寄せてきた。

風が強引に裂かれて哭《な》いた。その殺気を中断させたものがあった。飛来する錫をおこまの白扇が払い落とした瞬間だ。だが、影二郎はそれを知るよしもなく、両眼を閉じたまま果敢に突進した。

正眼の剣が眼覚の首に振り下ろされ、柳の構えから影二郎の首に引き落とされた直刀と法城寺佐常、二条の光が交錯した。

おこまは目を大きく開いた。

突進しつつ斬り下げた影二郎の斬撃が、ほんの一瞬早く不動の眼覚の首に届いた。が、浅かった。それでも血しぶきが北国の虚空に飛んだ。

影二郎は肩口を流れた直刀を感じつつ走り抜けた。反転したとき、眼覚が顔から浜に倒れこむのを見た。そしてその体を高波が襲った。波が引いたとき、眼覚の亡骸は見えず、白扇だけが波に漂っていた。

「おこま、そなたに助けられたな」

「もはや七坊主は襲ってはきませんね」

荒い息を肩でつきながらおこまが言った。

「おこま、七坊主とは七人の殺人者を指すものではないわ。われらの行く手に新たな七坊主が待ちかまえておろうよ」

「それにしても、決死の覚悟で立ちはだかった理由は何でございましょうね」

「荒波の果てにあるものが教えてくれよう」

血ぶりをくれた法城寺佐常を鞘に返して影二郎は歩き出した。

そして死の影を漂わす影二郎をおこまとあかが追った。


夕暮れ、二人は糸魚川宿に到着した。

糸魚川は松平日向守《ひゅうがのかみ》一万石の城下だが、江戸定府《じょうふ》の大名で、郡代をおいて管理した。

白く天を衝く立山、白山の峰々から落ちてくる雪解け水を呑んだ姫川は、数日前まで川止めであったとか。加賀藩の行列は四日間も糸魚川で足止めを余儀なくされていた。

「おこま、この先、親不知の難所も控えておる。今宵は、糸魚川宿に泊まるとするか」

日没後の川渡しは禁止されてもいた。

糸魚川宿の脇本陣の前を抜ける影二郎に、

「師範代」

と声をかけたものがいた。

振り向くと、若党二人を連れた若い侍がにこやかに笑っていた。

「俊助《しゅんすけ》ではないか」

影二郎は、かつて鏡新明智流桃井春蔵道場の師範代をしていた。その折りの門弟の一人が奥村《おくむら》俊助だ。

「師範代は旅ですか」

犬を連れた異形の影二郎と大道芸人のおこまを見ても、俊助はさほど驚いたふうもない。

「流れ旅じゃが、そなたは」

俊助は道中でもしてきたか、裁着袴《たつつけばかま》姿だ。

「参勤下番の道中にございます」

「そなたは加賀様の御家中であったか」

俊助が前田侯の家臣であったことをおぼろに思い出した。

「はい、姫川で四日も足止めを食らったと思ったら、この先の親不知でもまた通行不能。国表を前に難儀な道中の最中にございます」

加賀様の行列は青海《おうみ》宿に逗留して親不知を通過できないでいるという。

「師範代、宿は決まっておられますか」

「たった今、着いたばかりでな」

「それはよい。それがしと一緒に脇本陣に泊まられませぬか。久し振りに江戸の話をいたしたく思います」

「脇本陣など堅苦しくていかん」

「なあに懇意な宿にございます。遠慮はいりませぬ」

俊助はうれしそうに影二郎に誘いかけた。

「われらは犬連れだぞ」

「ご懸念なく」

「ならば世話になる」

影二郎は肚を決めた。

俊助は糸魚川宿にある脇本陣四軒のうちの一軒に影二郎らを誘った。が、式台のある表玄関ではなく、勝手口からずかずかと入っていった。すると台所にいた女中たちが、

「あれ、俊助坊っちゃま」

「俊助様」

などと、口々に言ってうれしそうに迎えた。

「親不知でも行列は足止めじゃ。本陣に御用を言いつかって糸魚川まで戻ってきたところだ」

と女たちに気軽に声をかけた俊助は、

「主《あるじ》どのはおるか」

と聞いた。その声を聞きつけたか、奥から老人が顔をのぞかせて破顔した。

「また俊助様にお会いできるとはうれしいことで」

「父上は泣いておられるわ。例年の倍の日数と費用がかかるのは確かじゃからな」

と言った俊助は、

「匠兵衛《しょうべえ》、それがしの剣道の先生じゃ。ここの玄関でばったり会った。今晩、それがしと一緒の部屋に泊めてくれ」

と影二郎を紹介した。

「よろしゅうございますとも。桃井道場の若先生にございますか」

請け合った匠兵衛が影二郎に聞いた。

「いや、鬼の夏目瑛二郎と江戸でも恐れられた師範代だ」

「それはそれは……まずはお上がりくだされ」

女たちが三人の濯ぎ水を用意してくれた。あかの世話もしてくれるという。

「俊助様、まずは風呂に入って汗を流してくだされ。その間に食事の用意を致しますでな」

影二郎とおこまと俊助は海の見える続き部屋に案内された。

まずは男たちが風呂を使うことになった。

俊助と影二郎は湯船に浸かって人心地がついた。

「俊助のお役目はなにか」

「道中奉行の父の補佐役にございます。まあ、次男のそれがしは父の使い走り」

「そなたの父上は前田様の重役か」

「八家の家系というだけです」

前田家の門閥《もんばつ》八家といえば、本多《ほんだ》家の五万石を筆頭に、江戸城柳之間詰めの小名《しょうみょう》よりもはるかに高禄として知られていた。奥村家の禄高は一万二千石、八家の七番目に位置しているという。だが俊助には一万二千石の家老の次男坊というのにまったく気取ったところがない。

両手で湯を掬い、顔を洗った俊助は、

「師範代、なにか事情がある旅とお見受けしましたが」

と聞いた。

「おれのことは」

「無頼の徒に身を落とされ、好きなお方の仇《かたき》を討つために香具師《やし》だかを殺して牢送りになられたとか」

「知っておって脇本陣に誘ったか」

「それがし、師範代のお人柄《ひとがら》は承知しているつもりです。夏目瑛二郎は夏目瑛二郎、信じております」

影二郎は思わず目頭が熱くなった。

桃井道場時代、俊助と格別の付き合いをした覚えはない。ただひたすら竹刀《しない》を交しながら技を伝え、剣の心を教えただけの間柄だ。

「先ほどお会いしたとき、師範代の体から血の臭いが漂いました」

「察していたか」

「手伝うことがあれば言ってください。ここまでくればもはやわれらの国元同様」

「俊助、そなたを面倒な立場に追いこむやも知れぬぞ」

俊助の顔に緊張が加わった。

「加賀様の行列に不審なことが付きまとっているという風聞にな、後を追って来たのだ」

「師範代、不審の筋とは何ですか」

「七坊主とか申す殺人鬼どもが行列の前後をうろついて、街道筋の中野、川浦代官領へ奇怪にも出没しておる」

「師範代は、そのような者たちが加賀藩と関係を持っていると申されるのですか」

俊助が気色《けしき》ばみ、影二郎がうなずいた。

「加賀藩は七坊主などというおどろおどろしい殺人集団を飼ってはおりませぬ」

「俊助、おれもそう考える。だがな、七坊主が加賀様の行列の行く先に現われるのも確かなことじゃ」

「中野と川浦代官所と申されましたな」

「なにか気づいたことがあるか」

「中野領は牟礼宿の近くにございます。牟礼宿は江戸と金沢のちょうど中間点、われら八家の者が藩主の行列を出迎えに行く地にございます。また江戸からの雇い人足たちは牟礼で解き放たれて江戸に戻り、金沢から来た者たちと替わる宿でもございます。大勢の人間が複雑に動いて行列組直しが行われる宿場なのです」

一夜のうちに人足の編成替えなどで混み合う宿場というのだ。

そんな混乱の中で七坊主は中野領に八州廻りの浜西雄太郎らを誘いこみ、惨殺したか。

「俊助、近ごろ金沢で御禁制の遊びが流行ってはおらぬか」

「それも七坊主の仕業と……」

「そこがまだ判然とせぬ」

「師範代、それがし二年も前に嫁をもらいましてな、遊びにはとんと縁がなくなりました。なれど明日にも道中に追いつけば、遊び仲間であった朋輩がおりまする」

俊助はどうやら思い当たることがあるようだ。

「引き合わせてくれるか」

「加賀にとってためになることなら」

「俊助、これだけは約定しよう。加賀藩のためにならぬことはこの影二郎は断じてせぬとな」

「午前のうちに糸魚川での仕事を終えます。その足で師範代と青海《おうみ》宿へ同道いたします」

影二郎がうなずくと、湯から勢いよく立ち上がった。

二

北国下街道の青海宿は、かつて滄海と書いたとか。参勤交替のときも行列を建てることのない通過宿だ。行列を建てるとは、主だった宿場や他藩の城下を通過する際に、対《つい》の御持鎗《おもちやり》を先頭に隊形を整え、威儀を正して進むことである。

糸魚川宿を朝のうちに出立した加賀藩の行列は、四日も足止めされた暴れ川の姫川をなんなく通過した。この三里ほど先に最大の難所親不知が待ち受けている。

前田斉泰公の御乗物が青海宿に差しかかったとき、先遣隊からの遣いが戻ってきて、御行列奉行の奥村房兼《ふさかね》に報告した。その場には横目頭《よこめがしら》斎藤権右衛門《さいとうごんえもん》も居合わせた。

「親不知の波、穏やかならず。通行は不可能にございます」

「朝の間は平穏という知らせが届いておったではないか」

斎藤が思わず遣いをなじった。

「午後の満潮に合わせたように天気が崩れましてございます」

「親不知はわれらに難儀を与えるか」

親不知は、飛驒山脈の北端が日本海に落ちこむために自然が造り出した難所であった。北国下街道は波打際にあり、旅人は波間を通過した。親子であっても互いが気遣いを見せる余裕もなく、ただひたすら走り抜けるところから親不知子不知の地名がついたとか。先遣隊の報告によれば、数丈を超える高波荒波が街道に覆いかぶさり、とても通過は叶《かな》わぬという。

房兼は通過宿の青海に行列の泊まりを命じた。

姫川、親不知の二つの難所を持つ青海宿は、なにがあってもいいように本陣、脇本陣が設けられていた。その維持と保全に加賀藩は気を遣ってきた。糸魚川で長逗留を余儀なくされ、さて今日こそは一気に二つの難所を越えて加賀領内へと張り切った矢先の天候急変に青海滞在となった。

「ひと駅を一人の大名でおつぶさき」と詠まれたとおりに宿は混乱を極めた。

二千数百人が泊まるのである。藩公や重役方の宿は別にして、供の者全員の宿を調達するとなると大変なことだ。旅籠ばかりか庄屋、名主の屋敷、寺などの部屋を借りてもまだ足りない。さらには布団、食料の確保、日用品雑貨、馬二百頭の厩《うまや》と、御行列奉行奥村房兼らの苦労は尽きない。

どうにか二千数百人の部屋割りと二百頭の落ち着き先が完了したのは、その深夜のことであった。

それが三日が過ぎても親不知の波は一向に収まる気配がない。

奥村房兼は早朝と夕刻、青海宿を出て親不知を自分の目で確かめに行った。が、高波が静まる様子はない。親不知のうちでも大ふところから大穴までは〝長走り〟と称して危険な区域だ。ここでは新川《にいかわ》の波除け人足六百余名が麻縄を括《くく》って人垣を作り、藩主を護衛して通り、馬は空馬で通す。ところが〝長走り〟どころか山ノ下全体が高波の下にあって、土地の波除け人足の頭さえ、

「この季節、四日も波が静まらないのはおかしい」

と首をひねるばかり。なんとも手のうちようがない。

青海に逗留する人馬の旅籠費だけで一日に三百余両が消えていく。なんとしても親不知を抜けて市振《いちぶり》宿に渡りたい、さすれば金沢までは二日の行程であった。

糸魚川宿での四日の足止めで不満をためた二千数百人の男たちが、さらに小さな青海宿で三日間も無為に過ごすのである。つい気が緩み、酒に酔い、騒ぎが頻発した。

奥村房兼が倅の俊助を糸魚川宿まで後戻りさせたのは、本陣の主、膳所《ぜぜ》佐三郎《すけさぶろう》への借金の申し込みであった。糸魚川で四泊、青海でさらに三日と逗留を余儀なくされて、準備した路銀も尽きたと賄《まかない》役から知らされ、加賀藩とは長い付き合いの膳所に頼みに行かせたのだ。

昼下がり、事件が起こった。

青海宿の外れで酒に酔った合羽担ぎの人足が暴れて、若党四人に傷を負わせたというのだ。

横目頭の斎藤権右衛門は目付《めつけ》を派遣して調べさせた。

「ご家老、ちょっと奇怪なことが……」

房兼は脇本陣で斎藤の面会をうけた。

「昼間から酒を酔いくらった合羽担ぎが若党相手に喧嘩《けんか》をなして、怪我を負わせたというので目付に調べさせますと、狼藉者《ろうぜき》尋常ならず……」

江戸から金沢への長道中、雨に降られることもある。合羽は必携品で、雨具は両面が唐桐《とうぎり》油を塗ったびろうど製で重さも重く、嵩《かさ》も張った。二十五人分の合羽を担ぐために二人の合羽担ぎを必要とした。士分格の合羽を運ぶために八十余人から百人の専門の運び人がいった。

暴れたのはこのうちの一人だという。

「二本差しの若党が木刀で殴りつけられ、そのうち二人などは大怪我を負って、完治しても半身不随は免れませぬ」

「合羽担ぎは武芸の心得があるのか」

さあて、と首を捻った斎藤は、

「江戸で雇われた者にて、本来は信濃牟礼宿から江戸に戻す者の一人にございます。それが金沢まで通しで働きますには、例の食あたりの一件が関係しております」

奥村房兼は思い出していた。

牟礼宿に金沢から到着した合羽担ぎの人足のうち二十余名がにわかの食あたりで、御行列奉行の房兼は、病気の者たちを牟礼宿に滞在させ、治療を命ずるとともに、江戸に戻す人足たちを金沢まで、引き続き雇用させたのだ。

「酒毒に冒された者は、時に尋常ならざる力を発揮するというではないか」

房兼がそう言ったとき、横目小頭伏見孫兵衛《ふしみまごべえ》の遣いが報告にきた。

「不届き者を捕まえたか」

「それが……」

遣いの者は言いよどんだ。

「ご家老もおられる。最初から報告せよ」

「はっ、合羽担ぎは江戸本郷の口入《くちい》れ、能登《のと》屋が都合した一人にて、富三《とみぞう》と申す者にございます。こやつが清水左京《しみずさきょう》様の若党佐竹真吾《さたけしんご》ら四名と路上にて遭遇、道を譲れ譲らぬとの諍いから喧嘩沙汰になりまして、富三は背の帯に差しておりました木刀を摑むや佐竹らをいきなり殴打におよび、大怪我を負わせましてございます」

清水左京は八家ではないが、その係累にあたる。御小姓頭《おこしょうがしら》六千石の高禄の藩士だ。うまく鎮めなければ厄介な火種となる。

「最初、酒に酔いくらっての狼藉との報告でございましたが、怪我をした者を問いただしましたところその様子はなく、話すことは支離滅裂、両眼の視点さだまらなき点などから察しまして、薬ではと……」

「なにっ、薬とな」

房兼が遣いの報告を遮るように言った。

「小頭は阿片がもたらした狼藉ではないかと申されておられます」

「阿片が御行列にまで持ちこまれたか」

房兼が不快感を胸に抱いた。

「富三はどうした」

斎藤が再び聞いた。

「こやつ、宿の百姓屋に籠《こも》り、この家の娘を人質にとって喚き散らしておりまする」

「なぜ、それを早く言わん。それがしが取り締まりに出向く」

「斎藤、同道しよう。阿片に冒された者が行列に紛れていたとなれば一大事じゃ。この目で確かめたい」

房兼と斎藤は馬を引かせると、小者《こもの》に手綱をとらせて宿外れの百姓屋に急行した。

敷地のなかには芙蓉《ふよう》が咲き誇って、鈍い北国の光を浴びている。

襷に鉢巻をした目付の手下たちがあちこちに隠れ潜んで百姓屋を囲んでいた。

藁葺《わらぶ》きの曲がり屋の雨戸が下ろされ、玄関口がわずかに開いている。

「これは御行列奉行に横目頭……」

陣笠に鞭《むち》を手にした小頭伏見孫兵衛が、馬を降りる二人の前に現われた。

「伏見、手をこまねいておる理由はなんじゃ」

「富三の奴、狂っておりまする。血走った目で抜き身をこの家の十歳の娘の首にあてて今にも斬りつける様子にて、とても手が出しかねまする」

「富三の仲間たちはどうしておる」

斎藤に代わって房兼が口を挟んだ。

「それもいささか訝《いぶか》しゅうございます」

「訝しいとはなんだ」

「富三が佐竹らに怪我を負わせて暴れたことを知りますと、富三の仲間十数名はにわかに逃走の準備を始め、網代笠に墨染めの破れ衣の修行僧の姿に変じて、合羽を入れましたる挟《はさみ》箱《ばこ》から袋包みを取り出して背に担ぎ、この家を立ち去ったそうにございます」

「そやつらは富三と同じく本郷の口入れ、能登屋から雇いし者か」

「さようにございます」

「ご家老、なにやら目的を持って行列に加わった様子にございますな」

と斎藤が言ったとき、玄関口から娘の首に抜き身の脇差を突きつけた、坊主頭の富三が顔をのぞかせた。

「馬を引いてこい！」

富三は、房兼らが馬で到着したことを見ていた様子だ。

「二頭ともだぜ。口取りは一人だ」

六尺は優に超えた巨漢の腕に摑まれた娘の顔は血の気も失せていた。

「てめえらの前でなぶり殺しにしてもいいのか！」

「ひえっ、みつを助けてくだされ」

女の泣き声が響いた。

房兼が見ると、納屋の陰で中年の女が亭主らしき男の腕で泣き崩れていた。娘の両親だろう。

「横目頭」

と思案のつかぬ小頭の伏見が斎藤を見た。斎藤とて娘を犠牲にして富三を捕縛せよとは命じられなかった。房兼の顔を見た。

「馬を見られたはこちらの不覚であった。小頭、あやつに馬を与える代わりに娘を解き放てと交渉せよ」

房兼が伏見に命じた。ともかく時間を稼いで富三の隙をつくしかないと思ったからだ。

「富三、馬は与える。その代わり、娘を放せ！」

伏見が呼びかけた。

「馬を連れてくるのが先だ」

「ご家老様」

横目の一人が房兼を呼んだ。

「俊助様が門の外に」

「俊助が糸魚川から戻ったか」

門外には俊助と見知らぬ男女がいた。かたわらでは馬の口取りの一人がお仕着せの服を脱いでいる。

「父上、夏目瑛二郎どのは桃井道場の師範代を務められた方、それがしの師匠にございます。旅の道中に偶然お会いしてお連れ申しました。師範代にこの場の処置を任せてはいただけませぬか」

「藩の内紛を他人に預けよと申すか」

「理由はございます。いまは一刻を争うとき、後に申し述べます」

房兼は影二郎に視線をやった。

影二郎は会釈した。

「富三の仲間が僧形《そうぎょう》に戻って行列を抜けたと聞きおよびました。おそらく富三も仲間も七坊主と称する殺人集団と思われます。奥村様、そやつらならば、それがしいささか関わりがございます」

「怪しげな者どもと面識があるとな」

影二郎が静かにうなずいた。

「相分かった、お任せしよう」

影二郎は素早く単衣《ひとえ》を脱ぐと口取りのお仕着せに着替えた。

渋を塗り重ねた一文字笠の縁から珊瑚玉の唐かんざしを抜き、後ろ髪に差す。さらに前田家の紋入りの合笠を目深《まぶか》に被り直す。

「旦那、これでいいかい」

おこまが南蛮外衣を馬の鞍《くら》の背後にかけた。

影二郎がうなずくと二頭の手綱をとった。

「富三、御行列奉行の奥村房兼じゃ。馬二頭を連れていかせる」

庭先に戻った房兼が大声を上げた。

「娘と交換じゃぞ」

突然出現した影二郎に斎藤も伏見も不審の目を向けた。しかし上役の房兼が許したものに口がはさめる道理もない。

影二郎はゆっくりと富三の視線のなかに出ていった。

「戸口まで連れてこい」

「娘さんを放してくだせえ、見れば怖さに震えとるでな」

影二郎はのんびりした声で応じた。

「馬方、その場でぐるりと回れ」

富三は、馬の背に武器が隠されていないか確かめる気だ。

影二郎は命じられたとおりに、二頭の馬を引いて庭の中央で一回りした。背にかけられた南蛮外衣を富三は見落とした。

「よし、引いてこい」

「娘さんを解き放つのと一緒だよ」

娘を横抱きにした富三が戸口に姿を見せた。その場で娘を解き放つことなど微塵も考えていないことは、狂気に満ちた双眸がはっきりと物語っていた。影二郎から四間《けん》ほどの間があって、脇差がぴたりと首筋に押し当てられている。

「馬が先だ」

「おめえさんはどっちの馬に乗るかね」

「一頭の手綱を放しねえ」

影二郎は南蛮外衣がかけられていない馬の手綱を放した。

「尻っぺたを思いきり叩け」

「逃がすのかね」

富三は狡猾《こうかつ》にも追跡に使われることを恐れてもう一頭の馬を逃がす気だ。

「早くしろ！」

富三が焦れて叫び、影二郎は尻を叩いた。

驚いた馬はひひーんと嘶《いなな》くと、庭から街道へと勢いよく飛び出していった。

「娘さんをこっちにくだせえ」

「おれが馬に乗ってからだ」

影二郎と富三は馬の背を挟んで向かい合った。

「よし、おめえは馬から離れろ」

「娘さんをどうするだ」

「おれが馬に乗ってから投げ落としてやるぜ」

富三がにたりと笑った。

影二郎は一間ほど離れた。

「もっと離れろ」

「それでは娘さんが受けとれねえべ」

と言いながらも半歩ほど後退した。

富三がみつを馬上に押し上げ、続いて背にひらりと飛び乗った。

その一瞬、脇差の刃がみつの首から離れた。

後ろ髪から唐かんざしを抜き取った影二郎が投げたのは、その瞬間だ。一条の白い光に変じた唐かんざしは、脇差を握る富三の手に突き立った。

「あっ！」

脇差を取り落とした富三が、

「やりやがったな、てめえ」

と凶暴さを剝き出しにして叫ぶと馬腹を蹴りつけた。

影二郎が馬前に突進した。

馬はその鼻先を走り抜けた。だが影二郎は南蛮外衣の襟を摑んでいた。

「え、えいっ！」

捻りを入れられた長合羽が宙に舞うと、早駆けに移ろうとする富三の首に巻きついて、みつごと庭先に転落させる。

影二郎が飛びこみざまに地面に転落するみつの体を抱きとめ、富三の腕から引きはがすと、横に転がった。視線の端で、富三がよろめきながら立ち上がろうとしていた。長合羽を拾うと捻りを入れた。

再び力を得た長合羽が北国の空に黒と赤の色を散らして舞った。そして逃げ出そうとした富三の前額部を裾が襲った。

「うえっ！」

もんどりうって富三が転がった。

影二郎が振り向くと、泣き叫ぶみつにおこまが抱きつき、庭から走り出そうとする馬の手綱に俊助らが追いすがったのが見えた。

百姓家の納屋に積まれた挟箱から合羽が引き出されて、そのあたりに散乱していた。

富三の持ち物が納屋の片隅から見つかった。その煙草入れから、精製された阿片の小さな塊《かたまり》が出てきた。富三は輸送する阿片を盗み出し、煙草に混ぜて吸ったようだ。

富三が藩中の者と喧嘩をして横目付に囚われたと聞いた仲間の七坊主は、たちまち騒ぎの因《もと》を悟った。そこで敏速にも御行列から立ち退いたと見える。

「合羽を運ぶ挟箱の下に阿片を隠して運んでいたと思われます」

「なんと、御行列が阿片の輸送に使われたとは」

奥村房兼がうめくように言うと絶句した。

「富三と申す者たちは初めての行列にございますか」

「能登屋を通じて雇い入れた者にて初めての道中にございます」

と答えたのは横目頭だ。

「牟礼宿で、金沢からやって来た交替の運び人らが腹痛を起こしたのにも理由《わけ》がありそうじゃな」

「ほほう、腹痛ですか……」

影二郎の問いに房兼が牟礼宿の一件を告げた。それを聞いた影二郎は、

「御行列の荷を調べられることですな」

と言った。横目頭が房兼の顔を見た。

「二千数百人の荷をすべて調べることなど不可能じゃ」

房兼が反論した。

「譜代の臣は除外して、能登屋など口入れ屋から雇い入れた人足の荷を調べるのです」

「ならばなんとかなり申す」

と答えたのは小頭の伏見だ。

「よし、早速調べよ」

横目頭と小頭の二人が納屋から飛び出していった。

三

夏目影二郎、奥村房兼・俊助父子の三人は庭の鈍い日だまりに出た。

どこにいたのか、あかがうれしそうに尻尾を振って現われた。

「七坊主とは何者か」

房兼が影二郎に聞いた。

おこまは救い出されたみつに付き従い、母屋で面倒を見ている。

「七坊主らはだれぞの命で阿片を代官領や大名領に密輸しているものと推測されます。尊藩の御行列を利用したのはおそらく関所などの調べを避けるため」

影二郎が碓氷峠以来の関わりを房兼に簡単に語り聞かせると、

「なんとのう……」

と房兼は絶句し、

「そなたは幕府隠密か」

と当然の疑いを口にし、睨んだ。

「師範代!」

俊助の声は悲鳴に近い。

大藩加賀百万石とて幕府に失政を見咎《みとが》められ、目をつけられたくない、避けたい。それが本心だ。

父子の間に緊張が走った。

「それがしの申すこと、とくとお聞き下され」

影二郎は応じた。

「それがしは徳川から禄をいただく者でも幕臣でもあらず。この身はこの地にあってなきが如き人間にございます」

「師範代、それがしに加賀藩のためにならぬことは断じてせぬと申されましたな。その言葉を信じてようございますか」

「俊助、二言はない」

房兼が深い吐息をついた。

「それがしの職務は、とある方を補佐し、陰から助けること。幕閣に報告もされず、記録にも一切残らぬ仕事にございます」

「そなたの言、信じる。信じるしか途はない」

加賀藩の参勤交替の最高責任者である御行列奉行奥村房兼が言った。

そのとき、庭先におこまが姿を見せて、

「おみっちゃんは落ち着きましたよ」

と告げた。

「そなたら、脇本陣まで同道してくれぬか。互いに腹蔵なく話し合うことが事件を解決する早道とみた」

影二郎がうなずいた。

加賀藩の行列逗留に、小さな青海宿は男たちで溢《あふ》れかえっていた。

本陣、脇本陣は別にして、藩士たちが滞在する旅籠や民家の庭先にまで行列の荷が積まれ、どこの厩や畑にも馬がいた。二百頭の馬に必要な餌や藁の確保に馬方たちは目の色を変えている。滞在した宿でも二千数百人の食料の調達は限界にきていた。

藩主や、重役方、御小姓組など藩主側近の七十名は別にして、朝餉《あさげ》と夕餉の二度に制限されている。なんとしても明日にも親不知を越えないことには不満が爆発しそうな兆候もみえた。

かといって糸魚川宿に後戻りするには、暴れ川の姫川を渡らねばならない。こちらも至難の道中が待ちうけていた。

加賀藩の御行列は前に親不知、後ろに姫川と、道中最大の難所二つにはさまれて青海宿に停滞していたのだ。

脇本陣の座敷に道中の御行列奉行の奥村房兼・俊助親子、横目頭の斎藤権右衛門、それに斎藤の補佐役の横目小頭伏見孫兵衛が顔を揃えたのは、すでに五つ（夜八時）に近かった。

「ご家老、富三に陪臣の二人が大怪我を負わされた清水左京様から、捕らえた者の成敗は清水で行うとの強硬な申し出にございます」

御小姓頭の左京は、家来が大怪我を負わされたことにひどく立腹しているという。

「斎藤、捨ておけ」

房兼は一蹴した。

「いまはそれどころではないわ。それより富三はなにか吐いたか」

「しぶとい奴で、かなり責めたてましたが、一切口を噤《つぐ》んだままでございます」

小頭の伏見が面目なさそうに答えた。

修那羅山で厳しい修行をしてきたのだ。拷問に掛けられたからといって簡単に落ちるとも思えない。

「御行列から抜けた者は何名か」

「二十余名の多きに達しております。いずれも本郷の口入れ、能登屋から雇い入れし者どもにございます」

「すべて合羽人足か」

「はい」

房兼が影二郎を見た。

「二十余名は、富三が暴れたことが発覚した後に抜けたのですか」

影二郎の問いは小頭伏見に向けられた。

「いえ、七名の者は昨早朝より姿を消したとか」

「宿舎にはなにか残しておりましたか」

「夏目様、お察しのとおり阿片が十五貫（約五十六キロ）ほど」

「名立の浜でそれがしを襲った七坊主とみてよいと思われます」

「その七坊主、どうなされた」

横目頭の斎藤権右衛門が聞いた。

「もはや数のうちに勘定する懸念はございませぬ」

「成敗されたとおっしゃるか」

斎藤が、影二郎のかたわらに置かれた法城寺佐常に視線をやって聞いた。

「斎藤様、夏目様は鏡新明智流桃井道場の師範代、鬼と呼ばれたお方にございます」

「なにっ、桃井の」

斎藤が影二郎の正体に触れてうなずき、伏見が報告した。

「富三の泊まっておった百姓家からは、富三を残して十三名が姿を消しております」

「行方は」

「青海宿を中心に必死の捜索を続けておりますが、未だ……」

伏見の言葉に斎藤が言い添えた。

「このあたりの山は険阻《けんそ》で街道も通っておらぬ。親不知は波高く、姫川の渡しには藩の警備線が引かれておる。となると、宿場近くに潜んでいることは確か……」

「ただ今の行方は知らず、七坊主が向かう先は間違いなく飛驒高山と思われます」

「なにっ、高山に」

影二郎の言葉に房兼が応じて言った。

「加賀領内にも小さき天領が六十二か村ほど散在してな、この差配を飛驒の高山陣屋がなすのじゃ」

加賀領内の天領を高山陣屋が支配しているとすれば、陣屋役人が始終加賀領内を行き来していることになる。

「師範代、飛驒高山に向かうには、親不知を越えて高岡宿から飛驒富山道を分け入るのが一番の早道にございます。二つめは、糸魚川に戻り、千国《ちくに》街道を松本に抜けて、安曇《あずみ》村から平《ひら》湯《ゆ》峠越えでも行けます」

「七坊主たちが親不知越えまで行列に加わっていたのは、飛驒富山道を抜ける心積もりであろう」

「そのほうが近うございます」

「御行列に七坊主が戻ることはないと言われるか」

「いや、今晩にも十五貫の阿片を取り返しに戻ってくるやも知れませぬ」

「なにっ、阿片をか」

房兼が影二郎を見た。

「江戸から危険を冒して運んできた阿片にございます。そう簡単に諦めるとも思えませぬ」

「ご家老、ご心配にはおよびませぬ。十五貫の阿片は横目の宿に持ち帰り、警備の者をつけてございます」

「横目頭どの、あやつらの力、なかなかのものにございます。くれぐれも油断なきよう」

「相分かった。伏見、警備の者に念をおせ」

伏見が斎藤の命で退席した。

「金沢で阿片が流行り始めたのはいつのことにございますか」

「ここ二年のことか。藩を挙げて探索しておるが、どぶ水に噴き出す泡のように、こちらを潰せばあちらが噴き出す。捕まるのは小者ばかりでな……」

「なぜ阿片など金沢に持ちこまれましたのか」

「斎藤」

と房兼が横目頭に呼びかけた。

「わしの責任において藩内の事情を夏目どのに洩らす。そなたも横目の耳を塞げ」

「記憶にも止めるなと仰せられますか」

「さよう」

「加賀のためでございますな」

「念には及ばん」

「畏《かしこ》まりました」

「わが藩の内情を話すことになる。夏目どの、他言は無用に願いたい」

房兼は知り合ったばかりの影二郎にすべてを託す気になっていた。それは駘蕩《たいとう》とした人柄に誠実さを感じたからだ。

影二郎は首肯した。

「逼迫《ひっぱく》した藩財政の建て直しが始まったのが近年のことじゃ。執政にわれら八家の一つが就任して、積極的に加賀の物産を他国で商い、他国との交易をも視野に入れて動き始めた。これは藩船をある海運業者に任せようという大胆な策じゃ……」

房兼は、加賀藩が海外交易に従事していると言っていた。薩摩《さつま》を始めとする西国の大名には当たり前のことであった。当然、幕府に知れればきびしい処罰が下され、藩断絶の沙汰も考えられた。それに他国との交易からもたらされるものは陶器、工芸品、布ばかりではない。阿片のような害毒までもが金沢にじんわりと入ってきた。

「藩も手をこまねいていたわけではない。ここにおる斎藤ら横目が必死に探索を繰り返し、その都度、摘発してまいった。じゃがな、三年前までは量も少なく、金沢でもさほどの噂になるほどのものはなかった」

「ご家老の仰せられたとおり、去年から阿片中毒者が急に増えてまいりましてな。われらも必死で阿片の入手先を探索してまいったところです。まさか御行列のなかに隠されて金沢に運びこまれていたとは考えもせぬことでござった」

横目頭が言い足した。

「お待ちください。昨年は参勤の年にあたりますな」

影二郎が聞いた。

寛永十二年（一六三五）に発布された「武家諸法度」に基づいて始まった参勤交替は、文久二年（一八六二）までの二百二十七年間にわたって繰り返された。

加賀藩のような外様《とざま》は隔年に江戸参勤が義務付けられており、参勤の翌年は交替、そしてまた参勤と繰り返される。

今年が交替ということは、去年は参勤で金沢から江戸へ出向いたことを意味する。

「とすると御行列ではない」

「待ってくだされ」

横目頭の斎藤権右衛門が言い出した。

「夏目様に言われて気づいたことが」

「権右衛門、なんじゃ」

「藩船の立山丸が江戸を離れて摂津《せっつ》、瀬戸内、長州《ちょうしゅう》と回遊して金沢の大野《おおの》川沖に戻ってきたのは、昨年のちょうどこの時期、五月初めにございます。そして、阿片が急速に出回るようになったのがその半月後にございます」

「藩船で運ばれたというのか」

「ご家老、その船には江戸家老の水城《みずき》様の頼みで、金沢に戻る大乗寺の僧侶たちが乗り合わせておりましたそうな。江戸で修理された阿弥陀如来像を護持して乗船されたのでございます。それがし、今年の春先に大乗寺の住職と会う機会がありましてな、江戸で修理された阿弥陀如来様の修理具合はいかがですかと挨拶しますと、江戸などに修理に出した仏像はないとの返事、また藩船に同乗した僧侶などもおらぬと言われる。おかしなことで……こたび、交替の役目にて江戸に出ましたゆえ、水城様に尋ねました。するとそのような覚えはないとの返答にございました……」

「……それでは、七坊主なる輩《やから》が藩船を利用して阿片を金沢に持ちこんだのじゃな。御行列といい、藩船利用といい、ゆゆしき問題じゃ。権右衛門、この一件、なんとしても解決せねばなるまいぞ」

と奥村房兼が言ったとき、

「大事にございます！　七坊主が横目の宿坊を襲いました」

と伏見孫兵衛が駆け戻ってきた。

「阿片を奪われたということはあるまいな」

「ご家老、われら横目、一致協力して撃退してございます」

紅潮した伏見の顔に得意ぶりが見えた。

「坊主の一人や二人、生け捕りにしたか」

「われらが応戦いたしますと慌てて逃げ出しまして」

「取り逃がしたというのか。たかが坊主相手に……」

房兼が伏見に小言を言い始めた。

「ご家老、七坊主が行列近くに潜みおることだけは確か。早朝にも青海宿をくまなく探索いたします」

斎藤が房兼の怒りを静めるように執《と》り成した。

（あっさりと引き下がりすぎる）

と影二郎は思った。

「七坊主の策略やも知れませぬ」

「どういうことか」

房兼が反問した。

なにかが釈然としなかった。影二郎の胸がふいに高鳴った。

（まさか……）

「なにかご懸念でも」

俊助が聞いた。

「斉泰様のおそばには十分な宿直《とのい》がおられましょうな」

「殿のご寝所を襲うと言われるか」

房兼が叫んだ。

「七坊主は信濃の修那羅山で、忍びもどきのきびしい修行に耐えてきた殺人集団。宿直の者の目をかい潜り、斉泰様のご寝所に近づくことくらい造作ありませぬ」

「殿のおそばには屈強な旗本衆が従っておる」

「阿片を取り戻すために七坊主も必死にございます。十五貫の阿片と申せば、何千両もの価値がありましょう。ご寝所近くを騒がせて、その隙に阿片を取り戻す可能性なきにしもあらず」

「警護は万全じゃ。坊主ども十四、五人が襲ったところでなんのことがあろう、夏目どの」

「さりながら、糸魚川宿、青海宿と思わぬ長逗留で藩士方の気が緩んでおることも考えられましょう」

「油断大敵とな。それがしがこの足で殿に……」

立ち上がりかけた房兼ににじり寄ると影二郎が囁いた。

奥村房兼の顔が驚きを見せ、言った。

「夏目どの、そなたの申すこと、そう簡単なことではないぞ」

「藩公の御身を大切に考えられるならどのようなことでもできるはず」

影二郎が房兼を正視した。

房兼はふたたび重い吐息をつくとぺたりと腰を落とした。

親不知と姫川の二つの難所に挟まれた青海宿の本陣は、加賀藩の手で建てられた武家屋敷の書院造りであった。

門前の両側には盛砂がされ、庭にはきれいに箒目《ほうきめ》が入れられてあった。玄関を上がるとお乗物が横付けにされる板敷があり、大広間へ続く。大広間の東はお勝手に通じ、西には供侍《ともざむらい》の控えの八畳間が二間つながっていた。大広間の奥に大接客の間があって、その奥に、十三代藩主前田斉泰が休む十六畳の上段の間があった。上段の間の横には脇書院があり、さらにその奥には武者隠しの間があって、藩主の逃げ道となっていた。

丑の刻（深夜二時）、青海宿は森閑として、遠くから荒波の音だけが響いてきた。

武者隠しの間にも大接客の間にも、剣槍を手にした宿直の近習《きんじゅ》たちが藩主の休息を安からしめんと警戒にあたっている。

御行列奉行の奥村房兼から、今宵は特別に警戒を厳重にと念を押されていたから、だれもが目をらんらんと輝かせての警戒である。

波の響きに朗詠のごときものが加わった。

「南無阿弥陀南無阿弥陀……」

それは高く低く、時に響くように、時に大きくうねって宿直の侍たちの耳に届いた。すると一人ふたりと近習たちの緊張が緩み、眠りに落ちていった。四半刻《しはんとき》（三十分）後には武者隠しの間の侍たちの誰もが頭を揺らし、寝息を立てて熟睡していた。

玄関の敷石に七つの影が立った。

墨染めの破れ衣に網代笠、手には錫杖を持って、その口から修那羅山勤行《ごんぎょう》の朗吟があやしげに流れてきた。

裸足の足が式台に上がった。

「待ちかねたぞ、七坊主」

板敷の片隅に置かれた大壺、いや黒い塊が立ち上がった。

黒羅紗の南蛮外衣をすっぽり頭から被って息を殺していた影二郎だ。

「邪魔だてするか!」

「そなたらの勝手にはさせぬ」

「命、もらいうけた!」

七坊主が錫杖に仕込んだ剣を一斉に抜き連れた。

緊迫した気配に半熟していた奥村俊助が目を覚まし、七つの影と対峙する影二郎の孤影を見た。

しまったと自分のしくじりを罵った俊助が、

「出会い候え、曲者《くせもの》にございます!」

と呼ばわった。その声に、眠りのただ中にあった近習たちの術がほどけて、目を覚ました。

「くそっ!」

「そなたの命と阿片、しばし預けおく」

七坊主は罵りの声を残すとするすると退がり、庭へ飛んだ。

「曲者はどこじゃ！」

宿直の侍たちがおっとり刀で藩主の寝間を囲んだとき、七坊主も影二郎も本陣から姿を消していた。

四

御行列の川越えや海渡りを補佐する川渡し役鐘井橋三《かねいはしぞう》は、青海宿の宿坊に一度も泊まることなく、親不知海岸の岩場の蔭に立つ小屋で、この五日間、海を見暮らしてきた。

北国下街道には信濃、越後、越中、加賀と大小七十三もの河川があり、そのうち橋の架かっているものは四十三にすぎない。残りの三十は渡船か、徒渡《かちわた》りであった。

川渡し役は御行列が難所を通過するに際して、本陣に先行して下準備し、渡りを助ける縁の下の力持ちの役目だ。

加賀藩の道中において最大の難所が、越後の山ノ下と呼ばれる親不知だ。

鐘井は藩主の参勤交替に従い、これまでも十数度と親不知の通過を経験してきた。しかし今年ほど海が荒れ続けて、北国下街道を波の下に隠し続けた年もない。

この朝も、暗い海を見るために夜明け前に小屋を出た。

海鳴りの音も風向きも湿気も、昨日までとは微妙に変化していた。

鐘井のかたわらに新川郡《にいかわ》の名主甚左衛門《じんざえもん》が立った。

「鐘井様、どうやら浜渡りができそうにございますな」

甚左衛門は土地の屈強な若者を集めた波除け人足六百余名を束ねている。

海がわずかに白んだ。

荒く高く断崖に打ち寄せていた荒波はふいに鎮まりを見せた。

「御行列奉行の奥村様に知らせる。そなたは波除け人足をたのむ」

鐘井は脇本陣へと部下を走らせた。

長逗留を余儀なくされていた青海宿がにわかに蘇《よみがえ》った。

小さな宿場にいた二千数百名が一斉に動きだし、荷物をまとめて挟箱に仕舞い、馬の背に積んだ。

加賀藩の行列ともなるといくつもの部隊単位で編成され、それぞれに差配する奉行や頭がいた。御行列本隊の一里先を進むのが「お先牽馬三疋《けんばさんびき》」である。彼らは御行列通過を知らせる役目を負っていた。続いて「お先三品」の当番方が半里あとに続く。彼らは本隊の護衛補助部隊というべきもので、鉄砲二十五挺、弓二十張《はり》、長柄《ながえ》の槍《やり》二十筋《すじ》から構成された。

本行列の先を行くお先行列が、青海宿を慌ただしく出立していった。

続く加賀藩の本隊はおよそ四百五十名で構成される。この本隊も大きく二つの部隊に分けられた。

藩主斉泰の乗物の脇を固める旗本衆の親衛隊と、供家老が指揮する迎撃部隊である。後者は騎馬の武士十名、弓十名、鉄砲十五名、槍十名、歩行侍《かち》十名、それに交替要員と小《こ》荷駄《にだ》など二百名からなり、敵の攻撃に応戦する部隊だ。この供家老を御行列奉行たる奥村房兼が兼務していた。

本陣の板敷に藩主の乗物、打揚腰網代《うちあげこしあじろ》が付けられ、身支度も厳重な斉泰公が乗りこんだ。七つ半（午前五時）過ぎのことだ。

「御立ち！」

警蹕《けいひつ》の声に、本陣の主人ら宿場の主だった町役人が羽織袴で見送る。

本陣の先頭は、押足軽、御提灯、御持筒、玉薬箱二荷、合羽、御持弓、矢箱……と延々と続く。

「跡供は霞ひきけり加賀の守」

髭奴《ひげやっこ》二人が対の飾り鎗《やり》を振り立てると斉泰様のお乗物も動きだす。

御道具の鎗のあとは休憩の折りに広げられる御立傘、御台傘、藩主の佩刀《はいとう》を入れた御刀筒、御長刀、歩行の護衛集団、新番、御先格新番と近習たち、そしてお乗物が続いた。乗物の左右には側近中の側近、御右御小将《おみぎおこしょう》、御左《おひだり》御小将の三名ずつが固める。

御行列は粛々《しゅくしゅく》と親不知を目指した。

青海宿と市振宿の距離はわずか一里、その間に親不知が横たわっている。

先行していた御行列奉行の奥村房兼は川渡り役の鐘井橋三を呼ぶと、

「心労をかけたな」

と労《ねぎら》った。そのかたわらには俊助が従っていた。

はっ、とかしこまる橋三に話しかけた。

「まだ波はかなりあるのう」

新川郡から集められた波除け人足六百余名が、大ふところから長走りと呼ばれる親不知の難所中の難所に麻の太縄を張って、一列につながって人垣を作っていた。それら波除け人足の腰あたりまで波が打ち寄せ、時には頭を越えることもあった。

すでに「お先牽馬三疋」も「お先三品」も親不知を渡って先行していた。

「昨日の荒波に比べますとまだましにございます」

「藩公お渡りのときはも少し鎮まってくれるとよいがな」

王侯の勢いにても越すことの成り難し……と古文書に書かれた親不知だ。加賀百万石の威光をもってしてもどうにもならなかった。

「お駕籠《かご》、お着き！」

房兼は青海宿を振り向き、

「橋三、たのむぞ」

と川渡り役に声をかけた。

順序に従い、行列の供侍が体を波に濡らしながら走り抜ける。騎乗の重役方も馬を降りて徒歩で渡る。二百頭の馬は、藩主のお渡りになった後に空馬で渡すことになっていた。

髭奴の番になった。

穂先は鞘に納められ、さらに油紙で包まれた御道具を肩に担いだ髭奴が尻はしょりして、川渡り役の鐘井の合図を待つ。断崖にあたって砕け散った潮が引いていく頃合を見計らった鐘井が、

「お次、渡り！」

と声をかけた。すると髭奴は必死の形相で波の下からわずかに見せた北国下街道を走り抜ける。さらに御立傘が、御台傘が、御刀筒が、と渡っていった。

乗物から斉泰が降りて、左右の御小将六名に囲まれた。

待機する馬が興奮したか、嘶いた。

房兼と鐘井は期せずして波除け人足を見た。

六百余名の石垣が斉泰のお渡りに緊張して、その時に備えているのが窺えた。

斉泰のそばに房兼が歩み寄り、深々と頭を下げた。

「お気をつけてお渡り遊ばされませ」

房兼の言葉に斉泰がうなずいた。

六名の御小将の顔もひきつっていた。

「お渡り、ご準備！」

鐘井が凜然《りんぜん》と言った。

藩公を前後にかこんで御小将たちが走りだす態勢を見せた。

房兼は一瞬瞑目して神仏に祈った。

本陣を襲った七坊主のことを思ったからだ。行列に阿片を持ちこんだ襲撃者のことを斉泰には報告してあった。斉泰は、

「金沢に戻り、きびしく糾弾《きゅうだん》せよ」

と房兼に命じた。

阿片を奪還するために藩公の寝所を襲うなど断じて許せなかった。

藩主に命じられるまでもなく、金沢に無事帰着し次第、城下に運びこまれた阿片も阿片窟も徹底的に探索する決心であった。が、今は行列が金沢入りすることが先決である。そのためには親不知を乗り切る……あとの道中はご領内だ。

「波、引きましてございます」

「参るぞ！」

斉泰が言葉を残すと駆け出した。

六名の御小将が従い、走る。

房兼らの背後で再び馬たちが恐怖に嘶いた。

俊助は藩主一行のお渡りに視線を釘付けにしていた。

海上では黒い波が頭を持ち上げるように突如出現して、親不知の浜に向かって迫ろうとしていた。最初に気づいたのは川渡り役の鐘井だ。

「ご家老！」

鐘井の悲鳴に房兼は視線を海に向けた。

（なんと……）

房兼も俊助も滄黒《あおぐろ》い高波の来襲に戦慄《せんりつ》した。

斉泰の一行はまだ大ふところと長走りの中間までも到達していない。

（お早くお渡りあれ）

房兼が胸のうちで祈ったとき、背後で馬蹄の音が響いた。

俊助は振り向いて愕然とした。

待機させられていた空馬二百頭のうち、数十頭が親不知に向かって奔走を始めていた。それを止めようと一匹の赤毛の犬が波打ち際を走り回っていたが、すべての馬の暴走は止められなかった。

重畳たる崖と日本海の間に延びる狭い浜である。避けようはない。このまま進めば惨事が起こるのは目に見えていた。藩主一行を踏みつぶし、蹴散らして、波間に沈めることになる。

「父上、空馬が暴走し始めております！」

そう叫んだ俊助は、馬の群れが走ってくる浜に向かって飛び出し、大手を広げた。

「止まれ！」

ここで阻止しないかぎり、斉泰一行を暴れ馬が襲う。無益と分かっていても、

「止まれ！」

と叫び続けた。海からは荒波、背後からは暴れ馬と、二重の危機が斉泰に迫っているのだ。

「止まれ、止まらぬか！」

俊助のかたわらから鐘井も飛び出し、暴れ馬に向かって走った。

暴れ馬は十数間先に迫った。

ふいに裸馬の背に網代笠に墨染めの破れ衣を着た七坊主が姿を見せた。

錫杖に仕込んだ剣を抜いた七坊主を見たとき、俊助は迷いなく刀を抜き、脇構えをとった。

（なんと……）

「止まれ、止まるのじゃ！」

突進する鐘井の声が悲痛に風に散った。

先頭を走る馬上の七坊主が直刀を振り上げ、大手を広げて立ち塞がる鐘井橋三の眉間に振り下ろした。

血しぶきが飛んだ。

鐘井が足をもつれさせて転がり、馬群に沈んで消えた。

俊助はここが命の捨てどきと覚悟した。

鐘井を巻きこんだことで馬の進路が微妙に山側に変化した。

俊助は馬の走路に向かって走りながら、先頭の七坊主の顔を見上げた。

「阿片は奪い返した！」

得意げに言い放った七坊主が直刀を俊助に振り下ろしたのと、俊助が馬の胸前を峰に返した刀で叩いたのが同時だった。

疾走する馬が俊助の剣の到達を助けた。一気に間合いが縮まり、峰が馬の胸を打った。

馬はいきなり突んのめり、七坊主を鞍から浜に転落させると馬群の先頭に立ち戻ってさらに突進してきた。

六名の御小将のうち、最後尾にいた荻内誠五郎《おぎうちせいごろう》は、波と馬の両方の異変に気づいた。

「お早くお渡りを……」

藩公の背に叫ぶと背後を固める決断をつけた。

馬上の坊主の一人が剣をかざして川渡り役を斬りつけた。

（昨夜、殿の寝所近くに迫りきたという曲者か）

斉泰は背後の悲鳴に後ろを振り見た。

暴れ馬が親不知の浜を暴走してきていた。

（なんと……）

高波も迫っていた。もはや高波を避けて長走りに到達することはできない。そのことを見定めた甚左衛門が、藩公をお守りする合図を波除け人足に出した。

波除け人足の人垣が藩公の周りを囲んだ。

五人の御小将と波除け人足たちは高波が斉泰の頭上を通りすぎるようにさせた。だが、斉泰は近習や人足たちに頭を押さえつけられることを拒むように中腰で立っていた。

暴れ馬が先か、高波が先か。

前田斉泰は危機に瀕した。

七坊主を振り落とした空馬に波除け人足の一人がひらりと飛び乗った。

その黒い影は南蛮外衣を身に纏《まと》った影二郎だ。

荻内誠五郎のかたわらを走り抜け、鐙《あぶみ》に片足をかけると半身を反対側に突き出し、叫んだ。

「斉泰様、ご無礼仕る！」

斉泰の体を引き抜くように影二郎が摑み上げると、高波を避けて山側に走路を移しつつ、長走りまで一気に走り抜けた。

その背後で悲鳴が上がった。

残された御小将たちに高波が襲いかかり、七坊主を乗せた暴れ馬が突っこんだ直後の叫びだった。

影二郎は親不知を渡り終えていた藩士のただ中に斉泰を下ろすと、

「市振宿のご本陣へお連れするのじゃ！」

と命じた。うなずく藩士を尻目に馬首を返した。

影二郎は馬腹を蹴ると走り出した。

飛騨の山脈《やまなみ》が日本海に迫る断崖に叩きつけられた高波は、飛沫を上げて虚空に飛び散り、ふたたび海へ戻っていこうとしていた。先ほどまで斉泰がいた場所には馬や七坊主や御小将や波除け人足たちが転がり、ある者は波間にさらわれようとしていた。

俊助が七坊主のうちの一人を制止して戦いを繰り広げていた。残りの六人の七坊主のうち馬上にあるのは三人、それが馬首を必死で立て直したところだった。

影二郎は手綱を片手に法城寺佐常を抜き放った。それは馬を駆りながら行われた。

「七坊主、そなたらの悪行ももはやこれまで」

三騎の坊主も影二郎に向かって走り出す。

南蛮外衣が風に靡《なび》いて背に流れた。

親不知の浜に再び殺気がみなぎった。

先頭を切る七坊主が直刀を槍の穂先のように突き出して影二郎の喉首に狙いをつけた。一撃必殺。しくじれば反撃を食らう玉砕戦法だ。

躊躇《ちゅうちょ》なき戦法を影二郎は正面から受けた。

佐常を両手に構え直すと手綱を放した。両の膝だけで馬を御しながら、鐙に立ち上がった。

二騎の間合いが一瞬のうちに縮まり、

「えいっ！」

「おうっ！」

と掛け違いながら突き出され、振り下ろされた。

大薙刀を二尺五寸三分に鍛え直した先反りの豪剣がうなりを生じて振り下ろされる速さは、七坊主の思考の域をはるかに超えて、もの凄かった。

親不知の浜にいた加賀藩の家中の者たちは、七坊主が唐竹《からたけ》割りに両断される光景を呆然《ほうぜん》と見た。

が、影二郎には振り向く余裕はない。

馬前にさらに二騎が迫っていた。

馬の腹を膝で締めつけながら半身を海へと乗り出した。

馬が速度をわずかに緩めた。

七坊主の一騎が片手殴りに斬りつけてきた。その刃を横に傾けた顔に感じながらも佐常をすり上げた。弧を描いた佐常が直刀を圧し折り、足を斬りつけると波間に転落させた。同時に影二郎も馬から転がり落ちた。その視界の先に馬首を巡らす七坊主と海から襲いくる波が映じた。

影二郎は立ち上がると佐常を脇構えにして両足を浜に踏ん張り、腰を落とすと波と七坊主の襲来を待った。

「波が来るぞ！」

麻縄に摑まって転がる波除け人足の一人が叫ぶ。

天を衝いた波が影二郎に覆いかぶさった。

断崖へと持っていかれそうになるのを必死で堪《こら》えた。

視界が広がった。その眼前に馬の顔と七坊主があった。

白い光が影二郎の頭上を疾った。

影二郎は突進しながら法城寺佐常を車輪に回した。

先反りの刃が鳴いて白く円弧を描く。

直刀が影二郎の肩を流れた。

すり上げた佐常の切っ先が七坊主の脇腹を深々とえぐった。

絶叫を残した七坊主と馬が影二郎のかたわらを走り抜け、どさりと七坊主を浜に落とすと、馬は市振宿へと走り去っていった。

ふうっ、と肩で荒い息をついた。

その視線の先に俊助が剣を振り上げ、

「師範代、残りの七坊主は仕留めましてございます！」

と晴れやかに叫ぶ声が浜に響いた。

市振宿の本陣の接客の間に夏目影二郎はいた。

上段の間に前田斉泰が休息して、御行列奉行の奥村房兼から騒ぎの経緯《いきさつ》を聞いていた。そのかたわらに控えるのは俊助一人だ。

「房兼、七坊主と申すは江戸から参ったか」

「七坊主を操る人物は江戸におるとか。七坊主どもは信濃の修那羅山にて修行した者たちにございますそうな」

うーむとうなずいた斉泰がさらに房兼に尋ねた。

「行列に隠され、金沢に運びこまれようとした阿片はいかがいたした」

「殿がお渡りなさらんとする隙に奪還されましてございます。七坊主どもは馬にて親不知を強行突破しようとして、あの騒ぎになりました。ともあれ阿片五十貫はことごとく波間に消えましてございます」

「不埒《ふらち》な坊主どもの犠牲になったは何人じゃ、房兼」

「川渡り役の鐘井橋三、御小将清水《しみず》毅三郎《きさぶろう》、波除け人足三名が亡くなりましてございます」

「痛ましいことであった」

斉泰が影二郎に顔を向けた。

「夏目とやら、世話になったな」

笑みを返した斉泰が、感謝の言葉を口にした。

「はっ」

影二郎は房兼に視線を向けた。

「金沢の阿片窟の掃除はご家中の方々にお任せいたしまする」

「相分かった。これより、飛騨高山から加賀藩内の六十二村の天領に入られる郡代の巡視には、気を配るとしようぞ」

「師範代はこれより飛騨高山に向かわれますか」

俊助が聞く。

「残りの七坊主を追って決着をつけねばなるまい」

「世話になった。堅固で道中を続けられよ」

房兼が影二郎に礼を述べ、

「斉泰様ご一行の、無事の金沢帰着を祈願しております」

と影二郎が加賀藩の主従に会釈を返して平伏した。

〈前田斉泰公御行列はご予定を十日余りの遅れにて親不知を通過、金沢への帰着の道中にござ候。御行列合羽担ぎの人足として江戸より紛れこみし七坊主は挟箱に大量の阿片を隠し入れ、飛驒高山あるいは金沢城下へと密輸せんと企て候。ご家中の方々の協力により金沢への阿片密輸は阻止致せしが、一部の七坊主ども御行列に先行して何処《いずこ》へともなく姿をくらまし段、新たに危惧《きぐ》致し候。これより飛驒高山に赴かんとするは、高山郡代の探索と併せ、生き残りし七坊主と阿片を追跡しての事なり　影〉

影二郎の手紙を運ぶ飛脚便は、北国下街道を江戸へと、ひた走りに向かっていた。

第五話　飛騨受難花

一

富山城下から飛騨高山に向かう飛騨富山道は神通川に沿っていく。能登の海で獲《と》れた寒鰤《かんぶり》が塩漬けにされてこの街道を通り、飛騨の正月の食膳《しょくぜん》を飾る。いわゆる越中鰤だ。鰤街道は富山平野を笹津《ささづ》まで一本道で抜ける。神通川もおだやかな様相である。

夏目影二郎と奥村俊助は、桃井道場のころの話を懐かしく話し合いながら泊まりを重ねてきた。おこまもそんな兄弟弟子の話をほほえましそうに聞いていた。

「俊助、どこまで行っても名残りはつきぬ。もうこの辺でよい」

影二郎は道中で何度か断ったが、

「殿直々のご指図にて国境まではお送りしろと命じられておりますゆえ」

と屈託もなく影二郎らの旅に加わった。

おだやかだった神通川の流れが激流に一変した。そして街道は二つに分岐した。

「師範代、左岸は富山藩領にございますが、右岸は加賀藩の所領地でございます」

加賀藩を加賀と越中二つに分断して富山領が楔《くさび》のように打ちこまれているがゆえに、複雑な国境線を呈していた。

「これから先は激しき流れゆえ、籠渡しがあるだけで命がけの川渡りになります」

「籠渡し、ですか」

おこまが怯えた顔をした。

「川の流れに二筋の麻縄を張り渡し、人ひとりが座して乗るもっこ籠にて、対岸に渡るのです」

「ごめん被りたいですね」

にたりと笑った俊助が、

「まずは東道か西道を選ぶことになります」

と説明し、本道の西道をとった。

影二郎もおこまも深く切りこまれた渓谷を豊かな水が音を立てて走る光景に目を奪われながら、足を進めた。

神通川は越中と飛騨の国境で神岡から流れてくる高原《たかはら》川と、高山からの宮《みや》川に合流する。

ここから下流が神通川というわけだ。

俊助は加賀藩の東猪谷番所まで影二郎らを案内した。

「師範代、別れに一献《いっこん》傾けとうございます」

番所の役人に身分を名乗り酒を用意させた。八家の子弟が山奥の番所に顔を見せることはない。慌てた役人たちが、すぐにと用意に走る。

汗をかいた胸に風を入れる影二郎らの前に大徳利と杯《さかずき》が運ばれてきた。

いつの間にか夏の青空が影二郎らの頭上に広がっていた。

俊助が影二郎とおこまの杯に酒を注いだ。

「師範代とおこまさんに加賀まで来ていただきとうございました」

「奥村様、江戸にお見えの節には浅草奥山をご案内いたします」

おこまが影二郎に代わって答えた。

兄弟弟子とおこまは別れの酒を飲み干した。

「俊助、世話になったな」

影二郎は最後の別れを交わすと、高原川の絶壁に沿って細くのびる崖道《がけみち》へと足を踏み出した。

千貫桟と呼ばれる険阻な崖道である。

おこまもあかも絶壁にへばりつくように歩を進めている。先頭を行く影二郎の視線に飛騨の横山《よこやま》番所が遠く見えてきた。さらに進むと絶壁の崖道が消え、山道に変わった。

おこまが安堵の溜《た》め息をつき、あかがへたりこんだ。

影二郎は番所に緊張がみなぎっているのを感じた。加賀藩の東猪谷番所ののんびりした空気とはまるで違っている。

「おこま、道を塞がれたかもしれぬ」

えっ、と番所を望遠したおこまも緊張した。

「またあの崖道を戻るのですかい」

「さあてな」

いったん加賀領に戻ったとしても、飛騨領内に入る番所すべてに警戒線が張られている可能性があった。

「旦那、雪隠《せっちん》詰めだね」

空からのんびりした声が降ってきた。

影二郎が頭上を振り仰ぐと、数丈高い切り立った岩棚に国定忠治の一の子分、蝮の幸助が座していた。

「おまえらの狙いも飛騨高山か」

「うちの親分は、いばりくさった代官、郡代と聞くと見境がつかなくなるのさ」

「幸助、なんぞ他に狙いがありそうじゃな」

「旦那、おまえさんにも片棒担ぐ義理はあるんだぜ」

「ほう、どういうことだ」

「お膳立てした中野代官所じゃ、おめえさんに先を越された。川浦じゃ先手はとったが、金は七坊主に先に持っていかれて小銭ばかりよ」

「信濃屋藤右衛門どのから働き賃は出なかったのか」

「商人はなかなかしぶい。雀の涙ほども出やしねえ」

「そりゃ気の毒な。で、高山陣屋では忠治に花を持たせろというのか」

「そんなとこだ」

「忠治はすでに高山に潜入したか」

「飛騨じゃあ、旦那にも汗をかいてもらいたいものだね」

影二郎の問いに答えず蝮の幸助が言った。

「加賀様もびっくりの騒ぎ、見せてもらいましたぜ。さすが八州殺しの旦那だ、手際がいいや」

茶化すように言う蝮は、

「旦那、名立の鳥ケ首岬の浜じゃ、ちょいとばかりしくじったぜ。毛抜の眼覚にとどめを刺しきれなかった」

蝮が立ち上がると姿を消した。すると空から麻縄が降ってきた。

影二郎が岩場をよじ登り、あかの体をくって岩棚に吊し上げ、最後におこまを引っ張り上げた。

「江戸育ちは、川も苦手なら山もからっきし……」

荒い息をついたおこまがへたりこんで、あたりを見回した。

「あのお節介ならとっくに姿を消している」

蝮の幸助は影二郎らを、飛驒の横山番所を迂回《うかい》する裏道に導くと、さっさと姿をくらましていた。

「しかしそれにしても飛驒の山は険しいね」

「飛驒の地名は山襞《やまひだ》から出たとも言われるそうじゃ。険しくて当たり前だ」

影二郎は陽の位置を確かめた。

傾きからいって八つ半（午後三時）にはなりそうだ。

「おこま、急がぬと山中で野宿だぞ」

影二郎は横山番所を遠目に見て進む山道を選んだ。蝮の幸助が道々に枝を折って里へと方向を示してくれていた。それを辿ると夕刻前に茂住《もずみ》の集落を見下ろす峠に到達した。

「どうやら寒さに震えて一夜を明かすことだけは避けられたようだな」

影二郎は里の煙を目指して下っていった。

乗鞍岳《のりくら》をはじめとした八、九千尺の峰々に周囲を囲まれ、宮川と苔川の流れにはさまれるように南北に広がった飛騨高山は、天保期（一八三〇〜四四）、人口およそ一万一千余人、美濃《みの》、飛騨地方最大の都であった。

飛騨、加賀、越前、美濃一円の幕府直轄領十一万四千五十二石を高山陣屋が監督し始めたのは元禄五年（一六九二）、それまで支配していた金森《かなもり》氏が出羽国上ノ山《でわのくにかみのやま》に移封された後のことだ。郡代所の陣屋は元の高山城を壊したあとに建てられていた。そして躑躅《つつじ》の間詰め、二百五十俵取りの村越大膳が郡代として江戸から赴任していた。

夏目影二郎とおこまが高山の町に入ったのは、宮川の流れに蛍の光が美しくも映る五つ半（夜九時）すぎのことだ。健脚の二人だが早暁《そうぎよう》から山道を歩き通し、あかさえもへばって荒い息をついていた。

「どこぞ旅籠を探すといたそう」

一之町、二之町、三之町と整然と並んだ連子格子《れんじごうし》の町筋は、高山の町衆の意識と経済力の高さを示して、江戸にもない立派なものだ。

「小京都といわれる高山を作ったのは谷屋九兵衛《たにやきゆうべえ》様を始めとした高山商人だそうですね」

どこで得た知識か、おこまが言い出した。

高山商人を代表する初代谷屋九兵衛は、元禄年間（一六八八〜一七〇四）に吉城《よしき》郡谷村から高山に出てきて、村の名を屋号に商いを始めた。

この元禄年間は商品貨幣経済が発展し、地方でも流通活動が盛んになった時期であった。九兵衛は茶、煙草《たばこ》、鉛、釘、金道具、水銀、小袖、もめん、小切紙《こぎりがみ》、油、糸、米、蠟などあらゆる商品を扱って蓄財を重ねた。

「飛驒は山国、木の国」

であるそうな。だが、飛驒材は木曾《きそ》材より下等と見なされ、その上、金森藩時代は、飛驒川から木曾川を利用して尾張《おわり》に材木を流すことを尾張藩に差し止められていた。ようやく飛驒の材木が商品として価値を持つようになるのは直轄領になって以後のこと、一国御林山として林業開発が促進された。

谷屋九兵衛は、富山平野で穫れる米を仕入れて高山で販売し、莫大《ばくだい》な利益を上げて金融業へと乗り出していったと、おこまが説明した。

「くわしいな、化けの皮が剝がれるぞ」

影二郎の言葉におこまが、

「奥山の芸人に飛驒の人がいましてね、そのお国自慢が耳に残っていたんですよ」

と下手な言い訳をした。

影二郎らが二之町筋に入って旅籠を探そうとしたとき、辻の向こうに御用提灯の明かりが浮かんだ。影二郎がおこまとあかを家の軒下の暗がりに押しこんだ。

「旅籠あらためじゃ。江戸者、流れ者が泊まっておらぬか」

二人の耳に怒り肩の十手持ちの横柄な声が聞こえてきた。

「旅籠は遠慮したほうがよさそうじゃな」

「どこぞ御堂でも探しますか」

おこまが不安の滲《にじ》んだ声で言う。

「待て」

影二郎は役人を避けて宮川の河原に出た。再び上流へ戻ると町外れの河原に明かりを見た。

影二郎にとっては馴染みの流れ宿《ぐ》だ。

「旦那、上田以来の宿ですね」

「ごめん」

筵をめくると六、七人の男女が板の間でどんぶりを囲んださいころ賭博に興じていた。胴元は赤ら顔の巨漢の渡世人だ。女と犬を連れた影二郎を男女が複雑な目で見た。渡世人をのぞいてだれも楽しそうな顔はない。負けがこんでいる風なのだ。

「客人、悪いがいっぱいだ」

土間の隅から老爺が言った。流れ宿の主《あるじ》だろう。かまどには土鍋がかかり、雑炊を炊いている匂いが漂っていた。

影二郎はかまどの火に翳《かざ》して一文字笠に書かれた梵字を見せた。そこには、
江戸鳥越住人之許

とあった。江戸弾左衛門が影二郎に与えた通行証を認めた老爺は、影二郎の顔を見直すと、

「迷惑がかからねばよいが……」

と小さな声で呟いた。

「あの者か」

「へえっ」

「厄介《やっかい》になる。酒はないか」

「地酒ならありますだ」

「もらおう」

徳利と茶碗を老爺から受け取って振り向くと、おこまが板の間に腰を下ろしたところだった。

「姐さんは江戸者か」

早速渡世人が声をかけてきた。

「水芸のおこまと申します」

「まあまあ、上がりねえ。めしができるまでの手すさびだ。姐さんも、ささ、入ったり入ったり……」

おこまをかもにする算段か、渡世人が誘った。

「旦那、せっかくのお誘い、受けていいかねえ」

「やりたければ遊ぶがよい」

影二郎は南蛮外衣、法城寺佐常、一文字笠を板の間の片隅に置くと腰を下ろした。

運ばれてきた徳利の酒を茶碗になみなみと注ぎ、喉を鳴らして飲み干した。宮川沿いの山道を何十里歩き通したか。渇いた喉に酒がうまかった。

「おまえさんの名は」

おこまがやくざに聞いている。

「野州《やしゅう》無宿、空蟬《うつせみ》の百三《ひゃくぞう》だ」

「まあ、かわいい名だこと」

「かわいいかどうか、姐さんの腕次第だね」

おこまは百三の前に小粒金と一朱金など、合わせて一両と数百文あるのを見た。

「どうやら皆さんは、おまえさんの手並みに空《から》っけつに巻き上げられなすったようだ。どうだい、おまえさんと差しの一番勝負というのは」

百三はしばらくおこまの顔を凝視していたが、

「おもしれえ」

と低い声を上げた。そして自分の前の銭をそっくりどんぶりの前に押し出した。

「なんだい、けちくさいねえ。おまえさんの懐の金もそっくり積み上げなよ」

「なにっ！」

百三の顔が凶暴なものに変じた。

「おれが懐にいくら温めているか知ってるのか。おめえの銭が足りなきゃあ、恥をかくぜ」

「せいぜい四、五両ってところかねえ」

百三は縞の財布を出すと紐を慌ただしく解き、板の間にぶちまけた。十五、六両の小判が現われた。

「ほう、意外と持っているんだね」

おこまは驚いた風もない。

「姐さん、おめえの懐を見せねえ。足りなきゃあ、おめえの体を高山の岡場所に叩き売ってでも作らせるぜ」

「まあ、怖わ」

「出せ、出してみせねえ」

百三が怒声を発した。

「私が勝ちゃあ、文句もあるまい」

「いやさ、銭が先だ」

その鼻先に影二郎が財布をどさりと投げた。

「切餅《きりもち》(二十五両)一つと小判が数枚入っておる」

百三が、

「よし」

とさいころ三つを手に握った。続いて六の目の三つ揃い……」

「きりの目は一《ピン》が三つだ。

息を拳に吹きかけた百三がどんぶりに投げ入れた。

「さあ、一が来い」

どんぶりの縁を三つのさいころが回って一つ目が止まった。一だ。二つ目が止まった、また一だ。そして最後の目が転がると、最初のさいころに軽くあたって一の目を見せた。

「一のぞろ目だ！」

百三が叫んだとき、最後のさいころが一転がりして三の目に変わった。百三の顔色が変わった。

「いったんは一《ピン》ゾロが揃ったんだ、見たな」

「おまえさんの目は節穴かい。一、一、三がおまえさんの目だよ」

そう言ったおこまがどんぶりに手を入れた。三つのさいころを無造作に摑むとどんぶりの縁にそって回した。三つのさいころは実にきれいな転がりを見せて縁を回転するとゆっくり底に落ちていき、一緒に停止した。赤の一の目がきれいに三つ揃った。

「分けだ！」

と叫んだ百三が自分の財布と影二郎の財布までも拾い上げると懐に押しこみ、かたわらの長脇差を抜いた。おこまは動じた風もない。

「渡世人の風上にもおけないね」

おこまの静かな啖呵《たんか》が飛んだ。

「いんちき賭博で皆さんを騙したんだろ、銭を返しなよ」

百三が切っ先をおこまの喉首にあてると、まず自分が立ち上がった。

「外までついてきてもらうぜ」

影二郎の手が一文字笠の縁の珊瑚玉にかかった。

「空蝉の百三とやら」

影二郎の声に百三が声のほうを見た。

白い光が飛んだ。

それを感じたときには、長脇差を持つ腕に唐かんざしが突き立ち、百三は、その場に尻餅をついた。

「あうっ！」

へたり込んだ百三の懐から切餅と小判が散らばり落ちた。

「百三、これからは欲をかかぬように生きていくことじゃ」

立ち上がった影二郎が百三の腕に突き立った唐かんざしを抜いた。

百三はほうほうの体《てい》で流れ宿から宮川の河原へと転がり出ていった。

流れ宿にいた男女はだれも声を発しない。呆然としていた。渡世人が消えたと思ったら凄《すご》腕《うで》の浪人者が相客になったのだ。

「すまぬ。騒がせ賃に酒を馳走する」

おこまが板の間にばらまかれた百三の銭から賭博の犠牲になった客たちに負けた銭を返し、泊まり客全員の喉を酒が潤したところで、流れ宿はにぎやかさを取り戻した。

二

「亭主、近ごろ高山で流行っているものはなにか」

影二郎の問いに流れ宿の主、作五郎《さくごろう》が答えた。

「凶作、横流し、殺し……」

「殺しを行うのは網代笠に墨染めの破れ衣の坊主どもか」

「よくご存じで」

「七坊主が出没するはいつごろからか」

「七坊主かなにか知らねえが、ここ二年のことにございますよ。近ごろ姿を見せねえと思ってたら、数日前に戻ってきて、丹生川《にゅうかわ》村の名主様の屋敷を襲って皆殺しにしたとかしねえとか噂が流れています」

「作五郎どん、そりゃほんとのことだ」

と言い出したのは、酒に顔を赤らめた願人坊主《がんにんぼうず》の真玄《しんげん》だ。

「二日前、丹生川村近くを物乞いして歩いておった。それで行き暮れて地蔵堂に一夜の宿を求めたのさ。深夜のこと、網代笠に破れ衣の僧侶が、われの泊まる地蔵堂の前を風のように抜けていった。名主の彦兵衛《ひこべえ》様一家が殺されたのが見つかったのは次の朝のことじゃ。われは怖くなってな、村から高山に逃げ戻ったところじゃ」

酒の酔いが真玄の口を開かせていた。胸につっかえていたものを思いきりよく吐きだした感じだ。

「真玄、よそで殺しを終えた坊主たちの姿を見たなどと喋るんじゃねえぞ」

作五郎の注意に真玄が、分かってると真面目な顔で答えた。

「作五郎どん、願人ばかりじゃねえ、高山じゅうが知っていることだ。それに名主さんの家で生き残った者がおるというではないか」

「聞いた聞いた。子守女じゃそうな。坊主どもが殺しを行うのを確かに見たそうな」

薬売りの丹次《たんじ》と渡り左官の虎蔵《とらぞう》が口々に言い合った。

「なぜ彦兵衛は襲われたのじゃ」

「わしらの耳に入るのは噂ですが」

「それでよい」

「彦兵衛様の先祖は、初代郡代の伊奈半十郎忠篤《いなはんじゅうろうただあつ》様の手付を務められた方にございますよ」

「伊奈郡代は、金森氏の藩政から幕府直轄の郡代支配の基盤を築かれた方であったな」

「そのとおりにございます」

関東郡代を兼務した伊奈の改革の一歩は、夫米《ぶまい》を廃止、布、綿、漆《うるし》などの物納制を停止したことだ。飛驒は元々米作に不向きな国柄《くにがら》だ。そのことを考慮し、上納米の半分を金納に変えた。

また金森藩時代に行われていた、商人たちに銀十匁から十五匁の運上《うんじょう》を出させ、鑑札を与えて商いを免許制にする世理商運上を廃止していた。この二つのことが、他国と公易を行う谷屋九兵衛ら高山商人を台頭させたのだ。さらに伊奈代官は金森氏の遺臣を下僚《かりょう》に取り立て、引き続き山廻り、材木 改 役《あらためやく》、番所役人などの仕事をさせた。これら八十四人の金森遺臣は地役人と称される山の専門家たちだ。

「天領住民の主な収入は、元伐川下《もときりかわさげ》にございます」

影二郎らよそ者には聞き慣れない言葉だ。

「飛驒では多くの民が天領の山で杣人《そまびと》をして生きております。お留め山から材木を切り出すことは元伐といい、これを川に流して他国に送ることを川下と申しますだ。この仕事に従事する人々は、年間およそ七千五百両の救済金を幕府から頂き、天領の杣人の誇りを持って生きてきたのでございますよ。幕府は失費を惜しむあまり宝永元年（一七〇四）に江戸の商人に元伐を請け負わせようとしたため騒ぎが起こりました。このときは数千人におよぶ杣人が騒ぎましたゆえに、いったん元に戻りました。それが明和元年（一七六四）に再燃しましてな、元伐は休止となった。飛騨の杣人の気持ちを無視した決まりに山は荒れ、時の大原《おおはら》代官への反感も加わって騒ぎが起こりましただ……」

世にいう大原騒動だ。飛騨の木材商いに江戸の商人たちがかかわってくるようになるのはこの騒ぎのあとと、作五郎は言う。

「当代の代官村越大膳様は四年前に高山に来られましたが、なんと江戸から商人の番頭を連れて赴任、その者を元締に就けられました。この元締の朝日東蔵《あさひとうぞう》様が飛騨の山に滅法お詳しい方で、今や飛騨郡代は朝日様がいなくては立ちゆかぬほどで、村越様はお飾り郡代と高山ではもっぱらの評判でございますよ。ともあれ、高山陣屋では、朝日様が江戸を向いて算盤《そろばん》を弾いて天領支配を行っておられるのが実情……」

「大原騒ぎを起こした飛騨の杣人がよう黙っておるな」

「元締の朝日様は、高山の町はもちろんのこと、村々に下っ引きを潜りこませておりまして、陣屋に都合の悪いことは芽のうちに早々に摘み採ってしまわれますでな、町でも里でも戦々恐々として日を過ごしておりますよ」

作五郎が一つ吐息をつき、話を元に戻した。

「丹生川村の名主彦兵衛様のご先祖は、初代郡代伊奈様に従い、手付がいかにあるべきか、身をもって知っておられたのでございますよ。彦兵衛様はこれ以上、高山陣屋の無法を許すわけにはいかんと、高山の商人衆や金森氏以来の地役人の方々を糾合《きゅうごう》して、江戸に直訴する手筈《てはず》を整えられたとか。それを知った朝日元締のお手先の坊主が殺しに走ったのでございましょう。生き残った子守女は郡代所に引っ張られました。おそらく口を噤ませるため……」

作五郎はあとに続く言葉を口の中で濁した。

「陣屋と七坊主は同じ穴のむじなと申すのだな」

影二郎が念を押し、流れ宿にいた全員がうなずいた。

「郡代屋敷で変わったことが行われてはいないか」

「変わったことと申されますと」

「賭博、阿片、女……そのようなものじゃ」

「ああ、それは大門《だいもん》町の素源寺にございますよ」

と答えたのは薬売りの丹次だ。

「住職が朝日元締に鼻薬をかがされて寺を貸したのが始まりでしてね。江戸の吉原遊廓を模した岡場所が寺内にございますので」

「客は高山の者か……」

「いや、高山の者はまず行かねえ」

願人坊主の真玄が言う。

「浪人さん、飛騨から美濃にかけちゃあ、旗本衆が領主のように根を張って生きておられるところがある。こりゃ、家康様のご出身の三河《みかわ》、美濃をしっかりかためるというお考え、二百年も続く決まりだ。明地《あけち》の遠山《とおやま》様七千六百石から清水《しみず》の岡田《おかだ》様のような二百石まで、交替寄合《よりあい》格で知行地におられるだ」

影二郎も初めて耳にする話だ。

「これら旗本衆はな、江戸へ出てみてえという夢が、憧れがあるだよ。それでよ、高山に江戸の吉原を真似た岡場所ができたと聞いてぞろぞろ通ってこられただ。今じゃあ、阿片にすっかり旗本の心魂ぬかれて陣屋の言いなりだ。家康様のご威光も忘れて情けねえことだ」

高山でも中野代官所にあった遊幻亭のような遊び場が設けられて、金が吸い上げられているようだ。

影二郎は徳利から酒を茶碗に注いだ。

(さてどうしたものか)

「旦那」

と顔を向けたのは作五郎だ。

「旦那は郡代屋敷になにか恨みでもありなさるか」

「恨みはない。わけあってな、虫酸《むしず》の走る代官や郡代を見過ごしにできぬ男だ」

「どこかで同じ台詞《せりふ》を聞きましたよ」

老いた巡礼女のよねが言い出した。

「ほう、だれの口からかな」

「上州は国定村の親分からですよ」

「忠治に会ったか」

「はい、雨に降られて国分寺の山門下で休んだときにね。それで私の方から親分さんに声をかけたんですよ。国が上州長岡《ながおか》村の近くでしてね、顔はよう知ってます」

「忠治はひとりであったか」

「はい、雨がそぼ降るのを独り眺めておられましたよ」

と言ったよねは、

「まさか旦那は、忠治親分とは敵同士ではありますまいな」

「敵でもなければ味方でもない」

「わしらは忠治親分が村越郡代をやっつけにきたと考えとります」

「作五郎、関所破りの味方か」

「関所破りかどうかは知らねえ。親分の刃がおれたちに向けられてねえからな」

「そうそう、忠治親分は旅に暮らす流れ者の味方です」

よねも流れ宿の主と同じ意見を述べた。

「作五郎、忠治一味がこの高山に潜りこむとしたらどこだ。一党の人数は二十数名は数えよう」

影二郎は、川浦陣屋の土塀を乗り越えていった国定一家の数を数えた。

「それほどの手勢が高山の町に入りこめるもんじゃねえ」

影二郎もそう思った。巡礼が出会ったという忠治は高山を調べにきていた姿だろう。

「おそらく高山外れの破れ寺か、山間《やまあい》の杣小屋にねぐらを求めておられましょうな」


翌朝、着流しの腰に法城寺佐常を落としこみ、一文字笠をかぶった影二郎は、宮川河原の流れ宿を一人で出た。昨日、山道を十数里も歩き通してくたびれ果てたおこまとあかはまだ眠りこんでいる。

影二郎が足を向けたのは平湯峠、安房《あぼう》峠を経て松本に抜ける飛驒道である。本街道の野麦《のむぎ》峠越えに対して〝山道〟と土地の人に呼ばれていた。裏街道の道幅は狭く、険しい。そこで馬よりは牛が、負荷《おいに》と称する荷担ぎの男たちが往来するのも〝山道〟らしく、めずらしい。

高山の外れで朝が明けた。

あたりはすっかり夏の景色に包まれて、緑が濃い。青く澄んだ空には入道雲でももくもくと湧いてきそうな気配だ。高山から二里少々、日差しが強くなる前に丹生川村の名主彦兵衛の屋敷の前に到着していた。

影二郎は一文字笠を脱ぐと長屋門の前を流れる小川の水で顔の汗を流した。冷たい水が生気を蘇らせた。

さすがに木の国飛騨の名主の屋敷だ。長屋門もその奥に見える母屋の萱《かや》ぶきも立派なたたずまいを見せている。が、主一家が惨殺に遭ったせいか、明るい光の下でも暗い翳《かげ》りを漂わせているようだ。

「おはようごぜえます」

野良に行く夫婦者が影二郎に言葉をかけて通り抜けようとした。

「聞きたいことがある」

怯え顔で中年の夫婦者は立ち止まった。

「驚かしたならすまぬ。名主どのが危難に遭われたそうな。葬られておられる寺はどこかと思うてな、尋ねたまでだ」

詫びる影二郎にようやく百姓夫婦の顔から怯えが消えた。

「東に三丁ばかり行った巌掌寺さんで。ほれ、生け垣のむこうに樫《かし》の大木が見えましょうが、あれは名主さんの菩提寺《ぼだいじ》でごぜえますよ」

夫婦者はそう言い残すとそそくさと野良に向かった。

影二郎は笠を片手に長屋門を潜った。どこからともなく監視する目を感じとった。

作五郎は里にも下っ引きが入りこんでいるといったが、そやつらが監視する目か。

影二郎は素知らぬ顔で屋敷内に入りこんだ。手入れの行き届いた庭は何百年とこの地に居着いてきた名主の暮らしを偲ばせた。が、もはやその時は絶たれたのだ。

惨劇の行われた家に風を通すためであろうか、縁側の雨戸も障子戸も開け放たれていた。

影二郎は、玄関の引き戸を引いて屋内に足を入れた。

鼻孔に血の臭いが漂ってきた。

広い土間の一角には式台のような上がりがまちが設けられてあって、畳の間がいくつも奥へと連なっていた。殺しのあった屋内はきれいに片付けられ、掃除がされてはいた。が、血の臭いは屋敷のあちこちに染みついて惨劇の痕跡を残している。

影二郎は奥に向かった。

台所の板敷に囲炉裏が切られ、天井には太い棟木《むなぎ》が何本も交差して組み合わされているのが見えた。土間には大きな竈《かまど》がいくつも並んでいた。

ふたたび監視の視線を感じた。それも近くからだ。

「それがしは旅の者、そこにおられるのはどなたかな」

影二郎は板の間の奥に声をかけた。

薄暗がりから一人の男が姿を見せた。

旅仕度の、まだ若い侍だ。日に焼けた顔は剛毅と素朴に満ちていた。郡代屋敷が雇った下っ引きではない。そう思ったとき、影二郎の背後の澱んだ空気が一気にかき乱されて、殺気が押し寄せてきた。手にした一文字笠を背に投げると横っ跳びに下がった。

刀を翳した侍が、投げられた笠に狙いを乱されて踏んで止まった。

「早まるでない！」

影二郎の叱咤《しった》に二人の侍たちは顔を見合わせた。躊躇している素振りだ。

「それがしは旅の者だ」

「旅の人間がなにゆえ彦兵衛様の屋敷に関心を持つ」

「そのことをお互い話し合う気にはならぬか」

影二郎の提案に抜き身を手にした侍が聞いた。

「そなたは陣屋と関わりを持つ者ではないのか」

「名主どのを惨殺した七坊主を追っておる者、郡代屋敷とは縁もゆかりもない」

二人の若侍は顔を見合わせ、影二郎の風貌に視線を戻すと、その心底をたしかめるように凝視した。ふいに板の間に立つ侍が、

「木塚《きづか》、この方の話を聞こう」

と抜き身の仲間に声をかけた。

「それがしは飛驒山廻り役人氷室懸吉《ひむろけんきち》、あの者は材木改役の木塚伸三郎《しんざぶろう》にございます」

「金森氏の遺臣じゃな」

「ご存じか」

木塚が刀を鞘に納めながら訊いた。

「あなた様は」

「夏目影二郎」

氷室は影二郎を仏間に案内した。そこには灯明が点され、線香がか細い煙を立ち昇らせていた。

影二郎は仏壇に向かって瞑目した。

「そなたらは名主どのらと、高山郡代の不正を江戸に訴えようとしたのじゃな」

「どうしてそれを」

「高山じゅうでそなたらの行動は噂になっておるわ。七坊主が名主どのを襲ったことが証明しておる」

「われらは日頃山に入っておりますゆえ、つい、里の情勢に疎《うと》く……」

氷室が唇を噛んだ。

「江戸へ訴え出ようとしたは確かか」

「そなた様は七坊主を追ってこられたと申されましたが」

木塚が影二郎に問い返す。

「あちらこちらで奇怪な坊主どもと出会うてきた」

「七坊主は敵、そのこと信じてようございますか」

木塚が厳しいまなざしを影二郎に向けた。

「二言はない」

氷室と木塚はうなずき合うと、

「江戸の勘定奉行所へ駆けこむ手筈にございました」

「訴状は認《したた》めたか」

「はい」

とうなずいた氷室が、

「われら二人が江戸へ向かう手筈にて訴状を受け取りに山から下って参りますと、この有様……なんとも残念にございます」

「訴状を探しておったか。その顔は探しあてぬとみえるな」

影二郎の問いに二人の顔に緊張が戻った。

「七坊主に奪われたのではないか」

氷室が首を傾げて答えた。

「とするならば、未だ同志の方々に手が伸びぬのが訝《いぶか》しい」

氷室が答え、吐息をついた。

「同志は何人か」

「十三名……」

「訴状を書かれたのはだれか」

「彦兵衛様ともう一人。われらにはその方の名も、同志すべての名も知らされておりませぬ」

と氷室が答える。

「訴状の内容を知っておるか」

「彦兵衛様は、一人ひとりがすべてを知ると、陣屋に捕縛されたとき、企てがすべて潰れると申されて、訴状の詳細はわれわれに知らされませなんだ」

「ともあれ、伊奈代官様以来の家柄、丹生川村の彦兵衛様が筆頭に署名血判された書状の重み、われらの言葉とは替えられませぬ」

氷室と木塚はがっくりと力を落としている。

「そなたらの知ることをおれに話してはくれぬか」

「夏目様は幕府と関わりを持つ方ですか」

公儀の隠密かと木塚が改めて問う。

「隠密ではない」

二人の侍は複雑な顔をした。

「が、郡代、代官を支配する勘定奉行とつながりがなくもない」

影二郎の返事に、氷室と木塚の顔にわずかながら明るさが戻った。

「分かりました」

肚を据えたのは氷室懸吉だ。そして木塚がうなずいた。

「材木改役の木塚からそのことを相談されたのは三年も前のことでした。四年前、元伐されて川下した材木の等級が、郡代屋敷の記録とはまるで違っておるというのです」

木塚はうなずくと、偶然帳簿を見る機会があったと言い、言葉を継ぐ。

「飛騨川へ流した材木は近年まれにみるほど上質の材木ばかりで、われら山役人が木曾材以上と誇りを持って送り出したものです。ところが高山陣屋で見た帳簿は廃材に等しき認定になっておりました。美濃の太田《おおた》宿にて江戸の商人に売り渡された最下級の材木と、われらが川下した材木の差額およそ五千五百両が、どこぞに消えたことになりまする。夏目様、木は育つのに何十年、何百年もの歳月がかかるのです。それを見守るのがわれら山役人です。その者たち、飛騨の山で働く杣人の誇りを踏みつけにしたのです」

木塚の言葉は憤慨に満ちていた。

「翌年より木塚とそれがし、元伐の材木にわれらだけに分かる標《しるし》を刻んで川下したのでございます。何千石もの材木をそうそう川流しの最中にすり替えるなどできるわけはない、とは思いましたが、材木を監視して美濃まで行きました」

「異変はなかったのだな」

「はい、無事に中仙道の太田宿の河岸に到着して、材木問屋の美濃屋周左衛門《しゅうざえもん》の手に渡り、木曾川を下って、船で江戸へと運ばれていきました。ところが役所の帳簿を極秘に調べると最下級の木材に変じておりまする」

不正が二年続いて起こったと山役人氷室らは主張する。

「美濃屋周左衛門とは何者か」

「木曾材、飛騨用材を川買いして、江戸大坂に送って巨万の富を築いた商人です。さらには海運に目をつけ、江戸から蝦夷《えぞ》へ自前船を回して、大商《おおあきな》いをなすまでにのし上がった男……」

木塚の言葉には反感があった。

「そなたらは美濃屋が不正にからんでおると考えるか」

「川下した材木の等級が違うというからくりは、高山陣屋と美濃屋が組まなければ、できぬ相談。そこでわれらは伊奈郡代以来の名主彦兵衛様に相談したのでございます」

「名主様はわれらが調べたことを知られると、これで江戸へ訴える材料が揃ったと大変に喜ばれました」

二人は口々に述べ立てた。

「彦兵衛も高山陣屋の不正を調べていたのじゃな」

「はい」

「彦兵衛らが調べていたことはそなたらといっしょか」

いえ、と氷室が否定して言い継いだ。

「先ほども申し上げましたが、同志の一人ひとりがすべてを知るとそれだけ危険が増すと言われ、話されませんでした。しかし、名主様が最後までこだわっておられたのは元締の朝日東蔵のことでした」

「江戸から郡代が連れてきたという商人の番頭じゃな」

「はい、東蔵が江戸のどこの店の番頭か。東蔵はこの土地の出の者ではないか、と疑っておられた様子にございます」

「調べがついたか」

「われらを山から下ろされて江戸へ向かわせようとした以上、朝日東蔵の正体は知れたということでしょう」

「それに気付いた朝日が七坊主を送って口を封じたか」

氷室と木塚がうなずいた。

「同志十三名が一堂に会したことはないのじゃな」

「少なくともわれらがその席に招かれたことはございませぬ」

氷室が答えた。

「彦兵衛と今一人の方が訴状を書かれたはこの屋敷か」

「この屋敷には下っ引きが目を光らしているゆえ、別の場所で書かれたとか洩れ聞きました」

「彦兵衛は江戸に直訴することを極秘にして、同志全員を一堂に集めることすらしなかった。それがなぜ高山じゅうに噂として流れるようになったと思うな」

「さて、それは……」

「そなたら二人を含めた十三名のうち、だれぞが郡代屋敷に密告したか、元締朝日の狗《いぬ》が潜りこんでいたとは考えられぬか」

「夏目様、われらを疑われるか」

木塚が気色ばんだ。

「待て、伸三郎。それがしも先ほどからそのことを考えておった」

「おれは裏切り者ではない」

「われらのように山で暮らす者ではない」

氷室が言い切った。

「彦兵衛は殺された。ゆえに名主も除外される。残る十名のうちの一人が陣屋と通じておることになる。そなたらは十名のうち一人も名を知らぬのか、どうじゃ」

氷室が木塚と顔を見合わせ、

「巌掌寺の住職と彦兵衛様はことのほか親しゅうございました」

と氷室が遠回しにその名を告げた。

「そなたらの話、無駄にはせぬ」

と言った影二郎は、

「山役人のそなたらに頼みがある」

「なんでございましょうな」

「国定忠治一家が高山近郊の寺か杣小屋に忍んでおるはずじゃ。どこにおるか見つけてくれぬか」

「上州の国定忠治がこの高山に」

「忠治の動きを知りたいのでな」

「それが高山のためになることでございますか」

「なるようにしてみせる」

「分かりました」

仕事を与えられた二人は元気よく承知した。

半刻《はんとき》（一時間）後、影二郎の姿は名主の彦兵衛らの眠る菩提寺、巌掌寺の境内に入っていった。

若い修行僧が庭の草むしりをしていた。影二郎はその僧に伝言を頼むと、寺内の西に広がる墓地へ足を向けた。

まだ真新しい土饅頭《どまんじゅう》が五つ並ぶ墓の前で合掌した影二郎が両眼を開いたとき、住職の龍海《りゅうかい》師が姿を見せ、

「そなたか。亡くなった名主様のことで話がしたいといわれる御仁は」

「住職、江戸の勘定奉行への訴状をそれがしにくれぬか」

龍海が影二郎の言葉に絶句した。

三

影二郎が宮川河原の流れ宿に戻ったのは夕暮れ前だ。おこまの仕事か、河原には南蛮外衣が干してあった。小屋の裏から作五郎が姿を見せた、腕には薪《まき》を抱えている。

「おこまさんは稼ぎに出られましたぞ」

「あかはどうした」

「へい、いっしょに」

嫌な予感がした。影二郎らのことは七坊主を通じて高山陣屋に知られているはずだ。一文字笠をとった影二郎はそれを作五郎に預け、長合羽を肩にかけた。

影二郎はふたたび孤影を町に向けた。河原から高山三町に足を入れると紅殻《べんがら》格子の町家に明かりが点って、しっとりとした風情が漂っていた。旅の身の侘しさをかみしめながら、人

が集まりそうな辻々を探して歩く。が、どこからもおこまの声は聞こえてこない。

(どうしたものか)

ふと気付くと谷屋本家の店先に影二郎は立っていた。

「ごめん」

米、生糸、茶を始めとする物産の交易、質、頼母子《たのもし》、金貸しなど金融と合わせて年間一万二千両もの商いを行う谷屋の間口は広く、大番頭を筆頭に手代、小僧、女衆とたくさんの雇い人が働いている。だが、どことなく覇気《はき》が感じられない。

大番頭が帳簿から頭を上げた。

「主《あるじ》の九兵衛どのにお目にかかりたい。夏目影二郎と申す」

影二郎の風体《ふうてい》を見るともなく見た大番頭が言う。

「お約束がないのであれば、この番頭が用件を伺いましょうか」

「丹生川村巌掌寺住職龍海師の紹介じゃ、番頭どの」

「なにっ、龍海御坊の」

大番頭がしばらく考えたのち、

「しばらくお待ちを」

と奥に消えた。長い時間待たされたが、奥向きの女中らしき女が顔を出し、影二郎を奥座敷へ案内した。そこには初老の五代目九兵衛と大番頭が影二郎を待ち受けていた。

「巌掌寺の住職が人を送ってきたことなどこれまでございませぬが」

「勝手に名を借りた」

「あきれましたな」

大番頭が声を上げて店の者を呼ぼうとするのを九兵衛が手で制した。

「どなた様かな」

「そなたらが江戸へ送ろうとした手紙の宛先と関わりの者」

九兵衛と大番頭が息を呑んだ。

「先ほど名主の屋敷で山廻り役人の氷室懸吉、木塚伸三郎に会い、さらに龍海師とも面談いたした」

影二郎は巌掌寺に訴状が託されているのではと見当をつけたが、龍海は寺の座敷を貸しただけとの答えであった。が、彦兵衛と寺で待ち合わせた人物が高山の谷屋九兵衛であることを漏らしたのだ。

「店に戻ってよい」

と九兵衛が座敷から大番頭を下がらせた。

「江戸の指図があって高山に参られたか」

「そう問われても返答のしようもない」

影二郎の表情に答えを見出したように、九兵衛の顔におぼろげな喜色が走った。

「何を知りたいと申されます」

「江戸に送る訴状は名主の彦兵衛とそなたが案文を練ったそうな。名主どのが殺された今、訴状の全容を知るただ一人の人物ということになる」

影二郎の推測であった。龍海はただ、寺で会った人物は九兵衛と漏らしただけだ。

「訴状は寺に預かっていないと住職は申された。あとはそなたのところ……」

九兵衛が顔を横に振った。

「夏目様、訴状がなにかは存じませぬ。そのようなものには連記した者の命がかかっておりましょう。軽々しくは口にできませぬな。それに彦兵衛どのが殺されたあと、この家も陣屋の手先に見張られておりましてな。迷惑を被りました」

と、なかなか心のうちを明かさない。

影二郎は問いを変えた。

「なぜ企ては漏れた」

九兵衛の顔が暗く変わった。

「十三名のなかに陣屋に通じておる者がいるとみたほうがよい」

九兵衛がかすかにうなずいた。

「殺された名主、山役人の二人は省いてよかろう。そなたを含めて残り十名」

「三名と考えてよかろうかと……」

九兵衛は影二郎をさらに試すように答えた。

「まず一番疑わしき人物は二之町の加賀屋太七《かがやたしち》、この者は飛驒の材木を扱いたくて何度も村越様に願い状を出したことがございます。それに御用調達金のことでもめて、郡代屋敷に弱みを握られております」

「二人目はだれか」

「三之町の金貸し、川熊屋《かわくま》の寛吉《かんきち》。高利に目をつけられて陣屋に呼び出されて以来、われらの周りに接近してきた者にございます。三人目の造り酒屋蔵元花錦《はなにしき》の主荘六《そうろく》は、酒の鑑札の書き換えに際して陣屋から叱《しか》られたとかいう噂が飛んでおります」

「三人を疑う理由、ほかにあるか」

「高山陣屋の不正、村越郡代の無能ぶり、元締朝日様への恨みつらみを殊更はげしく口にするところが怪しいといえば怪しい。何度も考えましたが、この三人の他には裏切り者はいないかと思えます」

「それだけではないな」

ちとおかしいことがあると九兵衛は頭を上げて、影二郎を見た。

「元締朝日東蔵様は、なかなか人前には姿を見せぬお方、この三人だけが面識がございます」

「高山を代表する商人の谷屋、そなたもないのか」

「会ってはいただけませぬのでな」

「朝日東蔵は土地のものか」

「飛驒の人間ではありませぬ」

九兵衛はそれだけしか言わなかった。

「美濃屋周左衛門のこと、どう思うな」

「美濃屋様は美濃太田宿の生まれといわれておりますが、どうも違うようで」

「どういうことじゃ」

「それが今ひとつ正体不明にございます。なんでも木曾材を江戸に運び、一代を築かれたようでございますな」

高山商人の谷屋は美濃商人には関心がないような素振りだった。

「谷屋、また会おう」

影二郎はふいに立った。

「用があらば、宮川河原の流れ宿に連絡をくれ」

九兵衛が小さくうなずいた。

三之町の辻に戻ってきたとき、旦那と声がかかった。

昨晩、流れ宿でいっしょだった老巡礼のよねだ。

「おこまさんが陣屋に引かれなすったよ」

「なにっ！」

影二郎が恐れていたことが起こった。

「話してくれ」

「はい。おこまさんは七つ半（午後五時）時分に陣屋前で客を集められて、稼ぎを始められたのでございますよ。あそこは朝市の立つ場所でしてね、大道芸を行っても文句は出ない場所なんです。四半刻《しはんとき》（三十分）もしたとき、腕を三角布で吊った空蝉の百三の奴が十手持ちの赤かぶの半平《はんぺい》親分を案内して飛び出してきましてね、大勢が囲むようにして陣屋のなかへ……急いで流れ宿に戻ったんでございますが、旦那は町に探しに出られたとか、行き違ってしまって……」

「すまぬことをした」

よねは半刻以上も影二郎の姿を求めて探しまわっていた様子だ。一分金を握らせ、

「そなたは宿に戻っておれ」

と宿へ去らせた。

（どうしたものか）

迷った末に宮川を渡って高山陣屋の門前へと歩を進めた。

通りの店はすでに暖簾を外し、表戸を下ろした刻限だ。薬種問屋の前に来たとき、あかの

鳴き声がして、

「待ちな」

と暗がりから、肩幅がいやに張った、赤ら顔の男が姿を見せた。腰の帯には柄に籐《とう》が巻かれた長十手が自慢げに差し込まれていた。あかはと見れば、下っ引きの手に捕縄で括られて引かれている。探していた相手が向こうからやってきた。

「おれの飼い犬をどうする気だ」

「やっぱり水芸人の連れか」

「おまえは」

「赤かぶの半平だ」

「赤かぶ？　漬かりすぎだな」

「言いやがったな」

下っ引きらが影二郎を囲んだ。あかの縄を引いた男は半平のかたわらに立ったままだ。

「陣屋じゅうがおめえを探しているんだ。この半平が女同様にお縄をかける」

「そうそう縄にかけられてたまるものか」

影二郎の左手にいた三下が十手を握り翳すと、

「御用だ、おとなしくしくされ！」

と眉間に振り下ろしてきた。

影二郎の肩にかかっていた長合羽が横に振り抜かれた。畳まれたままの長合羽が棒状に伸びて、二十匁の銀玉が縫い込まれた裾が十手を振り下ろす三下の顎《あご》に命中した。骨が砕ける音が響いて、三下は叫び声も洩らすことなくその場に昏倒した。

「やりやがったな！」

赤かぶも長十手を腰から抜いた。

長合羽はひねりを入れられて、暗くなった虚空に舞い上がり広がった。

蝙蝠《こうもり》が大きな翼を広げたような長合羽が三下を次々に跳ね飛ばすと、裾の一端が赤かぶの半平の猪首《いくび》に絡みついた。

「く、くくっ……」

半平が奇妙な声を上げてもがくと影二郎の手が長合羽を締め上げ、引き倒した。半平はぴくりとも動かない。

一瞬の早業に度肝を抜かれた下っ引きが二人、呆然と突っ立っていた。その一人はあかの首を括った捕縄を持っていた男だ。捕縄を引きずったあかが影二郎の足下にすり寄ってきて、尻尾を振った。

「赤かぶの身柄、預かった。こやつの体、欲しくばおこまと交換じゃと、元締の朝日東蔵に伝えよ。場所は日枝《ひえ》神社の境内、時刻は夜明け前……」

倒れて気絶する親分と仲間をおいて、下っ引き二人が陣屋の方角に走り出した。

影二郎はあかの首の捕縄を外すと半平を後ろ手に縛り、汗臭い体を肩に担ぎ上げた。

四半刻（三十分）後、影二郎とあかは鬱蒼《うっそう》とした日枝神社の境内にいた。

竹柄杓《たけびしゃく》で手洗いの水を汲み、赤かぶの面にかけた。半平は後ろ手に縛られたまま、手洗場の石段に上体をもたせかけられている。

うーん、とうなった半平が意識を取り戻した。月明かりにきょろきょろとあたりを見回していたが、影二郎に気づいて悲鳴を上げた。

影二郎の手には半平の自慢の長十手があった。

「一人では叫ぶことぐらいしかできぬか」

影二郎は十手の先で半平の顎を上げた。

「加賀屋太七を責め上げた」

「それがどうした……」

反応が鈍い。どうやら裏切り者は加賀屋ではないようだ。

影二郎は十手の先で肩口を殴りつけた。

「しっかり聞け。蔵元花錦の荘六が名主の彦兵衛殺しの手引を喋ったぞ」

谷屋九兵衛が二番目に怪しいと見た金貸しの川熊屋寛吉は飛ばした。勘だった。

「畜生、荘六の奴……」

十手で叩かれた痛みと恐怖に、赤かぶの半平は影二郎の誘導に乗ってしまった。

「野郎、締め上げてやる」

「半平、そなたは自分の身を心配することだ」

「そんな脅しにのる赤かぶじゃねえ」

虚勢を張ってみせた。

「元締の朝日に申し入れた。水芸人おこまの身と交換とな」

「そりゃ、無理だ」

と半平が言下に答えた。

「朝日の旦那はおれの身なんぞ、これっぽっちも考えちゃいねえ。計算違いだな」

「ならばそなたの命、この場で散るだけだ」

ふうっ、と肩で半平が息をついた。

影二郎の手の長十手が虚空に飛んだ。

腰を沈めた影二郎は法城寺佐常を引き抜き、闇に一閃させた。

ちゃりん！

月明かりの下に火花が散った。

大薙刀を鍛え直した剣が鞘に納まる音と同時に、半平の股に両断された長十手が落ちてきた。

「そなたの猪首、どれほど頑丈か試してみるか」

半平の両眼が恐怖におののいた。

「た、助けてくれ」

「命がほしくば、元締朝日東蔵について喋ることだ」

「知らねえ」

「そなたが苦しみ悶《もだ》えながら殺してくれと哀願する殺し方を、知らぬわけではない」

影二郎の淡々とした話しぶりに半平がごくりと息を呑み、

「知っていることは一つだけだよ。朝日東蔵は二人いるということだ」

「ほう、おもしろいな」

「いやさ、元締の朝日東蔵様に似た侍を陣屋で見かけたことがある」

「そやつ、何者か」

「時折り江戸から陣屋に姿を現わす侍だということしか知らねえ」

「そなたの首を繋《つな》ぎとめるには不足じゃな」

影二郎は法城寺佐常を鞘ごと腰から抜いた。

「う、嘘じゃねえ、知っていることは喋った」

「七坊主が陣屋に潜んでおろう」

「やつらはもう江戸へ帰ったぜ」

阿片を運びこんだ七坊主はすでに高山から消えたという。

「朝日東蔵について詳しい者はだれだ」

赤かぶの半平は赤ら顔をさらに紅潮させて考えていたが、

「造り酒屋の荘六がなにか知っているかもしれねえ」

と言い出した。

「元締の命で荘六を陣屋に引っ張ったことがある。そのときな、元締がにたりと笑い、荘六が、おまえさんは、と驚きの声を上げたのを見かけたんだ」

影二郎の手の佐常の鐺《こじり》が赤かぶの鳩尾《みぞおち》を突き、赤かぶは再び意識を失った。

朝日東蔵を呼び出した時刻までまだ時間はあった。

影二郎は赤かぶを日枝神社の脇宮の社殿の床下に転がすと、あかに番をしておれと命じた。

おこまは手足を縛られたまま、高山陣屋の御用部屋の朝日東蔵の前に転がされていた。東蔵は三十八、九か。両眼の瞳がどろりとした粘液に包まれたようで輝きが一切ない。それが不気味だった。

「そなたは何者じゃな」

「郡代屋敷の前で大道芸をやって悪いのかい。あたしゃ、浅草奥山の芸人さあね。江戸を食い詰め、旅に出たんだ」

「夏目影二郎なる浪人と旅しているそうな」

「女のひとり旅は物騒だからね」

「ただの鼠ではなさそうじゃ」

「叩いたって打たれたって喋ることはないよ」

廊下に足音がした。

旅仕度の者がずかずかと入ってきた。

「兄者《あにじゃ》、出立する」

なんと朝日東蔵と瓜二つの侍だった。

「渋皮が剝けた女じゃな」

「西次《せいじ》、のんきなことを言っておる場合か。夏目と申す浪人者と旅してきた女じゃ」

「なにっ！」

双子の片割れか、弟がおこまの頭髪を引っつかむとおこまを起こした。

「兄者、この女、水芸人などではあるまい」

「諜者か」

「おそらくは勘定奉行のお手先」

「となると夏目影二郎もその手の者か」

「奉行所の監察方なら、このおれが知らぬことはない」

西次と呼ばれた侍は、無能と評判の勘定奉行が六人の八州廻りを始末して交替させた荒業に刮目《かつもく》して周辺を調べていたのだ。

「夏目影二郎が常磐個人の手の者と睨んでな、碓氷峠で七坊主に襲わせてみた。それがこの始末じゃ。いずれにしても兄者、早々に始末したがいい。手伝うか」

「いや、浪人者の諜者など陣屋の手勢で十分」

「夏目影二郎を侮らぬほうがいい。碓氷峠以来、幾度も苦汁を呑まされ、修那羅山で修行させた七坊主は壊滅状態じゃ。たよりは江戸の伝通院だけじゃ」

「そのことよ、蔵前も気にして早飛脚を送ってこられたのじゃ。そなたは一刻も早く江戸に帰着して、破れたほころびを早々に繕うことじゃ」

「よし、この場はまかせた」

「西次、蔵前によろしくな」

おこまは、勘定奉行所支配下の役人らしい西次の姿が座敷から消えるのを目で追っていた。

「おこま、そなたの口から哀願の言葉が聞きたいものじゃな」

そう言った朝日は手を打つと小者を呼び、拷問蔵に連れていけと命じた。

神明町の広い敷地を高い板塀が囲んでいた。

影二郎は塀に立てた法城寺佐常の鍔に足をかけて難なく塀をよじ登り、蔵の屋根に上がった。切りこまれた天窓を開けると、造り酒屋花錦の蔵に忍びこむ。酒の匂いが染みついた蔵から庭を抜けると、主の住まいと思える一角に出た。

影二郎は谷屋に戻り、花錦の住所を聞き知った。

夏の四つ（夜十時）過ぎ、座敷の白壁に切られた丸障子から明かりが洩れていた。影が一つ、なにか書き物でもしている風情だ。

影二郎は主の荘六と見当をつけた。

雨戸を外した影二郎は廊下に忍び入った。

「番頭さんか」

荘六が声をかけた。

影二郎は黙したまま、障子を開けた。

荘六が両眼を見開き、叫び声を上げようとした。

「谷屋九兵衛どのの使いじゃ」

「九兵衛様がなぜこのような時刻に見知らぬ者を使いに立てられる」

荘六は影二郎の雪駄《せった》に向け、怯えた目をした。

「谷屋の使いではないな」

「七坊主に襲われた彦兵衛の使いと言い直したらどうかな」

懐から両断した十手を出して荘六の前に投げた。

「赤かぶを殺したか」

荘六の声に喜色が混じった。それがふいに怯えに変わった。

「元締の朝日とは古い知り合いじゃそうな」

「知っておるのか」

影二郎は法城寺佐常を抜いた。十手を両断して刃こぼれ一つない豪剣が行灯の明かりに鈍く光った。荘六が身震いした。

「美濃の下呂《げろ》村から一里ばかり山奥に入った雲方《くもかた》集落がわれらの生まれ育った地……」

「そなたも朝日東蔵も美濃者か」

うなずいた荘六が言った。

「東蔵は松吉《まつきち》と呼ばれておった杣人の子」

「松吉には双子の兄弟がおるな」

荘六は身震いした。

「梅次《うめじ》じゃ」

「兄弟が雲方集落を出たのはいつのことだ」

「今から二十五、六年前、松と梅が十一の折りじゃ。父親が枝払い中に木から落ちて亡くなったでな、母者に手を引かれて集落を出たが、この女がまた鄙《ひな》にはまれないい女でな」

「そなたが松吉改め朝日東蔵と再会したはそのとき以来か」

荘六はうなずいた。

「私もな、間もなく雲方から高山に出て造り酒屋に奉公した。働きが認められ、この家の婿養子に迎えられ、これからという矢先に高山陣屋の元締が会いたいと赤かぶの親分が使いにきた……」

「……東蔵はそなたになにを命じた」

荘六は顔を横に振った。

「彦兵衛や谷屋九兵衛らに近付き、彼らの動静を陣屋に知らせろと命じられたな」

「そうしなければ酒造りの鑑札を取り上げると脅された。あの兄弟は幼いころから口にしたことは必ず実行する」

「雲方を去って後、松吉と梅次の兄弟は、江戸に出たのか」

「いや」

と荘六は言い、

「太田宿の美濃屋の店に奉公に上がったはずじゃ。それがどうして高山郡代の元締になったか……」

分からぬと荘六は首を捻った。

ここでも美濃屋周左衛門が顔を出した。

高山で元伐されて川下した材木を一手に請けていたのが美濃屋だ。

「梅次は未だ美濃屋に奉公しておるのか」

「いまの梅次は二本差しに出世したようじゃ」

「名はなんと言う」

「雲方西次……」

影二郎はゆっくりと立ち上がった。

「そなたは、彦兵衛ら高山を改革しようとした同志の方々を裏切った」

「脅されて仕方なくしたこと」

「盗人にも三分の理と申すでな。そなたのことは高山の人に任すのが筋であろう」

「たのむ、言わんでくれ。そうなれば高山では生きてはいけぬ」

四

おこまの長襦袢は汗と血で肌にへばりつき、ささくれた竹棒が胸を背を打つたびに新たな血が飛び散った。

激しい痛みが加えられるたびにおこまの意識は遠のき、水をかけられて再び蘇生した。

「もっと打て、こやつが助けてくれと哀願するまで叩きのめせ」

朝日東蔵の叱咤の声が拷問蔵に響き、新しい竹棒がおこまの二の腕から血を噴き出させて、失神した。

「水をかけろ！　手緩《てぬる》いわ、おれが責める」

意識を回復させられたおこまに朝日東蔵の容赦ない打撃が襲った。

「元締！　これ以上の責めは命を落としかねません」

交替させられた責め役が朝日を諫《いさ》めた。

「かまわぬ」

非情の言葉に拷問蔵の隅で震えていた赤かぶの半平の子分が、

「朝日様、おねがいでございます。親分の身柄と交換する女だ。命だけは助けておくんなさい」

と哀訴した。

「くそっ！」

朝日が竹棒を投げ捨てた。

「半平との身柄交換のときまでこやつの命、なんとか長らえさせておけ」

朝日がそう命じると拷問蔵を出ていった。

責め役に役人が重い溜め息をつき、蔵の梁《はり》から縛り吊したおこまの体を三和土《たたき》に下ろした。

弱い息が荒く変わった。

「もはや手遅れかな」

おこまをその場に残し役人たちは蔵の外に出ると交替で水を飲んだ。

拷問蔵の天窓が押し開けられたのはその時刻だ。数人の人影がするすると縄を伝っておこまのかたわらに降りた。虫の息のおこまの耳に知った声が届いた。

「姐さん、気をたしかに持ちねえ」

蝮の幸助の激励におこまが無意識にうなずき、おこまの体は天窓へと吊り上げられていった。


夏目影二郎は日枝神社の境内において夜が明けていくのを見ていた。

朝日東蔵は誘いに乗らなかった。

(おこまはどうしておるか)

「旦那、山役人なんぞをおれたちの周りにうろうろさせないでくれねえか」

振り向くと蝮の幸助が社殿の回廊に立っていた。

「流れ宿に戻りねえ」

影二郎が蝮を見た。蝮の顔からは予断を許さぬ事態が読みとれた。

「十手持ちは置いていきねえ。始末はこっちでつけよう」

足下に転がった赤かぶの半平を蝮は顎でしゃくった。

影二郎はうなずくと宮川へと歩み出した。

あかが従った。

「旦那、わっしらは明晩素源寺に突っこむぜ」

影二郎は小さく頭を振った。

宮川の流れから朝靄《あさもや》が高山の町へと這い上がっていた。

流れ宿の板敷きにぼろ布のようなおこまが寝かされ、医師が必死で治療にあたっていた。部屋のあちこちから泊まり客の男女が無言のままおこまの様子を見守っていた。

「旦那……」

主の作五郎が、小屋に戻ってきた影二郎に目を止めた。

「どうだな」

影二郎はおこまのかたわらに膝をついた。おこまの全身には拷問の痕が数えきれないほどに残されていた。潰れかけた双眸をうっすらと開けたおこまが影二郎の姿を求めた。

「え、影二郎さま」

とおこまは言った。

「なにも喋りはしませぬよ……」

「分かっておる、おこま」

「……く、蔵前がなにか事件と」

うわ言のように絞りだした。

(蔵前とは……)

影二郎がおこまの手を取るとわずかに力がこめられ、握り返された。そして再び意識が途絶した。

「お医師、どうじゃな」

「若いゆえなんとか心の臓が持っておる。これだけの傷じゃ、なんとも言えぬ。そなた、神信心なされるのなら祈ることじゃ。わしは手を尽くした」

影二郎はうなずいた。

医師が立った。

影二郎は作五郎に懐の財布を渡し、治療代の支払いを頼むと言った。

板の間の片隅から御詠歌が漏れてきた。老巡礼のよねがおこまの治癒を祈る声だ。

「そなたら、仕事のある者は出かけてくれ。旅を急ぐ者もこの場はかまわぬ」

影二郎の言葉にだれも立とうとはしなかった。

「旦那、袖振り合うも他生《たしょう》の縁というぜ。おれっちがここにいたからって何の役にも立つまいが、いさせてくだせえ」

願人坊主の真玄が泊まりの者を代表するように言い、皆もうなずいた。

医師の治療代を支払った作五郎が財布を影二郎に返そうとした。

「作五郎、酒をみなに振る舞ってくれ。稼ぎをふいにさせたおれの気持ちだ」

うなずいた作五郎が、

「旦那は鳥越のお頭の知り合いでしたな」

と聞いた。

「手紙が届いておりますよ」

懐から封書を差し出した。

弾左衛門を経由して届けられた父秀信からの手紙であった。

影二郎はおこまの枕元で封を開いた。

〈信濃中野領及び越後川浦領差し出しの書簡落手《らくしゅ》致し候。岡本次郎左衛門、平林熊太郎の両代官処断の件、承知仕り候。新代官に小普請より佐々木丙蔵《ささきへいぞう》、高城直春《たかぎなおはる》両名を選び、近々任地へ赴任させる所存。そなた様には飛騨高山へ向かわれるとか、御身大切に活動の事、祈念致し候。最後におこまの件、それがしがそなた様の助けにならんと送りこみし女に候。なにとぞ江戸まで同道されん事を願い上げ候〉

青海宿から出した手紙はまだ読んではいない様子だ。それにしても父の軽率に怒りを感じた。息子の助けにと密かに送りこまれたおこまは生死の境を彷徨《さまよ》っていた。

「旦那」

憤激を呑んだ影二郎の前に作五郎が怖々と茶碗酒を差し出した。

影二郎は酒を口に含んだ。

それを待っていたように男たちが酒を茶碗に注いだ。

宮川の瀬音と老巡礼の御詠歌のあいだから、

「東西東西、江戸は浅草奥山の芸人、水嵐亭おこまの水芸にございます。ご用とお急ぎでない方もある方も、一期一会《いちごいちえ》のご縁にございます。まずは小手調べ。あらふしぎ、夏の夕暮れ、白扇から一筋二筋の水が中空へと立ち昇りましたら、ご喝采……」

とおこまの艶《つや》のある口上が聞こえてくる幻聴を影二郎は感じていた。

その日、影二郎はおこまのかたわらで黙したままに酒を口に含み続け、ついには酔い潰れて寝入ってしまった。

目を覚ましたのが日が落ちた後、五つ（午後八時）の頃合だ。

おこまの息はわずかながら規則正しいものに変じていた。が、弱いことに変わりはなかった。板の間には影二郎同様に昼酒に酔って寝こむ者、いまだ御詠歌を唱え続けるよねと、それぞれがそれぞれのやり方で仲間の身を案じていた。

影二郎は河原に出ると宮川の流れで顔を洗った。無精髭がざらついたがそのままにしておいた。小屋に戻り、柄杓で水を呑んだ。

「作五郎、願いがある」

影二郎が作五郎に顔を向けた。

「それがし、これより陣屋に出向く。おこまのこと、そなたらにたのみたい」

「それはかまいはしねえが」

と作五郎が不安げな顔を向けた。

「おこまの借りは返さねば」

一文字笠を被るとあかが土間から立ち上がった。

「あか、おこまのそばに付き添っておれ」

法城寺佐常を着流しの腰に落とし差しにした。

「お気をつけて」

作五郎の言葉を背に河原を下った。

飛驒、美濃、加賀、越前にある幕府直轄領十一万四千五十二石を支配する高山陣屋の表門は大きく開け放たれ、かがり火が赤々と燃されて、槍を持った門番たちが緊張の面持ちで警戒にあたっていた。

影二郎が陣屋の門前に立ったとき、

「夏目様……」

という声がした。

山廻り役人の氷室懸吉がその顔に緊張を刷《は》いて立っていた。

「お供致します」

「そなたの役目はご先祖が植えられた御用木を育てることじゃ」

「その御用木が危機に瀕しておりまする」

「血に染めた手で木が育てられるか」

氷室が歯噛みして言った。

「朝日東蔵は町人上がりなれど、江戸で剣を極めた腕と噂されております」

うなずいた影二郎は、

「木塚伸三郎はどうしたな」

「素源寺に張りついております」

「忠治の掃除ぶりを見物か」

影二郎がそう言ったとき、夜空に花火の音が轟いた。

高山の町が赤く染まるような花火だ。

さらに鉄砲らしき音が響いた。

陣屋が急に騒がしくなり、馬の嘶きや叫び声がこだました。

三之町の方角から走ってきた小者が門前で喚いた。

「忠治一家と名乗る渡世人に素源寺が襲われてございます！」

注進に陣屋はさらに緊迫した。

騒ぎに町家の衆も陣屋前に飛び出してきた。

捕物仕度も物々しい手付、手代、小者などが、鉄砲、突棒、刺股、袖搦《そでがら》み、打込を手に門前に現われた。そしてゆったりと歩いて元締朝日東蔵が姿を見せた。右手は懐手をしたまま、左手で顎の無精髭を抜いている。

「郡代様、ご出陣！」

騎乗の村越大膳は馬の鞍にちょこんと座り、鞭を手にしていた。そして貧相な顔の半分を陣笠が覆っている。鞭を振り上げ、

「やくざ者など一網打尽じゃ。いざ、出陣！」

と甲高い声を張り上げた。

影二郎が、走りだそうとする馬前に孤影を運んだ。

「高山郡代村越大膳、幕府役人の任務をないがしろにしたばかりか、私腹を肥やす不正の数々、許し難し。捕縛して江戸に送る必要もあらじ。夏目影二郎がこの場において始末してくれる」

捕り方が影二郎に殺到して囲んだ。

「元締、江戸から送りこまれたという隠密はこやつか」

朝日東蔵が捕り方を分けて影二郎の前に進み出た。

相変わらず右手は懐手のままだ。

影二郎と朝日は五間《けん》の間で対峙していた。

「念のために聞きおく。おこまを責めて半死半生に遭わせたのはそなたじゃな」

「間抜けどもが逃がしやがって」

「許さぬ！」

影二郎が血を吐くような声を絞り出した。

「夏目影二郎の亡骸が陣屋前に転ぶが先じゃ」

朝日東蔵が影二郎の左手に横走りした。

影二郎は右手に回った。

襟の合わせから懐手が突き出された。短筒《たんづつ》の銃口がのぞいたとき、影二郎の手は一文字笠に差しこまれた唐かんざしを摑んでいた。

影二郎は銃口から噴く火花を見ながら、唐かんざしを抛《なげう》った。

銃声と痛みは同時だった。

影二郎はもんどりうって転がった。

右腿に火が走っていた。

立ち上がろうとした。が、足がもつれて立ち上がれない。

唐かんざしを右肩口に突き立てた朝日が罵り声を上げると、抜き捨てた。

影二郎は鞘ごと法城寺佐常を抜き、それを支えに立ち上がった。

視界が揺れた。

揺れる視界に朝日が剣を抜き差しにして肩に担ぎ、突進してくるのが見えた。

右手で佐常の柄を摑んだ。

「死ねっ！」

朝日東蔵が伸び上がるように剣を中空に突き出し、振り下ろした。

体を支えていた法城寺佐常二尺五寸三分を抜き上げると、影二郎の身は前に流れた。流れながらも剣士の本能がすり上げていた。

朝日の剣が左肩をかすめ、影二郎のすり上げた先反りの豪剣が朝日東蔵の腹部から胸部を深々と割っていた。

影二郎の眼に朝日が突んのめって倒れるのが見えた。

「不埒者を捕らえよ！」

村越郡代の声が響いて捕り方が動こうとしたとき、氷室懸吉がその前に立ち塞がった。

「夏目様を捕縛するというのなら、金森氏以来の山廻り役、氷室懸吉の屍を乗りこえていかれよ！」

「さよう。この谷屋九兵衛の亡骸もな、差し出しましょうぞ」

高山を代表する商人谷屋九兵衛も氷室のかたわらに立った。するとと見物のなかから一人ふたりと、

「われもじゃ」

「この私も殺せ」

と名乗り出た。この思わぬ反抗に役人たちは躊躇した。

「郡代の命が聞けぬのか！」

錯乱した村越が馬腹を蹴って氷室らに襲いかかろうとした。

よろめき立っていた影二郎の意識が一瞬覚醒した。法城寺佐常を脇構えにしながら馬前に走った。すると馬が棒立ちに後脚で立つと村越を振り落とした。

「わ、ああっ！」

尻餅をついた村越はよろめくように立ち上がった。

「村越大膳、そなたの悪運もこれまで！」

影二郎は法城寺佐常を両手に握り替え、大上段に振りかぶると、陣笠を目掛けて振り下ろした。眼前で村越家の紋の入山形《いりやまがた》が真っ二つに割れた。

影二郎の意識がうすれ、地面がゆっくりと目の前に迫ってきた。

影二郎が意識を取り戻したとき、すべては終わっていた。

「ここはどこか」

と付き添いの女に影二郎は聞いた。

「谷屋の離れにございます」

「水をくれぬか」

女は影二郎を起こすと水を飲ませ、部屋を去っていった。入れ替わりに九兵衛が顔を見せた。

「夏目様、やれ、安心しましたぞ」

「何日、厄介になっておるのかな」

「三日でございますよ」

そういった九兵衛の顔に笑みが漂った。

「おこま様はなんとか命を取りとめられました。お節介とは思うたが、昨日のうちに医師を伴わせて平湯に移しましたぞ。傷にはなんといっても温泉治療に勝るものはないでな」

「いろいろ造作をかけたな。で、郡代屋敷はどうなった」

「古い手代たちが中心になって立て直しを図っているところにございます。江戸から新しい郡代様が赴任してこられるには間がありましょうな」

九兵衛は、床の間に目をやった。法城寺佐常、一文字笠、南蛮外衣、懐中物があった。そのかたわらに分厚い封書が置かれてあった。

「江戸へお届けいただけますか」

「訴状か。どこにあった」

「彦兵衛どのが七坊主に襲われた時点では訴状など存在しておりませぬ」

「なんと」

「十三名の同志の中に裏切り者が混じっておることを、彦兵衛どのも私も察しておりました。ゆえに氷室と木塚の両名が山を下りてくるぎりぎりまで書かぬ約束でな、他の者には書いたような素振りを見せただけ」

高山の町人は老獪《ろうかい》だった。

「素源寺はどうなった」

「忠治親分はなんとも手際のよいことで……陣屋の手下や生臭坊主を退治なさると、客たちは裸にして放り出し、奇怪な館には火を点《つ》けられましてな。灰燼に帰しました」

高山陣屋での忠治一家の稼ぎはおそらく数千両には達しているであろう。忠治はその金をなにに使おうというのか。

「あっ、そうそう、忘れておりました。十手持ちの赤かぶと空蟬のなにやらとかいうやくざ者の死体が宮川に浮かびました。町では忠治親分の仕事ともっぱらの噂……」

あ　ほらほらほらー　早乙女衆が
けつをならべてとんとんとんとん
あ　ほらほらほらー
うちのおやじの　しんがい田じゃで

三株一把なるように

馬方が歌う丹生川村の田植え歌が飛騨道にのどかに流れた。

高山から堤、足立、大手村、平湯を辿って安房峠に向かう山道に、馬の背に揺られる夏目影二郎の姿があった。従うは山廻り役人の氷室懸吉と木塚伸三郎だ。そして馬の後先になってあかが行く。

能登湾でとれた越中鰤は高山を経由して負荷の背で松本に運ばれ、飛騨鰤と名を変える。この飛騨道も鰤街道なのだ。

安房峠の頂きに到着した。

九兵衛は影二郎の急な帰京が止められないと知ると、江戸まで通し馬を用意してくれた。

その馬の背を降りた。銃創の痛みは残っていたが踏ん張れないことはない。

平湯の旅籠でおこまと再会した。おこまが受けた拷問の傷にはかさぶたができて、回復の兆しを見せていた。影二郎の訪問におこまはうれし涙を両眼に浮かべて、

「影二郎様、お役に立てずに申しわけございません」

「いや、そなたは蔵前の一件を探りだしたではないか」

おこまは見聞きしたことをあらためて告げた。

「ようやった。今は養生第一にて、一日も早く江戸に戻ってこい」

「また会っていただけますか」

「父の手下《てか》では拒むわけにもいくまい」

おこまがうれしそうに笑った。

氷室と木塚は安房峠から引き返す。三人は用意した酒を酌み交わした。

「夏目様、花錦の主が蔵のなかで首を吊って死んでいたそうで」

氷室が言い、木塚が付け加えた。

「高山を裏切った者は高山では生きてはいけませぬ」

久しぶりの酒が胃の腑に落ちて、酩酊にゆらゆらと漂った。

「そなたらは山に戻るか」

「はい、木と暮らす仕事を続けます」

うなずいた影二郎は、

「名残りは尽きぬがこれで別れじゃ」

と馬の背に戻った。

行く手に入道雲があった。さらに暑くなりそうな天気だ。

「夏目様、さらばにございます」

「お気をつけて」

「そなたらもな」

馬方が馬首を信濃へと向けた。
あかが番《つが》いの赤蜻蛉《あかとんぼ》を追って馬の前を走っていった。

第六話　深川大炎上

一

夏目影二郎とあかは、安房峠から梓川《あずさ》沿いに安曇村を経て松本宿へ下った。高山、松本宿二十五里（約百キロ）に五日をかけたことになる。松本から、谷屋九兵衛に宛てた礼状を持たせた馬方と馬を高山へ戻した。馬の背で楽をするよりも自分の足で歩いたほうが回復が早いと考えたからだ。

徒歩になった初日、松本宿を早発《はやだ》ちして塩尻《しおじり》宿泊まり。わずかに三里あまりしか歩けなかった。だが、二本の足で歩く壮快感は馬の背で楽をしていては味わえぬ。下諏訪宿で二日滞在して名物の温泉に浸かって静養したのが効いたか、影二郎の体力は見る見る元に復した。日一日と距離を延ばし甲州《こうしゅう》路の風景を楽しみながら、新宿大木戸を潜った。

江戸は秋の気配を見せていた。

懐かしい長屋の匂いを嗅いだあかが吠えた。

あかの吠え声に腰高障子《こしだかしょうじ》が開いて、若菜の白い顔がのぞいた。

「戻ってきたのね、あか」

走り寄ったあかを、若菜が両腕に抱きとめた。尻尾を千切れんばかりに振って喜ぶあかの背を撫でた若菜の顔が上がって、影二郎を見た。

「お帰りなさいませ」

若菜の両眼にこんもりと涙が盛り上がり、頬を伝ってこぼれた。

「壮健に暮らしておったか」

「はい。時折り御前様から書状を頂き、影二郎様が旅をしておられると知らせて頂きました」

「伊津どのは元気か」

あっ、と狼狽の声を発した若菜は、

「うれしさのあまり迂闊《うかつ》なことでした」

と慌てふためいた。

勘定奉行所帳面方尾藤参造の母の伊津を、影二郎は長屋に住まわせていたのだ。

「留守か」

若菜の背後に人のいる気配がなかった。

「いえ、あちらに」

若菜が路地をはさんだ奥の長屋を差した。

「たまたま左官の長七《ちょうしち》さんが引っ越されました。伊津様がそのあとに住みたいと申されたのでございます」

伊津は影二郎が戻ってきたときのことを心配したようだ。

「挨拶しよう」

ごめんと声をかけ、障子戸を開けると、上がりかまちに伊津が座していた。どうやら影二郎と若菜の会話が聞こえていたとみえる。

「ただ今戻りました」

「お役目ご苦労にございます」

役人の母であった伊津は丁重に影二郎を迎えた。

「つつがなく過ごされたか」

「若菜様がたびたびお訪ねくだされて、なにからなにまで」

伊津は熱い茶を淹《い》れると言って三和土《たたき》に下りた。

影二郎は、伊津に代わって部屋に上がった。六畳間の隅には布団がたたまれ、壁際の小机に位牌があった。深川極楽島の堀に浮かんでいた参造のものだ。

影二郎は位牌の前に座すと線香に火を点け、合掌した。

「伊津どの、参造どのの死は無駄ではなかった」

影二郎の言葉に伊津が驚きの顔を向けた。

「このたびの御用と参造の死に関わりがございますのですか」

「江戸を出るときは、はっきりとはしなかった。それがつながったのじゃ。いまはこれだけしか申せぬ」

「伊津様」

と若菜が顔をのぞかせ、

「今晩はぜひごいっしょに夕餉《ゆうげ》を」

と申し出た。

「それはようございますな」

女たちがいそいそと買い物の相談をするかたわらで影二郎は、秀信との面会のことを考えていた。

夕暮れの刻、一文字笠に着流し姿の影二郎は御厩河岸之渡しで大川を渡った。左岸沿いに上流へと三、四丁ほど歩き、天台宗高竜山明王院普賢寺の山門で足を止めた。

古雅を漂わす寺門を潜ると庭じゅうに萩《はぎ》の花が乱れるように咲いて、茜色の残照を浴びている。影二郎は、愛らしさの中に哀れさを秘めた花に、平湯で治療にはげむおこまの面影を重ね合わせた。

影二郎が江戸への帰着を知らせると秀信が面会の場に指定してきたのが普賢寺であった。

花桶を手にした小僧が姿を見せた。

「夏目瑛二郎様ですね」

うなずくと、

「御前様はあちらにおられます」

と本堂の横手を差した。

常磐豊後守秀信は影二郎が近づくのも気付かぬ様子で、一基の墓の前に黙念と立っていた。

「父上」

影二郎の呼びかけに顔を向けた秀信の双眸は潤んでいた。

「おこまの具合はどうじゃな」

「なんとか命を取りとめましてございます」

平湯で治療するおこまの様子を秀信に語り、聞いた。

「この墓所は」

「おこまのご先祖でな。父親は奉行所に仕える監察方、わしが役所で信をおく数少ない人物じゃ」

秀信は菱沼家の先祖におこまの救命を祈っていた様子だ。

「そなたを信濃に派遣するにあたって、だれぞ助勢を出そうと思った。監察方の父親に相談すると、影仕事は秘密の順守はもとよりのこと、路傍に命を捨てる覚悟が要りまする。わが娘なれど、幼きころより手塩にかけて監察の心得を教えこんで参りました。とおこまを推薦してくれたのじゃ」

影二郎はおこまの一件で秀信を問い質《ただ》そうと言葉まで考えてきた。だが、おこまの危難に動揺する秀信に接したとき、怒りの言葉を呑みこんでいた。

幕府の官僚としてはいかにもひ弱だった。だからこそ、老中大久保加賀守忠真は、言いなりになる勘定奉行として秀信を推挙したのだ。だが、秀信は、大久保の傀儡《かいらい》にはならなかった。そのため大久保は辞職に追いこまれていた。

影二郎と秀信が対面した普賢寺の奥座敷からも庭に咲く萩の花が見えた。

小坊主が酒と精進料理を載せた膳を運んでくると二人だけになった。

影二郎は秀信の杯に酒を注いだ。親子が酒を酌み交わすのは初めてのことだ。

「ご苦労であったな」

秀信が改めて労いの言葉をかけた。影二郎は目礼で応え、酒を飲み干した。

「御用いまだ道半ば……」

秀信がうなずいた。

「ともあれ帳面方尾藤参造が疑いを抱きし岡本次郎左衛門が代官の中野領、平林熊太郎が監督する川浦領、それに村越大膳が郡代の高山陣屋の一連の腐敗事件と、加賀様の行列を探索していた八州廻り浜西雄太郎の行方不明の事件が結びつきました」

「尾藤と浜西は敬愛する学問の師がいっしょなのだ。渋谷《しぶや》村に住まわれる白井佰尉《しらいはくじょう》先生と申されてな、経済から朱子学までをこなされる正義漢、硬骨漢として知られた人物じゃ。この白井塾には、先生の博識と人柄を慕って全国から英才たちが集まってくる。尾藤が中野、川浦、高山の幕府直轄領の風聞を耳にしたのも、この塾の生徒からじゃそうな。そこで勘定所の帳簿を調べてみると数字面はぴたりと合ってなんの問題もない。そこがかえっておかしいと尾藤は考えた……」

秀信は唇を舌で嘗《な》め、言葉を継いだ。

「折りも折り、同窓の浜西が八州廻りに就任した。二人は渋谷村からの戻り道、幕府の行く末や天保の改革を話し合ってきたそうな。浜西は尾藤を通して、勘定奉行所が管轄する複数の代官領の悪政と不正を知っていたようじゃ……これらのことはそなたを旅に出したのち判明したこと」

と秀信は断りを入れて語を継いだ。

「尾藤は、疑惑の代官領を結ぶ人物に勘定奉行所内で見当をつけていた。そんな折り、尾藤は深川極楽島でその者を見かけたことになる……」

〝おたかの旦那〟と遊女のおけいが呼んだ人物だ。

「尾藤参造は、その者の周辺に探索を集中させた。そして、確信を得た尾藤は無謀にもその者と極楽島において対決、問い質したのではないか。このへんは尾藤が言い残さなかったため推測するしかないが」

影二郎はうなずいて答えていた。

「相手の方が老獪、巧妙だったのです。対決した相手は尾藤の詰問《きつもん》に正直に答えたと思います。尾藤を殺すつもりで認めたのです。しかしすぐには行動しなかった。尾藤に疑惑を知る仲間がいるかどうか、慎重に見極め、浜西雄太郎の存在を知ったのです。尾藤は、幼馴染《おさなじ》みのていの飼い猫の首輪の中のおみくじに、対決の相手が認めた疑惑の三天領の郡代、代官の名を書き残した……その直後、尾藤は惨殺された。残るは浜西一人だけです。父上、浜西はひょっとしたら、加賀様の御行列に誘いこまれたのではありませぬか」

分からぬ、と秀信が首を振った。

「浜西は八州廻りの管轄地を越境してでも、友人の尾藤の嗅ぎつけた不正を明らかにしたかった。安中宿で老練な十手持ちの三右衛門を道案内に立てたとき、すでに信濃領への越境を覚悟していたと思えます。浜西と三右衛門は、三右衛門の兄弟分、富田村の笹三を訪ねたとき、中野代官領でなにが行われているか承知していて、確認に行っている。このとき、浜西らは、手下《てか》たちが加賀様の雇足軽たちを見張っていることを言い残してもいる」

「そなたの話によれば、浜西は八州廻りの管轄地を越えたところで殺されている運命にあったように聞こえるが」

影二郎はうなずくと聞いた。

「父上、奉行所に〝おたか〟という姓の役人はおりましょうか」

「勘定奉行所は四人の奉行が公事方、勝手方とそれぞれ分担するでな、すべての役人の顔や名など覚えられるものではない」

「今ひとり、雲方西次はいかがで」

秀信は顔を横に振り、

「事件の中心人物か」

「いえ、〝おたか〟も雲方もおそらく中心人物ではありますまい」

「そなたにはその人物が浮かんでおるのではないか」

影二郎は懐から飛驒高山の谷屋九兵衛が書き記した訴状を秀信に渡した。秀信は巻紙の訴状を長い時間かかって読んだ。

ふいに秀信は顔を上げた。

「手広い商いをなすという美濃屋周左衛門の名、江戸では聞かぬな」

「中野領では、陣屋の敷地に極楽島とみまごう悪所を設けて金を吸い上げておりました。これは江戸の深川極楽島と中野陣屋の遊幻亭と宿主が同じと考えたほうが分かりやすい。また川浦領では、青苧、越後上布の売買を代官所が一手に引き受け、江戸に流していた。さらに高山陣屋支配の天領が散在する加賀藩内へ阿片を送りこみ、高山では、悪所ばかりか、幕府の御用材の等級を不正に下げて、その差額を詐取した。代官領に資金を提供し、海外から密輸したと思える大量の阿片を天領地へと運び、殺人集団の七坊主を操っては組織を守り、青苧や材木など物産を江戸でさばく……これほど大がかりな不正は一代官の知恵と裁量でできるものではございませぬ」

「美濃屋周左衛門、早々に調べる」

「関わりがあるとすれば、蔵前……」

影二郎はおこまの探索の成果を秀信に告げ、話を転じた。

「父上、それがしは碓氷峠でいきなり七坊主に襲われました。役所内で父上とそれがしの関わりが洩れた気遣いはございませぬか」

「そなたからの手紙をもろうて密かに周辺に目を配ってみた。だが、わしとそなたのことを知る者の見当がつかぬのじゃ」

七坊主は、夏目影二郎が浜西を追って碓氷峠を通過することを承知していた。秀信の影の仕事を影二郎が務めていると推測した人物が襲撃の命を下したということではないのか。

「そなたが修那羅山にて回収した、焼け残りの書状じゃがな」

書状の焼け残りの部分には、修那羅山で修業する七坊主に宛てた差出人の名があった。

江戸無量山伝通院訓導井筒天光坊という肩書きだ。

「江戸の無量山伝通院といえば、まずは小石川《こいしかわ》が有名じゃ」

秀信は言葉をいったん切った。

「小石川伝通院は了誉《りょうよ》上人によって応永二十二年（一四一五）に開基され、慶長七年（一六〇二）には徳川家の伝通院廟地として、六百石の朱印をいただく由緒正しき寺領として知られておる。この本山は山内に二十二もの学寮があり、これを三谷に分かちて東谷の学寮、西谷の学寮、中谷の学寮と呼び習わす、浄土十八檀林《だんりん》の住職を養成する機関である。学僧らは衣服飲食すべてのもの一切を自力で整え、朝は粥《かゆ》三椀に香の物、昼は飯三椀に汁一椀、夕は飯三椀に香の物、他の食物が学寮に入るを許さぬきびしい決まり……日常の経費を賄うには日々托鉢《たくはつ》する寺法で、晴雨にかかわらず勤めに励むそうな。この托鉢、七つ（朝四時前）の鐘を聞くを合図に、二十二の学寮より出でし学僧、山内の広場に参集して整列し、一組五十余人三組に分かれて、町に駆け出る。その出で立ちといえば、網代笠に墨染めの破れ衣を身に纏い、素足にて手には拍子木《ひょうしぎ》を持ちて、府内を早足にて徘徊する。托鉢は三里四方を以て基となし、東に行くも北に走るも三里以内を引き返すことを許さず、晴雨にかかわらず暮れ六つ（午後六時）まで駆け通し、喜捨の家に立ちたるときのみ足を止めて、笊《ざる》に投げ入れられし銭一文ごとに一同拍子木を打ち鳴らして『南無阿弥陀南無阿弥陀南無阿弥陀』と三遍繰り返す。帰寮の後は沐浴《もくよく》してただちに修学に入る。これを七坊主というそうな」

「殺人に手を染める破戒僧どころか、信心深い修行僧の一団ですな」

「うーむ、人を介して伝通院に井筒天光坊なる者のこと問うてみた。すると不埒なことが判明した。今からおよそ十数年も前、小石川伝通院の垂雲《すいうん》なる七坊主が托鉢の最中、下板橋宿にてにわかの腹痛にもだえ苦しむを旅籠奥州屋の主が親切にも家に運びこみ、一夜泊めたそうな。その折り、抱え飯盛《めしもり》のひな女《め》が看病したがきっかけで垂雲は破戒の途に進み、ついに伝通院の知るところとなって小石川無量山を追われた。こやつが十年も前に名を井筒天光坊と改名して、隅田《すみだ》村の破れ寺を買い取り、無量山伝通院学寮を開いた」

「寺社方がよう黙認なされておりますな」

秀信は溜め息をついた。

日本じゅうの社寺、社寺寮の住民、神官僧侶、楽人、連歌師《れんがし》、陰陽師《おんみようじ》、古筆見《こひつみ》、碁、将棋の類いを監督するのは三奉行のひとつ寺社奉行である。この寺社奉行は五万から十万石の大名から選ばれた。

「ただいま寺社奉行には越後長岡藩主の牧野備中守忠雅《まきのびっちゅうのかみただまさ》様ら四大名が就任されておられる。このうち隅田村を担当なされる先任の牧野様じゃ。幕府の根幹が弱体化して、天保の大飢饉が続く最中、取締りの目がとどかぬこともあろうが、それがしには牧野様がわざとお見逃しなされていると見受けられる」

秀信は金が動いていると言外に臭わせた。

「隅田村の伝通院学寮はだれぞが背後にあって金を出し、目的を持った殺人僧侶集団に仕立て上げられたものと思われる」

「その荒行の場が信濃の修那羅山というわけでございますな」

秀信と影二郎は沈黙したまま、顔を見合わせた。

いまだ解明されないことばかりだ。それが二人の気持ちを重く塞いでいた。

「瑛二郎、どこから手をつける」

「まずは隅田村無量山伝通院あたりを突ついてみます」

秀信はえたりとうなずき、得意げに言った。

「今も隅田村の伝通院門前の花屋に老練な監察方を千代三《ちよぞう》の名で住みこませ、寺内の出入りを見張らせておる」

この寺を会見場所に指定したのは影二郎の行動を読んでのことのようだ。影二郎は会釈をすると立ち上がった。

「極楽島の始末、町方に任せてよいな」

面倒には関わりたくないと秀信の顔には書いてある。

「父上、尾藤参造は極楽島で殺されたのですぞ」

「じゃが江戸府内は町方の管轄」

「あの島は、まずはそれがしの手で潰します。その後、町方が入るは勝手次第。それが、務めに殉じた尾藤、浜西らの供養にございます」

「それはそうじゃが」

秀信の返答には今ひとつ力がない。

「瑛二郎、それがしを勘定奉行に推挙なされた大久保加賀守様が辞職なされたことはそちも承知じゃな」

無役が長い秀信を勘定奉行に就けて背後から操ろうとした大久保は天保八年（一八三七）秋、老中を辞職させられていた。

「交替で老中に新任された播磨竜野《はりまたつの》藩主脇坂中務大輔安董《わきさかなかつかさだゆうやすさだ》様はな、大久保どのとも水戸様とも昵懇《じっこん》の間柄じゃ」

大久保という目の上の瘤《こぶ》がとれたというのにまた新たな障害が生じたというのだ。それが弱気な秀信に戻していた。

「父上、町方と交渉されるはそれがしが島に入ったあと。しかとお願い致しましたぞ」

影二郎が普賢寺を出ると、五つ（午後八時）の鐘が大川の水面に響いて伝わってきた。

二

無量山伝通院の寺門は毘沙門天《びしゃもんてん》多聞寺の山門と肩を並べるように隣接して、花屋はその門前にあった。隅田村界隈には寺社がそうあるわけではない。土地の百姓が片手間に商いをしているといった風情だ。

勘定方探索として潜りこんだ千代三は、もはや休んだか、明かりもなく闇にひっそりと沈んでいた。裏手に回った影二郎は戸口を探しあてた。

「どなたかな」

訪問者の存在を察知した声が誰何《すいか》した。

「夏目影二郎……」

がさごそと起き上がる気配がして明かりがぼんやりと点った。

「お入りくだされ」

侍言葉が言った。錠は下りていなかった。

影二郎が身を屈《かが》めて小屋に入ると、初老の男が狭い板の間に座して迎えた。

「かような時間にすまぬ」

「夏目様、ご苦労に存じます」

影二郎は相手の顔を見返し、

「そなたはわが長屋に参ったことがあったな」

尾藤参造の事件を探索するように秀信の使いをした武士であった。名はなんと名乗ったか、影二郎には思い出せなかった。うなずいた監察方は、お奉行には、と問い返した。

「会うた。そこで、伝通院寺房の七坊主の面を見に参った」

「先頃八名の七坊主が帰山しまして、三十数名が棲み暮らしております。帰山した小頭の一人は、首筋に傷痕を残しております」

「越後の名立の浜でおれが斬った毛抜の眼覚と申す者であろう」

監察方は合点した。

「破戒僧の井筒天光坊が率いる七坊主は、托鉢で身過ぎを立てているわけではあるまい。背後にいる人物の見当はまだつかぬか」

監察方は悔しそうに首を横に振った。

「ただお奉行にも申し上げておらぬことが……七日前の日没後のことにございます。旅仕度の侍が寺門を潜りました。勘定奉行所にはそれがしのような監察方が身分を不明にして動いておるものもおりまして、なかなか複雑なものでございます。それがしが寺門で見かけたのは御鷹方《おたかがた》の一人に風貌が似ておりましてな」

「御鷹方とな」

影二郎の胸が鳴った。

「勘定奉行支配下には、将軍家の御鷹狩りや鹿狩りに関しての諸経費を受け持つ担当がおります」

影二郎が初めて知ることだ。

御鷹屋敷は評定所にある勘定奉行の役所にはなく、駒込千駄木《こまごめせんだぎ》と雑司ケ谷《ぞうしがや》に御鷹匠の組屋敷があった。この諸費用を受け持つのが御鷹方である、と千代三は説明し、話をさらに進めた。

「夏目様、幕府の財政会計を扱うのが勘定奉行所勝手方でございます。いまひとつ幕府の財政を司るところに老中所管の勘定所がございます。この勘定所を直接支配するのも勘定奉行所勝手方と、二つに分かれた財政管理を一本化してございます。が、相手はなにしろ老中直属、ここから隠れ監察が奉行所に紛れこんでおるというのは周知の事実……」

同じ組織の中で相互を監視するほどに幕府は脆弱《ぜいじやく》化しているのか。

「それがしが長年老中直属の隠れ監察の一人と疑っておった御鷹方と風貌が似た者が、山門を潜ったのです。さりながらすでにあたりは暗く、しかとさようと言い切れませぬ」

「その御鷹方だが名はなんという」

「雲方西次……」

「……年は三十六、七。眼光鈍く、一見表情に乏しい男ではないか」

「ご存じでしたか」

遊女おけいが〝おたかの旦那〟と呼んだ者こそ、御鷹方雲方西次のことではないのか。

「高山陣屋に朝日東蔵と申す郡代所元締がおった。この者に双子の弟がおる……」

千代三の顔が紅潮した。が、すぐに平静に戻した。

「双子のかたわれ雲方西次は、間違いなく老中直轄の隠れ監察であろう」

尾藤が極楽島で見かけて接触した人物こそ雲方西次ではないか。とすると、深川極楽島と七坊主の隠れ家の隅田村伝通院が結ばれたことになる。そして隠れ監察の雲方こそ、勘定奉行常磐豊後守秀信と夏目影二郎が父子であることを察知し、影二郎が秀信の特命を帯びて活動していることを嗅ぎつけ、碓氷峠に七坊主を差し向けた人物ではないのか。

「伝通院の七坊主どもが暗躍を始める頃合は何時かな」

「七つ（午前四時）にございます」

「暫時この場を借りうける」

影二郎は法城寺佐常を腰から抜くと板の間に座して両眼を閉じた。

「そなた、名を何と申したかな」

答えはなかった。

影二郎は眼を開けた。

「菱沼喜十郎、おこまの父にございます」

「なんと……」

「おこまは、未だ半人前。影二郎様の足を引っ張ったようで心苦しゅうございます」

苦渋に満ちた顔の喜十郎が頭を下げて詫びた。

初秋の夜明け前、まだ闇が一帯を覆っていた。

隅田村無量山伝通院の山門の奥に、七坊主が縦三列に並んで姿を見せた。

網代笠に墨染めの破れ衣、手には錫杖を持ち、裸足である。面構えはどれも荒々しく血の臭いを染みつかせていた。

「南無阿弥陀南無阿弥陀……」

大声で連呼しつつ、石畳の坂道を転がるように走ってくる。

山門から隅田村に押し出そうとした七坊主の前に黒い影が立ち塞がった。

七坊主の行列がふいに止まった。

「毛抜の眼覚はおるや」

「おおっ」

集団の最後尾から声がして、飛び出してきた。

「おのれは夏目影二郎」

「毛抜の眼覚、越後名立の鳥ケ首岬では討ち損じた。江戸に戻したはおれの不覚。新たな朝日を拝む前に地獄へ旅立て」

「吐《ぬ》かすな」

眼覚が錫を鳴らし、後方に下がった。

目深に一文字笠をかぶった影二郎は、長身に黒羅紗の南蛮外衣をまとっていた。

「こやつの長合羽には気をつけよ。奇怪な術をつかう」

眼覚が注意をうながすと、

「おうっ！」

と呼応した七坊主三十余人は、三つの円陣を組んで影二郎を囲んだ。三つの輪は、内輪は右回り、中輪は左回り、さらに外輪は右回りと、交互に回りはじめた。そしてふいに錫杖から仕込みの直刀を抜きはなつと、三つの輪が時間差で回転の方向をくるくると転じた。

「無量山伝通院秘伝三輪変転！」

輪の外に立つ眼覚が叫んだ。

死の輪舞は見る者を幻想錯乱の世界に誘う。

影二郎は一文字笠の縁を下げ、両眼を細く閉じた。

輪の回転が増し、複雑に転じた。

墨染めの破れ衣が流れになってつながった。

殺気が満ち満ちて爆発しようとした。

そのとき乾いた弦音が響いた。

夜明けの大気を裂いて一筋の箭《や》が飛び、外輪の流れの一角に突き刺さった。悲鳴とともに外輪が乱れた。倒れた七坊主の体を飛びこえて綻《ほころ》びを修復しようとした。が、次の箭がそれを阻んだ。中輪が破壊され、さらに内輪が停止した。

影二郎は不動のままだ。

「おのれ、何やつ！」

眼覚が薄闇を透かした。

すると片肌脱ぎの菱沼喜十郎が大川の土手上に半身で構えて、次々に箭を放っていた。

武士姿に戻った菱沼は、道雪派弓術八射の教えのとおり、一挙一動は流れる水にも似て、澱みがない。

菱沼に陣形を乱された七坊主が態勢を整え直そうと動きを一瞬止めた。

聳然《しょうぜん》と立つ影二郎が動いた。

南蛮外衣が横手に引き抜かれた。

黒羅紗は円になって中空に浮かび、猩々緋の裏を見せると、回転しながら七坊主の真ん中を襲った。両の裾に縫いこまれた二十匁の銀玉が七坊主の額を、眉間を、鬢を打った。

弾き飛ばされるように昏倒する仲間を避けて、長合羽の襲来の外に逃れた者を喜十郎の箭が襲った。

ふわりと長合羽が地上に落ちた。

そのとき、影二郎は法城寺佐常二尺五寸三分を抜き放って、七坊主の群れに突進していた。

「たかが一人ぞ、押し包め！」

毛抜の眼覚の叫びが悲痛に響いた。

大薙刀を鍛え直した法城寺佐常が野分《のわき》のように襲った。反りの強い切っ先が大きな円弧を描くところ、直刀が圧《へ》し折られ、網代笠が飛んだ。

影二郎は縦横無尽に剣を振るいながら動き回った。

「ひゅっ！」

喉笛が鳴るような音が響いて、生き残った七坊主が山門へと後退した。

「眼覚、悪運が残っていたとみえる」

「影二郎、この恨み、決して忘れはせぬ」

眼覚が叫んだ。

影二郎は佐常を片手に視線を向けた。

「仲間を見捨てるや」

足元には七坊主十数名が呻いていた。

隅田村無量山伝通院の七坊主は、影二郎と喜十郎の奇襲にその勢力を半減したことになる。

「次はそなたが血へどを吐く番じゃぞ」

「訓導井筒天光坊、いや小石川無量山を追い出された破戒僧垂雲に伝えておけ。もはや隅田村はそなたらの棲まう地にあらずとな」

生き残った七坊主が石畳の坂道を山へと駆け戻っていった。

すでに夜が白み始めていた。

朝まだきの涼気を裂いて火箭が飛んだ。

喜十郎が最後に放った火箭は、山門の隅田無量山伝通院学寮の扁額に突き刺さり、燃え上がらせた。


監察方菱沼喜十郎は、評定所内にある勘定奉行所役宅に戻ると、御鷹方の雲方西次の御用部屋を訪ねた。

雲方は廊下の縁側で足の爪を切っていたが、訪問者にも素知らぬ顔で爪を切り続けた。

喜十郎が、えへん、と注意を向けさせた。すると雲方は鈍い光を放つ両眼を老練な監察方に回した。

「雲方どの、お尋ねしたき儀がありましてな」

喜十郎の口調はあくまでおだやかでのんびりしていた。

「役所に提出されておる記録によれば、そなたの生国は江戸となっておるが、たしかか」

「なぜそのような尋問をなさる」

「美濃は下呂村外れの雲方集落に生まれた杣人の子の梅次が、雲方西次という訴えがありましてな」

異なことを、と雲方は歯牙《しが》にもかけずに否定した。

「いや、それればかりか松吉と申す双子の兄、飛騨高山陣屋の元締朝日東蔵に化けておったか」

「言いがかりも甚だしい」

「朝日東蔵、不正にかかわりて処断されたとの報告が高山陣屋から届いておりまする」

「処断、とな」

雲方の言葉が鋭く尖り、両眼が鈍く光った。

「監察どの、そなた、それがしになにか含むところがあるのか」

「私憤ということにございますか。それならなくもございませぬ」

菱沼がぬけぬけと言った。

「それがしの一女おこま、そなたの兄者、朝日東蔵の手で半死半生の拷問を受けましてな、未だ回復せず……」

雲方の口から、

「しゃっ」

という罵りが洩れた。

「ちとは心が痛むか」

菱沼は雲方を睨むと、口調を平静に戻した。

「勘定奉行所支配の代官、郡代などにより幕府直轄支配地で近ごろ奇妙なことが流行っておりますそうな。ある地では吉原に似た岡場所が陣屋内に設けられ、別の天領では青苧なる特産物が代官所に独占的に吸い上げられ、さらには御用材の等級に不正が行われて、莫大なる差額がどなたかの懐に入っておるとか。大がかりな闇の商いの元締はこの江戸におる」

「監察どの、それがしの御役目、御鷹方にございますぞ。上様の御鷹狩りの入費を司るのが仕事、なぜそのようなことをお話しなさる」

「そこです、雲方西次どの」

「江戸を中心にした阿片の密売、物産の横流し、許可なき岡場所の設置……これらの組織を守るために七坊主なる破戒僧の殺人集団がございましてな、こやつらが小石川の伝通院と紛らわしき隅田無量山伝通院を川向こうに持ちて暗躍する様子。この寺をそなたはしばしば訪ねておられる……」

菱沼喜十郎の両眼がじろりと雲方を見た。

「言いがかりと申すも馬鹿馬鹿しき話、それがしがなぜ胡乱《うろん》な僧たちと関わりを持たねばならぬ」

「雲方どの、それがしは、そなたが勘定所から入りこんだ隠れ監察と見ておる」

「たわごとを」

廊下に飛び散った爪を一つ拾い上げると雲方は庭に投げた。

「だが、そなたが熱心に老中直属の隠れ監察の任を務めているとも思えぬ」

「耄碌《もうろく》した監察方が思い描く妄想じゃ、勝手になされよ」

「中仙道は太田宿の美濃屋をそなたは存じておろうな。松吉、梅次の双子の兄弟が奉公に出向いた先じゃ」

「知らぬな」

「美濃屋は木曾材を扱い、巨万の富を得た。そこの奉公人の一人が二十年後に勘定奉行所支配の高山陣屋の元締として故郷の近くに赴任し、辣腕《らつわん》を振るう。双子のいま一人の弟は、老中直属の勘定所から勘定奉行所に隠れ監察として入りこみ、御鷹方として日を送っておる。この御鷹方、駒込千駄木、雑司ケ谷の鷹匠組屋敷に出張と称して、自由に役所を離れることができる。なにしろ放鷹地は江戸の郊外ばかり、役所に顔を出す出さぬは勝手気まま、密偵にはうってつけの任務」

「うだうだといつまでも」

雲方西次の言葉に憎しみが籠った。

「誰がそなたら兄弟を推薦して勘定奉行所に入りこませたか、調べておる最中。それと今ひとつ、高山陣屋、美濃屋の手を経て不正に入手された飛驒材は、大坂でも京でもなくこの江戸に運びこまれていることはたしか。いったん大火事があらば、材木を確保している商人が巨万の富を得るは、紀伊国屋文左衛門以来の商いの常識……」

「それがどうした」

「飛驒川に川下《かわさげ》された御用材にはな、材木を育ててきた山廻りの地役人衆が特別の標《しるし》をつけておる。棟柱すべてにこの標が残されておるそうな。今、大火の後、再建された町家の棟柱を調べさせておる。もし、普請《ふしん》された家屋敷に標のある飛騨材が使われていることが明らかになれば、どこの材木問屋が売り出したものかはっきりしよう。となれば、美濃屋まで遡《さかのぼ》って、横流しされた飛騨の御用材の経路が明らかになる」

喜十郎はふいに立った。

「菱沼どの」

雲方が呼びかけた。

「疑惑の者を相手にべらべらと喋るは、いま一つ確信が持てぬとき。そなたがどう挑発しようと、それがしは一向に気にならぬ」

「それがしの猿知恵も無駄であったかな。ではまた……」

と去りかけた菱沼が振り向いた。

「そうそう、言い忘れておったわ。今朝方、無量山伝通院山門前で七坊主が襲われ、破戒僧が十数人ほど死傷し、山門も焼け落ちたそうな」

雲方の顔が無表情に沈んだ。

「この騒ぎでは腰の重い寺社方も出張らざるをえますまい。山門の外ということで町奉行、寺社方の双方が立ち会い、お調べが行われておるそうな。おそらくは井筒天光坊以下、七坊主はどこぞに立ち去ったであろうがな」

三

喜十郎が姿を消した後、一刻（二時間）あまり、雲方西次はその場で沈思していた。

動いたのは夕闇が迫る七つ半（午後五時）過ぎのことだ。

道三《どうさん》河岸の評定所を出た雲方西次は、御堀沿いに下り、呉服橋を渡って町家に出た。一石橋のたもとで猪牙舟を雇った雲方は、面体《めんてい》を隠す風もなく、舟に座した。

その一丁ばかり後から別の猪牙舟が尾行していく。

船客は二人、着流しの影二郎と菱沼喜十郎だ。

「行き先は深川極楽島でございましょうな」

喜十郎は雲方と面談したとき、影二郎の指示によりわざと深川極楽島のことは持ち出さなかった。それがどう影響するか、喜十郎には判断がつかなかった。

「もはや奉行所には戻ってくるまい」

尾行がつく覚悟での外出だ、影二郎はそう雲方西次の行動を読んだ。

日本橋、江戸橋と日本橋川を下った猪牙舟は、豊洲《とよす》橋を潜って大川に出ると河口へと舳先を向けた。雲方の乗る猪牙舟の明かりが大きく上下に揺れ始めた。大川を横切ろうとしていた。となれば、極楽島も近い。

船頭が二人の客に声をかけた。

「江戸湾に出やすぜ」

影二郎らの乗る小舟も大きく揺れた。風のせいで波立っていた。

「深川極楽島ではなかったか」

大川を抜けた舟は石川島《いしかわじま》と鉄砲洲《てつぽうず》の間を下ると佃島《つくだじま》へと接近していった。その沖合には二百石船から千石、二千石積みの弁才船《べざいせん》が帆を下ろして無数停泊している。

猪牙舟はなかでも一際《ひときわ》船影の大きな弁才船に横付けされた。

「夏目様、どうやら材木を運ぶ船のように思えます」

影二郎らの猪牙舟は雲方西次が乗りこんだ大船の周りを巡回した。船の明かりに美濃丸と読めた。美濃太田の材木商であり、海運業まで手を広げたという美濃屋周左衛門の持船の一隻と想像された。やはり美濃屋は江戸に店を持っていると考えるべきではないか。

雲方を乗せてきた猪牙舟が大川へと戻っていく。

「どうしたものか」

波が高く、猪牙舟での長時間の見張りは無理だ。

「佃島に知り合いの漁師がおります。まずは島に上がってその後の算段は……」

佃島と美濃丸の間は海上六、七丁は離れていた。が、小舟で見張るよりも陸《おか》から監視する方が楽だ。

「よし、島に着けてくれ」

猪牙舟の船頭がほっとしたように佃島へ舳先を向けた。

一夜、影二郎と菱沼喜十郎は佃島の網小屋から美濃丸を見張った。だが、雲方西次は下船する気配もなく、夜が明けた。船には水夫《かこ》たちの影はさほど多くはないようだ。船頭以下、主立った者たちは陸に上がっているのか。

二人は交替で休息を取りながら、美濃丸を見張った。

「動きはあったか」

夕暮れ前、仮眠から覚めた影二郎が聞いた。

「船に乗りこみますか」

「夜のうちに美濃丸を抜けたというのか」

待たせておいた猪牙舟に乗りこみ、美濃丸に漕ぎ寄せた。

顔をのぞかせた水夫に菱沼が、

「勘定奉行所監察方じゃ、積み荷を調べる」

と役所の鑑札を差し出して乗船した。

陽に焼けた老水夫が、

「船倉は空じゃ。それに船頭がいねえだよ」

と困惑の顔をした。それにはかまわず菱沼喜十郎は船倉から船倉まで調べて回ったが、水夫の言うとおり積み荷は空だった。雲方西次の姿もなかった。

「美濃屋周左衛門の持船じゃな」

菱沼の問いに老水夫がうなずく。

「そなたの名は」

「へえ、岩三《いわぞう》で」

「岩三、どこから参った」

「蝦夷から塩魚、昆布なんぞを積んで参りましただ」

影二郎が口をはさむ。

「その前は」

「木曾川から江戸へ材木をな」

「その材木じゃが、だれが受け取ったか覚えておるか」

へえ、と答えた岩三は、

「浅草蔵前の木曾屋さんで」

「なにっ、木曾屋が美濃屋の材木を買い取ったか」

「いつものことで」

菱沼と影二郎は顔を見合わせた。

（どこかおかしい）

「昨夜、この船に小舟を漕ぎつけた者がおろう」

「雲方西次様のことで」

「どこに行った」

「それですよ。船泊まりと言われたに、朝になったらいねえだよ」

「雲方は勘定奉行所の役人じゃぞ。なぜ美濃屋の船に自由に出入りできる」

「雲方西次なんて名乗ってはいるが、梅次どんは昔も今も美濃屋の使用人じゃ。船に出入りするになんの不自由があろうかい」

岩三は雲方を昔の名で呼んだ。

影二郎は火縄が焦げる臭いを感じた。

「菱沼、嵌められたかもしれん」

影二郎の言葉に素早く菱沼や岩三らが反応した。船倉から甲板に駆け上がった三人は大声を上げて水夫たちに危険を知らせた。

「船が爆発するぞ、海に飛びこめ！」

影二郎らは海に向かって飛んだ。水中から顔を上げた影二郎と菱沼と水夫らを猪牙舟が拾い上げて、美濃丸から必死で漕ぎ離れた。

美濃丸と猪牙舟の間に半丁ほどの水が開いたとき、江戸湾に閃光《せんこう》が走り、火柱が上がった。

そして轟音とともに美濃丸は、まっ二つに割れた。

「なんてことを……」

老水夫の岩三が呻いて、その後、絶句した。他の水夫たちも沈没する美濃丸をただ見つめている。

影二郎は岩三に聞いた。

「木曾屋甚五郎とは馴染みか」

「へえ、美濃におられる時分からな」

「なにっ、美濃とな」

「へえ、あちらでは美濃屋周左衛門様と呼ばれ、この江戸では木曾屋甚五郎の旦那、同じ人ですよ」

(蔵前とは木曾屋のことでは)

濡れ鼠の影二郎が浅草三好町の市兵衛長屋に戻ると伊津が顔をのぞかせ、一通の飛脚便を差し出した。差出人は、と裏を返すと飛騨高山の谷屋九兵衛からであった。

影二郎は封を切った。

時候の挨拶の後、平湯で湯治治療するおこまの順調な回復ぶりがまず記してあった。さらに九兵衛は、余計な事と存じますがと断った上で、美濃屋周左衛門について調べたことを知らせてきた。それで、老水夫の岩三の証言はさらに確かなものになった。

手紙から顔を上げると伊津が聞いた。

「悪き知らせにございますか」

「いや、朗報じゃ」

伊津が安心した顔をすると、

「それにしても水に浸かられた様子、風呂に行って着替えをなさらねば」

と、影二郎が手紙を読む間に整えた風呂の道具と着替えを差し出した。


その夜、江戸は大風に見舞われた。

夜中、東風が北からの風に変わった。すると南大工町《みなみだいく》界隈数か所から火の手が上がった。が、火が燃え広がる前に二番組せ組の町火消《まちびけ》しに発見され、消し止められた。この界隈は、せ組の頭領平松《ひらまつ》の指揮下、二百八十一名の火消し人足たちが炭《すみ》町、南槙《みなみまき》町、南大工町、鈴木町、大鋸《おが》町、南伝馬《みなみてんま》町、五郎兵衛《ごろべえ》町、桶《おけ》町の防災を担当した。その者たちがこの夜、密やかに待機していたのだ。

火付けして回るのは網代笠に墨染めの破れ衣の七坊主ら、待機していた町方役人の手で二人が手捕りにされた。

播磨竜野藩五万二千余石の老中脇坂中務大輔安董の上屋敷は、浜御殿裏に、東から北を御堀に囲まれるようにあった。屋敷の南側の陸奥《むつ》仙台藩の松平陸奥守の上屋敷との間にも堀があって、播磨竜野藩の船着場から築地《つきじ》川を経て、江戸湾に出られるようになっていた。

この夜、一艘の屋根船が御堀から築地川へと出た。

尾張中納言抱《かかえ》屋敷と浜屋敷の間を流れる築地川から江戸湾に出ようとした屋根船に、一艘の釣舟が舳先をぶつけた。

障子戸が開いて用心棒の剣客二人が顔をのぞかせた。

「どうした、船頭」

「舟が行く手をふさいでおります」

「なんだと」

一人が舳先に向かった。

釣舟では黒い影が竿を垂れていた。船頭は艫《とも》に座して櫓を静かに操っている。

「迷うたか」

孤影が口を開いた。

「木曾屋甚五郎の船と見た。面談したい」

「何者か」

「夏目影二郎と申す者」

「そのような者に用はない。邪魔立てするでない、どけ！」

用心棒が釣舟の舳先を蹴り飛ばそうとした。

影二郎が釣竿を回した。

しなやかにたわむ竿が夜風にぴゅっと鳴いて、用心棒の足をさらった。

「あっ!」

声を残して用心棒は堀に転落した。

影二郎は釣竿を手に屋根船に飛んだ。

いま一人の用心棒が剣を抜くと疾風《はやて》のように影二郎に突進してきた。

影二郎は釣竿を再びしならせた。長い竿の先端が走り寄る用心棒の横鬢を叩き、水面へと落下させた。

影二郎は釣竿を捨てると屋根船の中に半身を入れた。
五十五、六歳か。生き抜いてきた闘争の日々を貌《かお》の皺に刻みこんだ木曾屋甚五郎が静かに端座して、訪問者を見た。
「約定もなくすまぬな」

「あなたが夏目影二郎様でございますか」

「初めての面会のはずじゃが、馴染みの名を呼ぶように聞こえる」

「加賀守様もどえらい方を勘定奉行に推挙されたもので」

「なんの話かな」

「十手持ちを殺して流罪になった人間が江戸の町を自由に歩き回る。なんとも驚きいった次第で、大久保の殿様も脇坂様も仰天されておられましたぞ」

「木曾屋甚五郎、そなたの身許もなかなかのものじゃな」

「ほう、なにかおもしろきことがございますかな」

「三十八年も前の寛永年間、高山陣屋の手付伊吉《いきち》、不正のかどありて馘首《かくしゅ》の憂き目にあい、美濃太田に一家をあげて退転したそうな。この者の一子栄太郎《えいたろう》、材木商に小僧として勤め、働きを認められて同業の美濃屋に婿養子に入りて美濃屋周左衛門と改名、商いの基礎を築いた。栄太郎の野心強欲、父の伊吉に劣らず、商いを広げるにあたって役人に賄賂《まいない》を贈りて強引に籠絡《ろうらく》するを常とし、巨万を商う材木問屋から諸国の物産を交易する物産問屋に成り上がったとか。木曾屋、どこぞで見聞した話とは思わぬか」

谷屋九兵衛が知らせてきた内容であった。

「さて一向に」

「美濃太田の美濃屋周左衛門は十二年ほど前、美濃を出て拠点を江戸に移した。が、この江戸には美濃屋周左衛門と申す材木商にして物産問屋はおらぬ」

「江戸は広うございますよ」

「さよう、御府内でも四里四方、何十万が住んでおるか。江戸で人ひとり探すは砂浜に落ちた針を探すようにも見える。ただな、蝦夷を含めた商いをなす大商人となると別じゃ、美濃屋周左衛門」

「あなたはこの木曾屋甚五郎が美濃屋周左衛門と強弁なさるか」

「その昔栄太郎と申した男が美濃では美濃屋周左衛門、江戸では木曾屋甚五郎という二つ名で呼ばれる」

「おもしろい話ですがな、夏目様、木曾屋甚五郎は老中脇坂様にも認められた御用商人。あなたのような男の話には、どなたも耳を傾けられますまい」

「おれの手に美濃丸の老水夫岩三がかくまわれておる。そなたの生涯を知る人物じゃ。岩三は、おれといっしょに爆殺されようとしたことを憤慨しておるわ」

木曾屋が罵りの声を吐いた。

影二郎は話を進めた。

「木曾屋、飛騨の御用材が川下された後、等級を不当に下げられ、江戸に横流しされて巨額の差額を懐に入れし話、脇坂様ならずとも関心があろう。三年前、高山で元伐《もときり》された御用材がこの江戸にてどれほどの値で取引きされたか、そなたも興味があろう」

木曾屋は影二郎の話の裏を探るように見た。

「そなたが飼う七坊主、今宵は南大工町あたりに火付けに出没したようじゃな。大方、高山の御用材が江戸にあってはまずい人間が命じたものと思われる」

「これはまた新たな難題……」

「……と町方、寺社方、勘定方の三奉行立ち会いの評定所の裁きの場で言い抜けられるか。すでに七坊主のうち二人が町方に捕り押さえられたわ」

「と申されても」

「痛痒《つうよう》も感じぬか。それとも脇坂様におすがりするか」

木曾屋甚五郎が一つ息を吸うと体の力を抜いた。含み笑いをもらした木曾屋は煙草盆を引き寄せ、煙管に刻みを詰めると火をつけた。紫煙を吐いた男が、

「負けました、夏目様」

と言い出した。

「どうやら正直になったほうがよさそうで。何用あって木曾屋の行く手を阻まれるのかな」

「聞きたきことが二、三あってな」

「なんなりと」

そう言った木曾屋は船頭に、ゆっくりと大川へ船を向けろと命じた。そうしておいて影二郎に視線を向け直した。

「中野、川浦、高山と幕府直轄領に阿片を持ち込み、特産物を独占的に押さえた黒幕はそなたじゃな」

「お察しのとおりにございます。天領は無能な代官が監督する地にて江戸からは遠く離れております。つまりは商いがしやすうございます。これも高山陣屋の手付であったお父っつぁ

んから手解きをうけたものにございますよ」

「蛙の子は蛙か」

「なんとでも言いなされ……高山のような小さき町で石もて追われた人間がどれほど惨《みじ》めか。旗本大身《たいしん》と料理茶屋の娘が両親のあなた様には分からぬ道理」

「阿片、青苧、御用材、金になるならなんでも手を出すか」

「それが商人でございますよ」

「そなたの船は遠く呂宋《ルソン》、安南《アンナン》まで行っておるようじゃな」

「幕府は鎖国を国是となされております る。しかし広く近隣の国々に目を向けるとき、われら商人はなにを為すべきか、自明のことにございます」

「去年までは親藩小田原《おだわら》の藩旗を掲げ、大久保様が辞任なされた後は、播磨竜野藩の朱印を持って海外まで出向いて阿片の密輸を図り、深川極楽島のような享楽の場所を造って大儲けをする。府内で大それたことよ」

「もはや幕府にはそれを取り締まる力はございませぬ」

「老中の脇坂様や寺社奉行の牧野備中守様のように、そなたの賄賂に口を封じられた腰抜け幕僚ばかりか」

「無役の常磐様を勘定奉行に推挙したは大久保様の一大失策……返す返すも残念の極みにございますよ」

木曾屋は煙草盆に灰を落としたが煙管は手にしたままだ。

「失態はまだある」

木曾屋は、ほおっ、という顔をした。

「阿片を天領に持ちこむために加賀様の御行列を利用したことじゃ」

「加賀様の雇い仲間《ちゆうげん》などを入れる口入れの能登屋はうちの息のかかった店でしてな。ご大層な行列の合羽を担ぐ人足だけでも八十人から百人もの人手がいると聞いたときには、馬鹿馬鹿しいやら吹き出すやら。天下の加賀様の梅鉢の挟箱に抜け荷の阿片を入れたらと思いついたまででございますよ」

「参勤の年には藩船まで利用したな」

「調べがよう行きとどいておりますな」

木曾屋は苦笑いした。

「七坊主を合羽人足に仕立てたようだが、七坊主の頭領、破戒僧の垂雲こと井筒天光坊とはどこで知り合《お》うた」

「おや、まだ夏目様にもご存じないことがありましたかな」

「そなたのことはいまだ分からぬことだらけじゃ」

「垂雲が下板橋宿の飯盛女に狂って破戒の道に堕ちたはご存じで」

「奥州屋のひな女と申したか」

「その女、美濃は下呂村外れの雲方集落の出でございましてな」

「松吉、梅次に妹か姉がおったのか」

「朝日東蔵、雲方西次の母親がひな女ですよ」

「なんと……」

「驚かれましたかな。会うともっと仰天なさいますよ。小石川の伝通院の修行僧を破戒の道に落とした女だけにいまだ水っぽくございますよ。私が江戸に出るとき、東蔵と西次を連れてきました。それに母親がついてきたのですがな、どこでどう探したか、下板橋の旅籠に潜りこんで飯盛になった。いえね、金を稼ぐよりもあっちのほうが好きな女でございますよ。ひな女を通して垂雲を紹介されたんで……なにか生きる手立てを見つけてくれとね」

「まさか最初から殺人集団の頭領にと考えたわけはあるまい」

「破戒坊主にはそれくらいしか使い道はありませぬ。井筒天光坊ともっともらしい名に変えた垂雲には、私の商いを裏で支える闇の仕事を命じました」

木曾屋甚五郎はぬけぬけと言い放った。

「隅田村の破れ寺を買い与え、七坊主の育成に何年の歳月がかかったと思います、どれほどの金を費やしたと思われますな。それをあなた様はずたずた切り刻まれた」

「信濃の修那羅山を修行の場にしたのはだれの発案じゃ」

「垂雲の故郷があの近くの四賀《しが》村でしてな。それにいくら落ち目の幕府とはいえ、そのお膝元で坊主に斬り合いの稽古《けいこ》をさせるわけにもいきますまい」

影二郎は、高山陣屋の手付だった父を持つ男の長い戦いを茫漠《ぼうばく》と考えた。

(なんという労力か)

「松吉、梅次はそなたの分身か」

「私に分身なぞおりませぬ。ただの駒にございますよ。さりながら松吉も梅次も胆力の備わった者たちでございましてな、松吉は商いの勘が優れております」

「松吉こと朝日東蔵は、木曾屋の番頭か」

「はい、高山郡代に村越大膳を就けますときに目付役に行かせたもの」

「目付というより影の郡代であったな」

「その東蔵もそなた様が始末なされたようで」

木曾屋がめずらしく深い溜め息をついた《た》。

「弟の梅次は人の考えの裏を読むことに長けておる。江戸に出て私がやったことは、勘定所に梅次、いえ雲方西次を入れたことでございますよ。諜者は雲方の天性と見えて、すぐに頭角を現しましてな。西次には、今ひとつ信のおけぬ井筒天光坊と七坊主の監督も命じてありました。武芸の腕もなかなかのもの、夏目様といい勝負かもしれませぬな」

「朝日東蔵もかなりの腕前であったが」

「比較にはなりません。その後、老中直属の勘定所から勘定奉行所への隠れ監察に就けさせましたが……」

「今日あることを見越してか」

「まさか夏目様のような方が木曾屋甚五郎の前に立ち塞がるとは夢想だにしませんでした」

「それがしと父の繋がりを探り出したのは、雲方西次こと梅次じゃな」

さよう、と答えた木曾屋は、

「大久保の殿様は、去年、手痛い打撃をうけられた。そのせいで老中を引責辞任なされた。言いなりになると考えた常磐様がなんと八州廻りを六人も始末して、若い者に替えられた……嘆かれる殿様の言葉を聞きましてな、私が雲方西次に常磐様の周辺を探れと命じましたので」

「その雲方西次を偶然にも深川極楽島で見かけて疑惑を深めたのが、勘定奉行所帳面方尾藤参造であった。すべての綻びはここから始まった」

「西次にその者の始末を命じたことが、夏目様を引き出す結果になりました。まさかこうまで木曾屋甚五郎を踏みつけになさるとはな」

「美濃屋周左衛門、木曾屋甚五郎、いずれの名であれ、もはや生きていくことはできまい。どうするな、栄太郎」

「私は目の前に立ち塞がる者はだれであれ、踏み潰して前へ前へと進んできた人間。そうそう性格は変わるものではありますまい」

煙管の雁首《がんくび》を煙草盆にはげしく打ちつけた。

「夏目様、まだなにか聞きたいことがございますかな」

影二郎は首を横に振った。

「ならば、一つだけ私の方から申し伝えておきますか」

「……」

「勘定奉行常磐豊後守秀信、その子夏目瑛二郎こと無宿者影二郎の遠島流罪を越権を以て取り消しにした罪軽からず。明朝、老中閣老裁判にてきびしき詮議……」

影二郎は中腰に後退した。

「木曾屋、いや、栄太郎と呼ぼう。鍔競り合いになったな」

影二郎は屋根船から釣舟へと飛び移ると、釣舟の船頭に言った。

「菱沼、父の命、一両日引き延ばさねばならぬ」

「事情を」

菱沼が応じた。影二郎は木曾屋甚五郎との会見の模様を告げた。

菱沼は闇に沈む江戸の町に視線を預けて沈思していたが、視線を影二郎に向けた。

「老中脇坂中務大輔様は、近ごろ、上屋敷に沈想亭なる茶屋を設けられましたそうな。木曾屋甚五郎が賄賂に贈った茶室の材木は一本一本が吟味され、それはなかなか凝《こ》った造りと評判のもの……ただ今、影二郎様のお話をうかがえば、三年前に飛騨で切り出された御用材が江戸のどこぞに消えたという」

菱沼はしばし言葉を切り、

「飛騨の山役人が標をつけた柱一本でも茶室の木組みから見つかれば、老中としては言い訳に苦労なさるは必定……」

「おおっ！」

影二郎が膝を打ち、釣舟が揺れた。

四

夏目影二郎が人の気配に目を覚ますと、若菜が土間に立っていた。腕には細い包みを抱えている。木曾屋との対決の翌日のことだ。

「時刻は」

「そろそろ暮れ六つ（午後六時）にございます」

障子の向こうが薄暗いはずだ。

「秀信様からの届け物にございます」

影二郎は慌てて布団を畳んで部屋の隅に押しこんだ。若菜が障子戸を開けると残光がかすかに部屋に入ってきた。

若菜が持ってきた袋を開けると、歌仙拵《かせんこしら》えの脇差が姿を見せた。見事な一品だ。鞘を払うと、山城《やましろ》の住人粟田口国安《あわたぐちくにやす》が鍛造した一尺六寸（約四十八センチ）の丁子乱《ちょうじみだ》れが薄暮に浮かんだ。

影二郎は感に堪えたように刃文に見入った。

「お手紙がございます」

若菜が懐から書状を出した。

影二郎は国安を鞘に納め、封を切った。

〈急ぎ一筆差し上げ候。本日、それがし中奥に呼び出されしが二刻ばかり待たされし後、ご苦労であったとの老中水野越前守様よりの言葉にて城中を退去致し候。その折り、水野様、この閣老会議の呼び出し、播磨竜野藩の脇坂様の提言にて開催を予定致せしが、脇坂様の都合にて突然の延期、本日は格別の沙汰なし。されど脇坂様の背後に小田原藩主、元老中の大久保加賀守様ありて、この両名、そなたの失脚を企てておられるゆえ、気をつけられるべしとの忠告を頂き候。なお若菜に持たせし脇差一口《ひとふり》、加賀の宰相様よりの贈物《ぞうぶつ》にて、越後親不知での礼とか江戸留守居役どのがわが屋敷に持参されしものにて候。留守居役の挨拶によれば、金沢の巣窟、すでに大掃除を終えたりと。大目付屋敷には、阿片を運びし七坊主およびその背後で糸を引く人物の探求、即刻厳重にされたしと抗議の文を送られしとか。それがし、そなたの極楽島上陸の報に接し後、南町奉行筒井紀伊守《つついきいのかみ》どの、大目付篠山忠道《しのやまただみち》どの二方と決

死の掛け合いをなさんと覚悟致せし候〉

影二郎は着流しの腰に加賀の宰相前田斉泰から贈られた粟田口国安と法城寺佐常を差した。

久し振りの大小だ。身が引き締まった。仕度を終えた影二郎は伊津の長屋を訪ねた。

「深川極楽島に参る」

「武運をお祈り致します」

伊津は、さらになにか言いかけてやめた。

「ていのことか。ていは連れ戻る、それでよいな」

「ていは参造の嫁にございます」

影二郎は自分の長屋に戻った。

「若菜、このことを父上に知らせてくれ」

うなずいた若菜が、

「お帰りをお待ちしております」

と切なげな顔を向けた。その顔にはもはや萌の面影はない。

影二郎が上がりがまちで一文字笠を手にした。すると若菜が奪い取った。

「姉とはいっしょに行かせませぬ」

笠の縁には若菜の姉の萌が喉を突いて自害した唐かんざしが差しこんであった。そのこと
に若菜はこだわった。

「夜じゃ、笠はいるまい」

影二郎は若菜に笠を残して長屋を出た。

腐臭が漂う深川極楽島の割下水を行く夏目影二郎の行く手に、極楽島へ渡る三途橋が見えた。赤々とかがり火が焚《た》かれ、島を仕切る鬼面の壮八の手下たちが喧嘩仕度で橋を守っていた。野犬の仙太の顔も見えたが、彼らの注意は堀に向けられていた。まさか影二郎が蛤町を抜けて島に来るとは考えもしなかったか。影二郎が三途橋に立ったとき、三下の一人が視線を向けて、

「あ、わあわあわ……」

と手を振り回した。

「どうした、熊」

野犬の仙太が訪問者に目をやった。影二郎の顔を照らすかがり火で透かし見ていた仙太が、

「てめえは夏目影二郎……」

と呟いた。

「幽霊が出るには季節が外れたか」

「親分に知らせてこい」

仙太の命令に一人の三下が鬼楽亭へと走った。

「叩っ斬る！」

長脇差を抜いた仙太と影二郎の二人は、割下水に架かる三途橋を挟んで対峙していた。

「地獄へ送ってやろう」

影二郎が猛然と走った。

仙太も竹槍をかまえた弟分たちも橋に殺到した。

幅一間《けん》、長さ五間の橋の中央でもみ合うようにぶつかった。

影二郎の法城寺佐常二尺五寸三分がすり上げられて、長脇差を振りかざして襲いかかる仙太の懐を一閃した。悲鳴を残し、もんどりうって仙太が割下水に落ちていった。法城寺佐常がひらりひらりと舞い、その度に鬼面一家の三下たちが次々に欄干もない橋から割下水に転落していく。

影二郎が橋を渡り切ったとき、もはや鬼面一家の者は残っていなかった。

あっという間の早業だった。

影二郎は血ぶりをくれた佐常を手に広場を横切り、煮売酒屋のはまぐり屋に入っていった。

戦いを見ていた善五郎とおたつが迎えた。

「いつかは戻ってこられると思っていましたよ」

影二郎をまぶしそうに見たおたつが茶碗酒を差し出した。

影二郎は一口飲んで佐常の柄に吹きかけた。

「善五郎、おたつ、島は今宵かぎりだ」

「そんなことじゃないかと見当はつけていたけど」

おたつの言葉には諦めと寂しさが漂っていた。

「善五郎、おたつ、鬼楽亭の楼主が木曾屋甚五郎と知っていたか」

うすうすとはね、とおたつが答え、

「七坊主なんて破戒坊主までが島に逃げこんでくるようじゃ、いくらなんでも町奉行所もこのままにしてはおくまいと思っていたのさ」

「おたつ、それもこれも影二郎さんの仕業と見たぜ」

善五郎はさばさばと言った。

「おたつ、頼みがある。島から女たちを逃がしてくれ。島の周りには弾左衛門どのの手下《てか》の者たちが船を出して待機しておる」

「あいよ」

おたつが胸を叩いた。

善五郎は、はまぐり屋に隣接した火の見やぐらに駆け登ると半鐘を叩いて叫んだ。

「町方が島に入るぞ！」

影二郎は、はまぐり屋の裏から迷路のような路地に入りこんだ。卑猥《ひわい》な絵が描かれた赤い大提灯が風に揺れる小屋に飛びこんだ影二郎は大声を上げた。

「島を出よ、町奉行所の手入れじゃ！」

老女の三味線が熄《や》み、ていが脱いだ着物を慌てて拾った。

男たちがぽかんと影二郎を見ている。

「縄目の恥をうけてもよいのか、行け！」

影二郎の大声にようやく逃げ出した。

着物を身に纏ったていが紅潮した顔を向けた。

「戻ってこられましたか」

「伊津どのの言付けじゃ。そなたは尾藤の嫁、なんとしても連れ戻ってくれと頼まれた」

「伊津様に」

「後刻、水天宮の社前で会おう」

「参造様を殺した者、判明しましたか」

「そなたらが見かけた男は雲方西次、勘定奉行所の御鷹方として潜りこんでおった勘定所の隠れ監察じゃ。この者、鬼楽亭に潜んでいるはず」

舞台を照らす手燭を影二郎は摑むと、

「大掃除が残っておるでな、借りうける」

と言い残し、小屋を飛び出した。

善五郎の半鐘は島じゅうに、鍋が煮え繰り返るような騒ぎを引き起こしていた。あちこちで怒号や悲鳴が上がっている。

「逃げないと伝馬町の牢につながれるぞ！」

半鐘の警告と影二郎の声に、路地の曖昧宿《あいまいやど》から客や遊女が飛び出してきた。

「逃げよ、逃げるのじゃ。三途橋には見張りはおらぬ」

影二郎は広場に出た。鬼楽亭の門前でも遊女や賭場の客たちが逃げだそうとして鬼面の壮八の手下たちと揉み合い、ここでも怒声と哀願が交錯していた。

影二郎は手燭を格子の間から投げた。鬼楽亭の畳に火が走り、障子が燃え上がった。

「来おったな」

広場の一角に毛抜の眼覚、黒染めの衣を着た僧侶、崩れた妖気《ようき》を漂わす年増女の三人が立って影二郎を待っていた。

「井筒天光坊とか申す騙《かた》り坊主はおまえか」

「許さぬ、夏目影二郎」

影二郎の問いに、抜き身の脇差を手にした天光坊が答えた。

法城寺佐常を引っ下げた影二郎は年増女に注意を向けた。

「そなたがひな女か」

「松吉を殺したはこやつか、天光坊どの」

木曾屋甚五郎が、双子の朝日東蔵、雲方西次の母親にはとても見えないと言ったが、姉といってもとおりそうだ。夫が杣人だったという女は山刀を手にしていた。

「眼覚どの、なぶり殺してくだされ」

山刀の切っ先を突き出し、ひな女が叫んだ。

眼覚が錫杖を鳴らした。

広場を囲む建物の屋根や庇《ひさし》に七坊主が現われた。その数、およそ十六名余り。

「生き残りしはこれだけか」

「修那羅山の荒行に耐えた古強者じゃ。そなたを倒すには十分な人数よ」

眼覚が叫び、再び錫杖を鳴らした。

網代笠が一斉に投げられ、弧を描いて中空を交錯した。笠の縁に刃物を埋めこんだ凶器が唸りを上げて飛ぶ。

影二郎は地面に飛ぶと仰向けに転がった。

法城寺佐常を両手で立て、飛来してきた笠を峰で払った。払われた網代笠は角度と軌跡を変え、再び虚空へと舞い上がり、複雑な円弧を描いた。

ひな女の口から絶叫が上がった。網代笠の一つがひな女の首筋を襲い、撫で斬った。女は虚空をつかむように山刀を持った手を彷徨《さまよ》わせ、倒れ込んだ。

「おのれ！」

井筒天光坊が叫んだ。

笠の乱舞はなおも続いた。

十六の笠をことごとく撥ね飛ばした影二郎は立ち上がった。すると広場にはひな女のほかに六、七人の七坊主が倒れこんでいた。影二郎が撥ね返した笠に襲われた者たちだ。

広場に飛び下りた生き残りの七坊主が錫杖を抜き上げると影二郎に殺到した。

「そなたらの腕で夏目影二郎は斬れぬ」

影二郎は左手で粟田口国安を抜くと、正面から襲ってきた七坊主を法城寺佐常で真っ向唐竹割りに仕留め、国安を横に払った。

「げえっ！」

二人が倒れたとき、影二郎は五間を一気に飛んで天光坊が立つ眼前に移動していた。

「訓導様！」

眼覚の悲鳴が上がった。

天光坊の脇差が影二郎の眉間に振り下ろされた。

「地獄へ行け！」

影二郎の佐常が天光坊の太股を斬り上げた。

眼覚が直刀を斜に回して、影二郎の肩口を襲った。

影二郎は飛猿のように横っ飛びして、攻撃の間合いから逃れた。が、背に痛みが走った。

「七坊主ども、島を囲んだ町方の網を潜り抜けるならば、そなたらの悪運じゃ。見逃して遣わす」

影二郎の言葉に、残った七坊主が動揺した。

「なにをしておる。こやつは怪我を負うておる。囲め、囲んで斬り捨てよ!」

毛抜の眼覚の命令が響いた。

「小頭、命あっての物種じゃ」

言葉を残し、七坊主が広場から消えた。

「残るは眼覚、そなた一人……」

三間の空間をおいて向き合った。

「南無阿弥陀南無阿弥陀……」

「おれには世迷《よま》い言《ごと》は通用せぬ」

左肩の傷口からぬらりとした血が流れ出し、痛みとともに力が抜けた。

眼覚が影二郎を中心に円を描くように横走りを始めた。

「修那羅山秘伝、素走り剣!」

走りが早くなった。

点が線となって流れ、一条の輪になった。

影二郎は左手に粟田口国安、右手に法城寺佐常の切っ先を虚空に広げて構え、瞼《まぶた》を閉じた。国安が鉛のように重い。流血と傷のせいだ。

「南無阿弥陀南無阿弥陀……」

ぺたぺたと路面を蹴る裸足の足音が混じって響く。

音が変わり、殺気が押し寄せてきた。

頭上から斬撃が落ちてきた。

広げられていた国安と佐常が影二郎の顔の前で交錯し、毛抜の眼覚の直刀を受け止めた。

刃と刃がぶつかって火花が散った。

影二郎が両眼を見開いた。

眼覚の鬢に血管が盛り上がってくるのが見えた。

ぎりぎりと眼覚は両腕を絞り、影二郎を押し潰そうとした。

左手に力が入らない。それでも影二郎は国安と法城寺佐常で挟みこんだ直刀を押し戻そうとした。

せめぎ合いが続いた。

眼覚も影二郎も死力を尽くして攻防した。が、傷を負った影二郎が少しずつ押しこまれてきた。

「死出の旅路じゃ、夏目影二郎！」

影二郎は国安の力をふいに抜いた。

眼覚の体が泳いだ。

体勢を立て直そうとたたらを踏む。

その首筋を法城寺佐常が刎ね斬った。

ひゅっ……。

異音が洩れた。

血が流れ出す前に巨木が朽ち果てるように眼覚は倒れこんだ。

「ふうっ」

影二郎は息を整えた。

島の外で喚声が上がり、声が流れてきた。

「南町奉行筒井紀伊守様直々のお出張りじゃ、神妙にせえ!」

秀信の行動が功を奏したようだ。

影二郎は炎上する鬼楽亭に入っていった。

「女ども、逃げよ。島の外には南町奉行直々に出役じゃぞ!」

廊下を奥へと走った。

逃げ惑う客が行灯を倒したか、方々から火の手が上がっていた。

「逃げよ、火がまわるぞ!」

中庭の向こうに大広間が見えた。

人の気配を感じた影二郎は廊下を走った。

木曾屋甚五郎は一味の者に囲まれ、裏口に着けた船で割下水から逃げ出すところだ。

「島は南町の手に囲まれておる」

木曾屋は懐から短筒を取り出すと影二郎の動きを牽制した。

「夏目様には手酷い目に遭わされましたな」

「脇坂様もそなたとの癒着を指摘されては、勘定奉行常磐豊後守秀信の断罪を閣老会議にそうそう提議もできまい」

「あの茶室、確かにこの木曾屋が脇坂様に贈り申しましたがな、飛驒の御用材など一本も使ってはおりませぬよ」

「それは不思議なことよ、脇坂様は慌てふためかれたそうな」

「脇坂様はまだ若うございます。どなたを送りこまれたか存じませぬが、床柱や棟木に細工するなどなかなか手のこんだことで。脇坂の殿様はあれで腰が引けましたわ」

「年貢の納めどきとは思わぬか、木曾屋」

「この世は広うございますよ。日本が駄目なら、呂宋か安南に落ちまするる」

雲方西次がふいに姿を見せた。ていの手首を摑み、刃を首にあてていた。

「てい！」

「夏目様」

影二郎の叫びとていの呻きが交錯した。

「尾藤参造の相手がさね師とは気がつかなかったぜ。仇《かたき》を討とうとしたは健気《けなげ》と褒めておくか」

そう言い放った雲方は、

「旦那様、火が回らぬうちに」

と木曾屋を促した。大広間のあちこちから紅蓮の炎が上がり、なでしこ模様の浴衣に赤い帯を締めたていの姿を浮かび上がらせていた。ていと影二郎の間にはまだ五間の距離があった。

「梅次、そやつが死ぬのを見て、異国に旅立ちたいものじゃな」

雲方西次、いや、梅次がていの首に刃をあてたままうなずいた。

「手練《てだ》れじゃそうな、流儀はなにか」

影二郎の視線が雲方に向けられた。

「鏡新明智流なんて、道場剣法じゃねえことは確かだ」

影二郎は法城寺佐常をだらりと垂らしていた。左手はすでに感覚がない。

憎しみのこもった視線を投げた雲方が、

「さてこの女《あま》、どうしたものか」

と言いながら、ていの手首をふいに放した。

ていが影二郎のほうへ走った。

「てい!」

雲方は狡猾だった。いったん放した手先はていの帯の端を摑んでいた。それをぐいと手元に引っ張った。するとていの体はくるくると独楽《こま》のように舞い、帯が解けると浴衣をはだけさせ、白い裸体を晒して立ち竦ませた。

「裸を売ってきた女じゃ、裸をさらしてあの世に行け!」

雲方の剣が一閃すると、なでしこ模様の浴衣を真っ二つに裁ち切ろうとした。

影二郎は国安を渾身の力で抛った。

雲方の非情の剣がゆるやかに舞って、国安をはたき落とした。

その間隙《かんげき》をついて突進した影二郎は法城寺佐常二尺五寸三分をすり上げた。

憤激を呑んだ剣が雲方の脇腹を襲い、雲方の剣が翻って影二郎の首筋に落ちてきた。

影二郎は自ら畳に転がった。

雲方の刃が影二郎の体をかすめて流れた。

影二郎は転がる視界の中で、雲方西次が揺らめきながらも立っているのを見た。

回転を止めた。

影二郎はゆっくりと立ち上がった。

わずかに右手に持った佐常を脇構えにすると雲方を見た。

「ち、畜生……」

呻き声を洩らした雲方の脇腹が斬り割られて見えた。が、雲方はかまわず上段に剣を振りかざし、最後の力をふり絞って影二郎に突進してきた。

影二郎も走った。迎え撃ちながら右手一本で法城寺佐常の豪刀を振るった。弧を大きく描いた切っ先が雲方の振り上げた片腕を宙に斬り飛ばした。さらに佐常は首筋に食いこんだ。

影二郎が懐に入りこんだ分、雲方の剣は影二郎の背の向こうに流れた。

両者は絡み合って静止した。

「梅次、母者と兄の待つ地獄へ行け」

「む、無念……」

影二郎は憤激を呑んで雲方の肩を間合いに押し戻し、法城寺佐常二尺五寸三分を横に振った。

雲方の恐怖に彩られた頭部が離れ飛び、燃え上がる炎の向こうに転がって消えた。

銃声が響いた。

「しまった！」

影二郎の目に白い裸身に血の花が咲いて、凍りついたように動きを止めたのが映った。その後、虚空に手を二度三度と泳がせたていはゆっくりと崩れ落ちた。

「許さぬ！」

影二郎は木曾屋の構えた短筒の銃口が向けられるのを意識しながらも走った。一気に間合いを超えた影二郎は佐常をすり上げた。眼前に銃口が移動してきたが、憤激の一撃が木曾屋の野心を砕いて腰を斬り割り、短筒を持つ手を両断して宙に飛ばした。

「げえっ！」

ゆらゆらと立つ木曾屋甚五郎の首筋を佐常が襲い、木曾屋は頭から突っ伏すように倒れこんだ。

「てい……」

影二郎はていのかたわらにへたりこむと呼吸を調べた。かすかに生を保っていた。なでしこ模様の浴衣でていの裸身を覆った影二郎は、両腕にその体を抱え上げ、紅蓮の炎が舞う鬼楽亭を後にした。


この夜、深川極楽島は跡形もなく燃え落ちた。

影二郎は弾左衛門の持船から島が灰燼に帰すのを見ていた。

弾左衛門一統は、島から逃げ出す遊女や住民を助け出すために割下水や運河に舟を浮かべて待機していたのだ。

胴の間では薬草治療にくわしい弾左衛門の手下たちがていの止血にあたっている。弾丸は幸いにも急所を外れて、命はとりとめそうだ。

「木曾屋の夢もまぼろしと消えましたな」

「弾左衛門どの、どぶに湧くぼうふらのようにどこぞにまた第二の木曾屋が現われましょうぞ」

天保の飢饉はいまだ続いていた。

影二郎は苦痛に顔を歪めたていを見ると、胸のうちでつぶやいた。

(てい、伊津どののもとに戻るぞ)

解説

宗《そう》　肖《しよう》之介《のすけ》
（文芸評論家）

佐伯泰英氏の本書『代官狩り――夏目影二郎危難旅』は、夏目影二郎シリーズの二冊目に当たる非常に興味ぶかい時代小説である。

この作者の時代小説は、本書に限らず主人公ら登場人物の人物造型と、作品背景となる時代状況に独特の親和性が感じられ、特徴の一端を形成しているようだ。

それは時代小説の通念的既成概念を捨象し、新しい地平を切り拓こうとする作者の意志と、密接に関係しているものと思われる。

本シリーズ主人公の夏目影二郎は、特にその生育環境（親子関係など）において、いくつかのマイナス因子を付与されており、その負荷量が後の人格構造に色濃く投影しているようである。

夏目影二郎（本名・瑛二郎）は、旗本三千二百石の常磐《ときわ》豊後守《ぶんごのかみ》秀信《ひでのぶ》と、浅草の料理茶屋嵐《らん》山《ざん》の一人娘みつとの間に生まれている。常磐秀信には本妻鈴女《すずじょ》がいたから、影二郎は妾の子――いわゆる庶子であった。夏目という姓は常磐秀信の旧姓で、秀信は常磐家鈴女の婿養子《むこようし》として迎えられたのである。そのため鈴女には頭が上がらなかった。

みつの許で武士として育てられた影二郎は、八歳のときから江戸の三大道場の一つ鏡新《きようしん》明智流《めいちりゆう》の桃井春蔵《もものいしゆんぞう》の道場で剣の修業をはじめ、十年後には師を凌《しの》ぐほどの腕前に到達する。

実母みつが流行病《はやりやまい》で身罷《みまか》ったのが影二郎十四歳の秋で、彼は本宅に引き取られたが、鈴女の陰湿ないじめ、それに異母兄とも折り合いが悪く、一年足らずで本宅を飛び出し、父親に反抗するかのように無頼の道へ踏み込んでいく。

そして二十三歳のとき、将来を誓い合った吉原の局女郎萌《つぼねじよろうもえ》が、横恋慕していた香具師《やし》で十手持ちの聖天《しようでん》の仏七《ぶつしち》に騙《だま》されて身請けされ、絶望のあまり自ら命を絶ってしまう。怒った影二郎は萌の仇を討つため聖天の仏七を斬殺して縛につき、八丈島への遠島刑に処せられることになる。

その島送りの船を待っているとき、それまで無役であった父の常磐秀信が、勘定奉行という要職に抜擢され、影二郎を隠密任務に活用するために牢から解き放つのである。

かくて影二郎は、〝江戸無宿影二郎〟として世間の裏街道を歩いてきた経験と腕を生かし、父から命じられる極秘任務を遂行していくのである。

そんな影二郎が活躍する時代は、本書では天保九年（一八三八年）に設定されている。天保といえば同二年（一八三一年）以来の、未曾有《みぞう》といわれた大飢饉《だいききん》のため、全国各地に百姓一揆《いっき》や打ちこわしが頻発した時代であった。

大坂町奉行所配下の与力大塩平八郎《おおしおへいはちろう》の窮民《きゅうみん》救済のための蜂起《ほうき》、越後の生田万《いくたよろず》の乱も天保八年（一八三七年）である。

その背景にあるのが、幕藩体制の疲弊《ひへい》であった。

徳川家康《とくがわいえやす》が関ヶ原で石田三成《いしだみつなり》らの西軍を敗ったのが慶長五年（一六〇〇年）で、征夷大将軍に任ぜられたのが慶長八年（一六〇三年）二月十二日だから、この年を徳川幕府の開府として、十五代将軍徳川慶喜《よしのぶ》が大政《たいせい》を奉還《ほうかん》して幕府が終焉《しゅうえん》を迎えた慶応三年（一八六七年）まで、約二百六十四年間続いた幕藩体制も、天保時代は終末期に当たっている。

つまり徳川幕府の権力機構（統治能力）も、開府以来二百三十年を経て完全に疲弊し、回復の兆候《ちょうこう》も見出せないまま、衰退……というより滅亡への急傾斜を滑落しはじめていたと言うべきだろう。

そのような世紀末的状態のなかで、特に際立った社会現象に、本書でも端的に示されているような役人の腐敗《ふはい》があった。

封建社会の「制度」において、代官あるいは八州廻りといった幕府役人は、一種の特権階級であり、「もし手余り候えば打ち殺し候とて苦しからず」と本書にもあるように、裁判抜きでの科刑執行の権利までが、内密に付与されていたくらいである。

農民など弱者のこれらに対する対抗手段としては、わずかに「直訴」があったくらいだが、江戸前期の下総《しもうさ》佐倉《さくら》領の義民佐倉（本姓・木内）惣五郎《そうごろう》（印旛《いんば》郡公津《こうづ》村名主）の例が示すように、それも命がけであった（佐倉惣五郎は、重すぎる賦課と困窮する農民の窮状を将軍に直訴し処刑された）。

腐敗の温床が蔓延《はびこ》るだけの犯因性社会環境が、構造的にも整っていたといえよう。しかも賄賂《わいろ》なども殆《ほとん》ど罪悪感もなく収受され、その腐敗は各地に連鎖して、広域に波及するさまざまな不正を防ぐ手だてが、幕府にはまったくなかったのである。

本来このような不正を取り締まる目的で、文化二年（一八〇五年）に設置されたはずの「関東取締出役《かんとうとりしまりしゅつやく》」（八州廻り）自体にしてからが、たちまち汚染の土壌に埋没《まいぼつ》させられただけでなく、かえってその悪の増殖《ぞうしょく》を招く結果になったくらいなのだ。

したがって監督責任者（幕府勘定奉行）としては、夏目影二郎のような隠密裡に任務を遂行する影の始末人に頼るしか方法がなかったのである。

そして生育環境といい、「位の桃井に鬼がいる」といわれたほどの練達した刀術にしても、また長吏の頭領で座頭、猿楽、陰陽師《おんみようじ》……など二十九職を束《たば》ね支配する〝闇の将軍〟浅草《あさくさ》弾左衛門《だんざえもん》との親交等、夏目影二郎ほどこの任務に適した人材は他にはありえなかったのだ。

「人は両親よりも、むしろ時代の子なのだ」と言ったのはレーニンだったと思うが、そうした意味でも夏目影二郎はやはり時代の子として、巧みに造型されているといえよう。

本シリーズは『破牢狩り』（二〇〇一年五月）、『妖怪狩り』（二〇〇一年十一月）、『百鬼狩り』（二〇〇二年五月）、『下忍狩り』（二〇〇二年十一月）、『五家狩り』（二〇〇三年六月）、『八州狩り』（二〇〇三年十一月）という順で光文社文庫から刊行されてきた。

しかしこのうち『八州狩り』と本書『代官狩り』は、共に二〇〇〇年に日本文芸社の日文文庫から刊行されたものであったから、作者の執筆順でいえばシリーズ第一作が『八州狩り』、同第二作が本書ということになる。とはいえ読む順序によって作品の興趣が損なわれることがないことは、ここに明言しておいていいだろう。

さて本編は、勘定奉行所帳面方の尾藤参造《びとうさんぞう》という下級役人が、深川蛤町の悪所・極楽島で殺害死体となって発見され、夏目影二郎が、勘定奉行の要職にある父の常磐秀信の命令で、事件の捜査に乗り出すところから幕を開ける。

淫売宿、博奕《ばくち》場、阿片《アヘン》窟、飲み屋、見世物小屋等が、千坪余のスペースにひしめいている極楽島のような歓楽地が出現すること自体、幕藩体制の衰退を雄弁に物語る象徴的表象にほかならなかった。

勘定奉行所支配の郡代や代官領内から上る年貢米などの帳付け役で、給金が七両二人扶持《ぶち》という絵に描いたような最下級役人の尾藤参造を、いったい誰が何のために殺害したのか。

影二郎は、いまは極楽島の見世物小屋に身を沈めている尾藤参造の幼馴染みのていから、彼の最近の行動を聞き、ていの飼っている猫の首輪に匿《かく》されていたおみくじを手に入れる。

そのおみくじには不正の疑惑を持たれている代官、郡代三人の名前が、尾藤参造の筆跡で記されていたのである。

この不正疑惑の三人の代官、郡代の調査と、常磐秀信の特命を帯びて信濃路へ向かった新任の八州廻り浜西雄太郎《はまにしゆうたろう》の消息を求めて、影二郎は中仙道へ踏み出していく。

浜西雄太郎は、加賀藩が阿片密売に関与しているとの情報を摑《つか》み、その真偽を確かめるために、参勤下番《かばん》(国許への帰還)で金沢へ向かう加賀藩の行列を追尾していく途中、消息を絶ったというのである。

愛犬あかを伴って中仙道を北上する影二郎に、何者かの監視の眼が注がれ、碓氷峠《うすい》で僧衣をまとった殺人集団がはやくも襲いかかってきたのだった……。

本シリーズでは、影二郎の佩刀《はいとう》、南蛮外衣《なんばんがいい》(長合羽)、一文字笠、唐かんざし……といった小道具にも、それぞれ工夫が凝らされているのもさることながら、上州の義賊国定忠治《くにさだちゆうじ》が一貫して登場し、陰で影二郎と援《たす》け合うのだが、この忠治もまた別の意味での象徴的表象としての役割を負わされているようである。

また『八州狩り』には、江戸後期の農政家二宮尊徳《にのみやそんとく》(一七八七～一八五六年)が登場し、新田開発や荒蕪地の開墾《かいこん》に、江戸末期の蘭学者高野長英《たかのちようえい》(一八〇四～一八五〇年)の『勧《かん》農備荒二物考《のうびこうにぶつこう》』を引き、そばと馬鈴薯《ばれいしよ》の栽培を推奨《すいしよう》する場面もある。さらには江戸末期の水戸学者で幕末の尊攘の志士たちに多大の影響を及ぼした藤田東湖《ふじたとうこ》(一八〇五～一八五五年)と、影二郎が出会う場面もあって興味ぶかい。

これらの人物は、名前だけの登場（高野長英）にしても、やはり本シリーズを貫く潜在主題と深く係わっているとみるべきであろう。

ここで思い出されるのは江戸中期の社会思想家安藤昌益《あんどうしょうえき》（生年不祥〜一七六二年）ではないだろうか。

昌益は封建社会の階級制度を根本から否定し、それを支える儒教から仏教まで批判した。人の上に人をつくらず、人の下に人をつくらず（『自然真営道』）……という平等思想を説き、『統道真傳』では、労働耕作しない武士階級が、農民から年貢を取り立てること自体が誤ちであると記している（「真の仁は、耕織する衆にあり」）。

農本主義、原始共産主義……などの混淆した変わった思想だが、先覚者の一人であることに間違いはあるまい。

困窮する農民に暖い眼を注ぎ、「民の直耕（耕作したもの）を貪食し、民によりて飢寒を救われ、而《しこう》して逆言して（事実と逆のことを言って）民を愛すると云ふや」（『統道真傳』）と昌益もいう支配階級の代官らの不正、悪徳を憎み処断していく影二郎の姿には、やはり漂《さす》泊人《らいびと》的な孤影が滲《にじ》んでいるようである。

ここで佐伯泰英氏が本シリーズと並行して書きつづけている〝吉原裏同心〟シリーズについても簡単に触れておこう。

このシリーズは光文社文庫から『流離』（初出二〇〇一年、ケイブンシャ文庫）、『足抜』

（初出二〇〇二年、ケイブンシャ文庫）、『見番』（二〇〇四年）の三作が刊行されているが、時代背景は天明三年（一七八三年）の大飢饉後に設定され、神守幹次郎《かみもりみきじろう》と汀女《ていじょ》「二人一組」の裏同心が、吉原で発現するさまざまな事件に取り組んでいく、大変面白いシリーズである。

このシリーズでは、主人公二人の人物造型が特に爽《さわ》やかで、江戸時代天明期の吉原における遊女らの哀歓から不条理に至るまで、主人公のやわらかく、また奥行きのある情性が包みこむようで、とにかく印象ぶかいシリーズになっているのである。

夏目影二郎シリーズは、主人公らのユニークな人物造型、時代背景、興味ぶかい素材……等の調和的構成とその配列、独特の修辞法によって読む者を牽引する点が特徴なのだが、本編でも江戸末期のアノミーといっていい混沌《こんとん》たる時代状況の中で、封建社会の末期症状から胎生してくるさまざまな不条理と向き合い、懸命に困難な時代を生き抜く人間の条件を模索しながら旅路にさすらう主人公の姿が、われわれの心を強く揺らさずにはおかないだろう。

この作品は二〇〇〇年九月、日本文芸社より刊行されました。

光文社文庫

長編時代小説
代《だい》官《かん》狩《が》り
著者　佐《さ》伯《えき》泰《やす》英《ひで》

2004年4月20日　初版1刷発行
2008年6月20日　12刷発行

発行者　駒井　稔
印刷　萩原印刷
製本　ナショナル製本

発行所　株式会社 光文社
〒112-8011 東京都文京区音羽1-16-6
電話 (03)5395-8149 編集部
8114 販売部
8125 業務部
振替 00160-3-115347

ISBN978-4-334-73668-2 Printed in Japan

お願い　光文社文庫をお読みになって、いかがでございましたか。「読後の感想」を編集部あてに、ぜひお送りください。

このほか光文社文庫では、どんな本をお読みになりましたか。これから、どういう本をご希望ですか。

どの本も、誤植がないようつとめていますが、もしお気づきの点がございましたら、お教えください。ご職業、ご年齢などもお書きそえいただければ幸いです。当社の規定により本来の目的以外に使用せず、大切に扱わせていただきます。

光文社文庫編集部